羅織經

來俊臣◎原著
馬樹全◎譯註

好讀出版

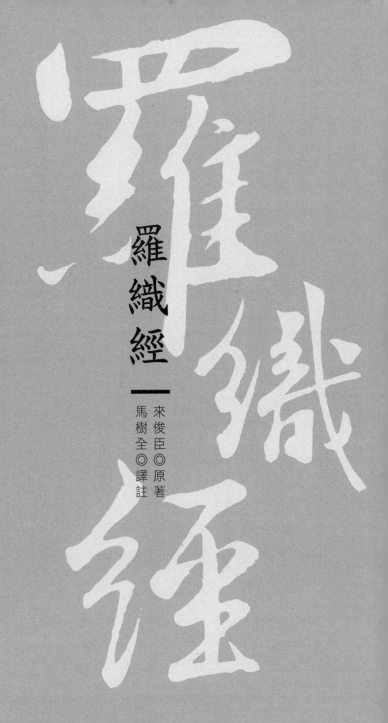

羅織經

目次
CONTENTS

【總序】

謀略與文化

也許，眞的像有人所說的，中國文化是一種謀略型的文化。但是，當下謀略類書籍的流行卻似乎與所謂的「謀略型中國文化」並無太大的關係，起碼沒有本質的連繫。因爲文化的深處未必是謀略，而「謀略」的深處一定是文化。

在中國歷史上，存在著儒、道、兵、法、墨、縱橫、陰陽等許多學派。這些主要的學派不僅非常關心政治，還不約而同地指向了「治人」，而治人就必須講究方法，講究方法就是智謀，就是謀略，就是權術。然而，當時的實際情形是智謀被提升爲一種牢不可破的社會制度性的規範和原則，各種學派和文化都在智謀中找到自己的定位，納入了謀略的範疇，成爲智謀的不同組成部分。這樣一來，中國的智謀型文化就形成了。

在歷史上，對中國的智慧、謀略、政治有影響的學派雖有十幾家，但影響最大的主要是儒、道、法三家。中國的智慧和政治雖然常常呈現出紛紜複雜的狀態，其實萬變不離其宗，只要掌握這三家的思想精要，也就把握了中國的謀略和智慧。

儒家的智慧是極爲深刻的。它是一種非智謀的大智謀，其運謀的方法不是謀智，不像法家或兵家那樣直接以智慧迫使對方服從；而是謀聖，即從征服人心著手，讓人們自覺自願地爲王道理想獻身。用今天的話講，就是非常注重做「政治思想工作」，首先爲人們描繪一幅美好的藍圖，並百折不撓地到外宣傳這種理想，直到人們心悅誠服。其實，這已經不是儒家謀略的高明，更不是儒家謀略比別的學派的謀略狡詐，在這裡，它已經上升到了人性、人道的範疇。這就是儒家智謀的合理性之所在，也是其成爲眞正大智謀的根本原因。

法家的智慧很特殊。法家之法作爲君主統治天下的手段，是建立在非道德的基礎上的。法家之法的根源在於君主集權制，因此，它就特別強調「勢」。「勢」就是絕對的權威，是不必經過任何詢問和論證就必須承認和服從絕對的權威。有「法」無「勢」，「法」不得行；有「勢」無「法」，君主不安。但如何才能保證「勢」的絕對性呢？這就需要「術」。「術」就是統治、防備、監督和刺探臣下以及百姓的隱祕的具體權術和方法。中國的「法制」最發達的地方就在於「法」與「術」聯手創造的御臣、牧民的法術系統。「法」的實質是強力控制，「勢」的實質是強權威懾，「術」的實質則是權術陰謀。這些都是直接爲君主王權服務的。

道家的智慧是極爲聰明。黃老的有關著作處處流露出智慧的優越感，處處顯示出對別的學派的鄙夷和不屑。黃老道術自以爲是最聰明的學說，它認爲天地萬物都受道的支配。道是絕對的、永恆的，是永遠不可改變和褻瀆的；世間的人是有限的，對於道只可以體味、尊重和順應。那麼，如何體味和遵循道呢？黃老哲學認爲，那就是要順應自然，要無爲，然後才能無不爲。所謂「聖人無心，以天地之心爲心」，說的就是聖人沒有自己的主張，萬物的自然運行就是聖人的主張。人如果不能體察道，就不能「知常」，不能順應自然，在現實中就容易招致禍害。

當然，在具體的歷史進程中，這三家的智慧從來沒有單獨存在過，總是相互融合，甚至進而吸收其他學派的思想，只是在不同的歷史時期和不同的背景下各個學派的思想相互消長而已。

智謀型文化對於塑造中華民族的性格有著很大的影響，甚至在一定程度上決定了我們民族的性格特徵。當然，這裡不僅有正面的影響，也有負面的影響。在一定意義上，中國人的學問往往被理解成謀略，「世事洞明皆學問，人情練達即文章」，就是很有代表性的話。有許多中國人不惜把自己的一生都花在謀劃、算計別人上，給社會帶來了極大的內耗。遺憾的是，謀劃和算計在長期的歷史發展過程中，不僅有用，而且早已上升爲一種根深蒂固爲人們所稱許的處世態度。它已經不是一種「術」，而是人生的「道」，已成爲中國人難以改變的文化精神。一般所說的中國人善於「窩裡鬥」，就由此而來。

然而，中國的智慧首先是道而不是術，也就是說，術只是道的表現形式，道則是術的根本，是術的決定因素。只要掌握了道，術就會無師自通，就會自然而然地顯現出來。無論是儒家、道家，還是法家、兵家，他們都是正大光明的「陽謀」學派，他們都有一個共同的特點，就是都要求首先提高自己的道德境界，加強自己的人格修養，然後才是智慧謀略。如果顛倒了這一關係，那無論如何也弄不懂中國的智慧。

所以魯迅先生說：「搗鬼有術，也有效，然而有限，所以以此成大事者，古今無有。」

因爲，權謀絕不僅僅是一種技術，中國權智在本質上是一種至爲深刻的文化。只有人的身心內外都滲透了這種文化，才能自然而然地達到內謀謀聖、外謀謀智的境界，才能成爲眞正的聖、智兼備的謀略家。

中國人民大學文學院教授
冷成金

【代序】

機詐巧騙　可以休矣

在《新唐書》、《舊唐書》和《唐會要》等典籍中，均提到來俊臣及其黨羽編撰《羅織經》一事。據史載，來俊臣等人「共爲羅織。以陷良善。又造《羅織經》一卷。其意旨皆網羅前人。織成反狀。海內震懼。道路以目。」但《羅織經》已佚千年，無人得見。

兩年前，筆者有幸從日本朋友東木先生手中獲唐朝人萬國俊手抄《羅織經》一卷，可惜已磨損殘缺，有些字跡模糊不清。閱後深爲其中權謀之術所震驚，於是決意將其收集整理，以昭示後人。兩年來，筆者查閱了大量古籍資料，求教過諸多唐史專家，經過潛心研究，查證補遺，終於使其恢復原貌。

在編譯過程中，才眞正感受到《羅織經》那不同尋常的意味，正如柏楊在《中國人史綱》中評述的那樣：「他所著《羅織經》一書，是人類有史以來第一部製造冤獄的經典。」

在點校整理的過程中，筆者感到有以下幾點値得今人深思：

一、專制社會中，上至皇族下至平民百姓人人都是受害者，就聯手執生殺予奪之權的周興、來俊臣也不能例外。唯一的結論是，一個壞的制度可以讓好人變壞；反之，則一個壞人的爲禍程度大大減弱。正所謂：「非人之過也，實乃情勢使然。」

二、歷代任何君主都渴望忠臣，而小人卻充斥朝野。具有諷刺意味的是，忠臣雖爲世人景仰而小人卻過得好些。歷史的經驗告訴人們，對待奸人惡行，採取鴕鳥政策是不行的。只有充分地展示它，了解它，才能最終戰勝它。因噎廢食的結果只能讓邪行惡舉大行其道。

三、武周王朝作爲中國傳統專制王朝中最具特色的一環，卻出了一個最爲「反傳統」的現象——女皇。這的確是意味深長的。如果看了《羅織經》，讀者就會明白其中的奧妙所在。也就是說，《羅織經》對研究武周王朝和中國歷史上唯一的女皇所處社會的政治、經濟、文化等方面，確有不可替代的史料價值。

本書難免存有某些君主專制制度下所必然存在的不健康因素，爲保留歷史眞實，其概貌還是基本保持了下來。但文涉某些酷刑惡德和過分的「邪惡智慧」亦做了一定的刪削。爲使讀本通俗易懂，對原文進行了逐段逐句地注譯；爲使讀者加深對原文的理解，做了批評性的釋評；同時，還在每段釋評之後，根據史實，編寫了相關事典。

了解酷吏，是要認清專制制度對人心的摧折，對人尊嚴的戲弄、對人性的扭曲；認識惡人，是爲了防範惡人、反對惡人、杜絕惡人。因此，正確地認識《羅織經》，以批判的視角揭開酷吏詭譎權術的面紗，並用科學的思想觀念認清《羅織經》的眞面目，對現代精神文化建設，無疑將有很大的作用。

編譯此書之目的也正在於觸破奸詐，引人入正。一旦西洋鏡被拆穿，則牛渚燃犀，百怪畢現；大奸大詐，無施其計，機詐巧騙，亦可休矣！故閱讀《羅織經》不會誤人，反會使受其害之犧牲者變少，豈不有益於世道人心？由此觀之，讀過古今中外書籍，而未讀過千年秘而未宣的《羅織經》，實乃人生憾事。

任何當代文化，只有汲取傳統文化的優秀成分並去其糟粕，才能成長壯大；只有去粗取精，去僞存眞，摒棄痼疾，才能取其精華。毋庸置疑，因《羅織經》爲酷吏來俊臣所著，今又保留其原文大貌，遺毒尚存，請讀者自鑒。但本書定能爲廣大讀者識破伎倆、反奸防騙，汲取有益的東西。同時，本書若能爲研究者提供參考，實爲筆者之幸。

在此，向不吝賜教的諸位專家學者以及給予本書以大力支持者，致以衷心的謝忱！

由於筆者學識水準和鑒別能力有限，拙作瑕疵必多，請讀者見諒。

本書譯註者

二〇〇五年於北京燕園

前言

唐朝酷吏來俊臣、萬國俊所撰的《羅織經》，是一部專講羅織罪名、角謀鬥智的書籍。在中國幾千年的歷史上，它是一道獨特的「風景」，有著不同尋常的意味。

其一，它是人類有史以來，第一部製造冤獄的經典。

其二，它是酷吏政治中，第一部由酷吏所寫，赤裸裸的施惡告白。

其三，它是文明史上，第一部集邪惡智慧之大成的詭計全書。

其四，它第一次揭示了奸臣何以比忠臣過得更好的奧秘——權謀厚黑。

據史載，整人專家周興臨死之際，看過《羅織經》，自嘆弗如，甘願受死；一代人傑宰相狄仁傑閱罷《羅織經》，冷汗迭出，卻不敢喊冤；雄才女皇武則天面對《羅織經》，嘆道：「如此機心，朕未必過也。」遂生殺機。難怪柏楊在《中國人史綱》中頗具諷刺意味地寫道：「它（武周王朝）在歷史上出現短短十六年，對人類文化最大的貢獻是一部《羅織經》。」

來俊臣、萬國俊之流早已喪命，但不可否認，他們的害人哲學和遺毒並未徹底消亡。本著讓世人認清奸人面目，識破惡人伎倆，存留歷史眞實，從反面認知人性的目的，我們在保留本書原貌的基礎上，批判性地對全書作了逐段逐句的解釋評議。爲了讓讀者更深入、更形象地了解和識別惡人的手段，吸取教訓，我們在每一釋評之後，又根據史實，編寫了相關事典。這樣使讀者可以從反面汲取有益的東西，在紛繁複雜的世象中，能防誣反騙，識破伎倆，勿受其害，此爲本書出版之目的。

歷史經驗告訴我們，奸人的「智慧」不可忽視。他們害人無數，一方面源於他們心狠手辣、無恥之極；另一方面，奸人的心機和手段實不乏「高明」。正直善良的人們如果小看了他們，難免會吃虧上當、遭其暗算。從這個意義上說，揭穿奸人的害人把戲並不重要，重要的是使人們洞悉其奸，勿受其害。正所謂，防天花需種牛痘；只有了解邪惡，才能戰勝邪惡。

共為羅織，以陷良善。又造《羅織經》一卷，其意旨皆網羅前人，織成反狀。海內震懼。道路以目。

～《唐會要・酷吏》

第一卷　閱人卷

人之情多矯，世之俗多僞，豈可信乎？子曰：「巧言、令色、足恭，左丘明恥之，丘亦恥之。」恥其匿怨而友人也。

人者多欲，其性尚私。成事享其功，敗事委其過，且聖人弗能逾者，概人之本然也。

多欲則貪，尚私則枉，其罪遂生。民之畏懲，吏之懼禍，或以斂行；但有機變，孰難料也。

為害常因不察，致禍歸於不忍。桓公溺臣身死家哀；夫差存越，終喪其吳。親無過父子，然廣逆恆有；思莫逾君臣，則莽奸弗絕。是以人心多詐，不可視其表；世事寡情，善者終無功。信人莫若信己，防人毋存幸念。此道不修，夫庸為智者乎？

本卷精要

◎人們上當受騙，源於對人考察不深；人們一廂情願地過份善良，惡人便利用這一點謀取私利。

◎不能料事在先，對敵人無情，就無法保全自己，免受傷害。

◎施恩於人，並不一定能得到好的回報，實力才是最重要的。

◎不輕信別人便不會迷失心智，任人擺布；洞悉他人好惡，加以利用，才能做到悅人服人，御人制人。

原文

人之情多矯，世之俗多僞，豈可信乎？

譯文

人們的情感許多是做作出來的，世間的習俗許多是虛假的，怎麼可以相信呢？

釋評

作為酷吏之首和整人專家，來俊臣、萬國俊之流並非泛泛之輩，其行為固然為人不恥，但不可否認，此等小人的見解和手段實不泛「高明」和「深刻」之處。

此三句切中時弊，一語道破了人際關係和社會現實的冷漠、虛假本質，令人深思。

認清人和社會的本質是十分重要的，它直接決定了一個人的思考方式和行為準則。如果在此認識不清或流於淺薄，便只能歸結到天真、幼稚之列，其後果必然是處處碰壁、一事無成。

事典

故作貪鄙的東方朔

漢武帝時代的東方朔爲一代名家。他最初爲謀取功名，用了三千枚竹簡上書朝廷，以求重用。漢武帝賞識他的才華，遂招他入朝。

東方朔爲官之後，判若兩人，再不言國事，卻故意表現自己的貪鄙。皇帝賜宴後，剩下的肉他總是揣在懷中帶走，賞賜給他的綢緞，他卻用來娶漂亮女子，且一年後就休妻，還索回先前給妻家的東西，隨後再娶。

這種做法，惹來一片非議。有人指責他說：「先生博古通今，自命不凡，怎會幹這種爲人不恥的事呢？先生如此行事，就不怕有損聲名，丟掉官位嗎？」

東方朔說：「時代不同了，人情世故卻是一樣的。春秋戰國時代，群雄逐鹿，人才便顯得十分重要。如今天下太平，政通人和，賢君和庸主都能安於其位，人才的重要性也就差多了。禮賢下士，那是君主有所需要才作出來的姿態，我怎敢當眞呢？更何況忌賢妒能的人比比皆是，我又怎敢表現我的才能呢？」

終其一生，東方朔雖官位不高，卻是風平浪靜，無災無難，其智慧故事也廣爲人知。

原文

子曰：「巧言、令色、足恭，左丘明恥之，丘亦恥之。」恥其匿怨而友人也。

譯文

孔子說：「甜言蜜語、和顏悅色、畢恭畢敬，這些態度，左丘明認爲可恥，我也認爲可恥。」可恥的是心中藏著怨恨，表面卻與人要好的虛僞行徑。

釋評

社會是複雜的，現實是殘酷的，人們出於各種目的和需求，總會戴上面具，作出假象來掩飾本心，騙取信任，為己謀利，這不能不說是一種悲哀和無奈。

這在左丘明、孔子等聖賢眼中是可恥的行為，卻常常是人們安身立命、隱忍避禍的生存之法，更是奸佞小人邀寵弄權的晉身之道，雖為人所輕，但頗為實用，難怪此道盛行不衰了。

事典

張居正的另一面

張居正一生歷任嘉靖（明世宗）、隆慶（明穆宗）、萬曆（明神宗）三朝，是明朝傑出的政治家。他出任內閣首輔十餘年，實行一系列的改革措施，使日趨沒落的明朝一度有所振作。

但張居正能得居高位，施展抱負，說來竟與他巴結取悅權重一時的掌印太監馮保大有關聯。馮保貪財好色，爲人不端，張居正雖對他心生厭惡，可爲了爭首輔之位，他竟自甘下賤，百般取媚馮保。爲了討取馮保的歡心，張居正不惜送他名琴七張，珍珠簾五副，黃金三萬兩，白銀十萬兩及其他多種珍玩。

明穆宗去世後，年僅十歲的朱翊鈞繼位，是爲明神宗，馮保遂在神宗的生母李貴妃面前大肆攻擊時任內閣首輔大臣的高拱，極力推薦張居正。高拱不知內情，竟將他要上書將馮保驅逐出宮的事告訴了張居正。張居正一知此事，便毫無猶豫地出賣了引他爲知己的高拱，把此消息密報給馮保。

馮保搶先下手，誣告高拱有造反之心，高拱遂被放逐。張居正去掉宿敵，終登內閣首輔之位，得償所願。

原文

人者多欲，其性尚私。

譯文

人的欲望是多種多樣的，人的本性是自私的。

釋評

對人的認識，小人的見解有其獨特的參考價值。他們本領很少，學識不多，卻能欺上瞞下，興風作浪，這讓人對其等閒視之不得。有一點可以肯定，那就是小人總能找到人性的弱點並加以利用，從而達到自己的目的。事實上，人類社會的無窮禍患，無不是由於人們的多欲和自私而引發的。

事典

李義府的轉捩點

李義府是唐高宗時代的宰相，他外表看上去溫和謙恭，未言先笑，可是內心卻陰險惡毒，人稱「笑裡藏刀」。

唐高宗登基伊始，他只是一個中書舍人的低級職務，當時宰輔大臣長孫無忌又不喜歡他，遂貶他出京，到偏遠的壁州擔任司馬小官。李義府惶急之中，向同僚王德儉求救。

王德儉官位不高，無法直接幫助李義府，但他深通人情世故，便給李義府出了一個主意，他說：「人都是自私的，皇上也不例外。現在皇上要立武則天爲后，只因大臣們反對才遲遲未決，此時如果你上奏皇上，提出此議，滿足皇上的私心，必受皇上喜愛，那你就可轉危爲安了。」

李義府大喜過望，依計而行。他連夜寫好奏書，堅請廢黜皇后王氏，擁立武則天爲后，並敲開閤門，將此折遞入宮中。

李義府此舉正中唐高宗的下懷，他立刻被召見，並受賜一斗珍珠。武則天獲知此事，對他也另眼相看，還派人向他致謝。結果他不只未被貶官，反而升了官，倒是反對廢后的長孫無忌等人，最後被迫害致死。

原文

成事享其功，敗事委其過，且聖人弗能逾者，概人之本然也。

譯文

事情成功了便享受功勞，事情失敗了便推託過錯，聖人尚且不能超越這一點，這大概是人的本性所決定的吧。

釋評

虛榮心，是人所共有的；責任感，是人所缺乏的。在是非成敗面前，人的這種本性最易暴露出來。

認識到這一點，對人對己都是大有益處的，它可使人丟掉幻想，對人不能期望太高，要求太多；對己不要自信太強，自責太切。

凡事若能順其自然，就勢而為，便會處理好各種各樣的人和事，不致怨天尤人，犯忌涉險。

事典

冤死的晁錯

劉邦建立漢朝後，分封劉姓宗室爲諸侯。到景帝時，謀臣晁錯，忠心耿耿，他爲了國家的統一和鞏固，向景帝提出「削藩」的主張。晁錯的父親聽聞消息，馬上從家鄉潁川趕到京城長安，對兒子勸誡說：「你太幼稚無知了，這事成了，那是皇上的功勞；這事若是辦壞了，罪名便會全都落在你的身上。無論如何，這是費力不討好的事，聰明人怎會幹這種愚蠢的事呢？」

晁錯回答說：「這事對國家有利，有人怨恨於我那也顧不得了。只要皇上明白我的心意，又有誰能加害於我呢？」

晁錯的父親頓足而泣，他說：「大禍臨頭了，你還不自知，我還能說什麼呢？」言罷他竟服毒而死。

以吳王劉濞爲首的劉姓諸侯因不滿削藩，起兵反叛，「七國之亂」隨之爆發。他們以「清君側、誅晁錯」爲名，四下舉事，一時天下大亂。面對如此形勢，登基不久的漢景帝亂了手腳。和晁錯有仇的大臣袁盎趁機向景帝進言說：「王侯造反，全是晁錯一人造成的。皇上受了晁錯的蒙蔽，不應該削藩，令其喪失他們的地盤。倘若殺掉晁錯，恢復他們的封地，赦免七國的造反之罪，叛亂自會平息了。」

景帝聽罷此言，默不作聲，良久，他才如釋重負地高聲說：「爲了一個晁錯，我又何必得罪天下！」

景帝遂命丞相陶青等人彈劾晁錯，說他離間君臣，大逆不道，無大臣之禮，應當腰斬，父母、妻兒、兄弟姐妹，應一律處死。

彈劾一到，這齣由景帝自編自導的醜劇，景帝自然是無不照準，且是立即執行。

可悲的是，晁錯當時正在忙於平叛事宜，行刑的使臣來逮捕他，他卻以爲皇上有要事相召，還換上了朝服。一待馬車將他拉到處決死囚的長安城東市，他方知不妙。不等他出聲，便被人拉下車來，砍下頭顱。

晁錯至死，也不明此中情由。景帝雖殺了晁錯，卻未能使叛亂平息，只是白白斷送了一代名臣的性命。

原文

多欲則貪。尚私則枉，其罪遂生。

譯文

欲望多了就會起貪心，極端自私就會有偏差，罪惡從此便產生了。

釋評

多欲和自私，是人很難克服的自身弱點，沒有幾個人能真正超脫此中局限。

從這個意義上說，人都是有罪的；區別只在罪大罪小而已。人間的一切罪惡，歸根結底，還是源於人們自身的這種缺陷。

這就要求人們要正視自我，時刻檢查自己的言行，加強修養，棄惡向善，從根本上戰勝人性的弱點。否則，便只能越陷越深，難以自拔了。

事典

驟登顯要的主父偃

西漢的主父偃未發跡時，窮困潦倒，連借錢都無處可借。世態的炎涼，自身的困頓，使他對世間的一切充滿了仇恨，發誓一定要出人頭地，報復那些羞辱他的人。他一度遊歷了燕、齊、趙等藩國，可始終不被任用，這更增加了他的仇恨心。萬般無奈，他孤注一擲地來到首都長安，直接向漢武帝上書。這次的冒險使他大有所獲，漢武帝對他十分賞識，立即被授以官職。一年之內，他竟連升四級，官居顯位。

有了權勢，主父偃便迫不及待展開他的報復行動。以往得罪過他的人，都加以罪名，紛紛收監治罪。哪怕只是從前對他態度冷淡的人，他也不肯放過，極盡報復，不惜置人於死地。至於當初冷遇他的燕、齊、趙等藩國，他更是處心積慮地把一腔仇恨發洩在其藩王身上。漢武帝的哥哥劉定國，是燕國藩王，他無惡不作，臭名昭著。他先是霸佔了父親的小妾，生下一個兒子，接著又把弟弟的媳婦強行搶來，據爲己有。主父偃正爲如何報復燕王發愁之際，恰好這時有人向朝廷告發了燕王的醜行。主父偃主動請纓，獲准受理此案。他假公濟私，不僅向武帝訴說此中實情，還添油加醋地編排了燕王其他「罪行」，終迫使燕王自殺了事。

漢武帝的遠房侄子劉次昌，爲齊國國王。主父偃想把自己的女兒嫁給他，卻遭到齊王的拒絕，爲此，主父偃懷恨在心，便對武帝進言說：「齊國物產豐饒，人口眾多，商業興旺，民多富有，這樣的大國如此重要，陛下應該交由愛子掌管，才可免除後患。」主父偃的一席話打動了漢武帝，遂任命主父偃爲齊國丞相，監視齊王的舉動。不想主父偃一上任，便捏造罪名，對齊王嚴刑逼供，肆意陷害，齊王嚇得自殺而亡。

下一個報復目標自然是趙王了。趙王深知這一點，索性來個先發制人，搶先上書漢武帝，揭發主父偃貪財受賄，脅迫齊王。主父偃這次猝不及防，陷入被動。他被收監下獄，承認了受賄之罪，卻拒不承認對齊王的脅迫罪名。

漢武帝本不想殺他，但主父偃的政敵公孫弘百般進讒，說他脅迫齊王，離間陛下的骨肉，非殺不可。加上主父偃樹敵太多，竟無人肯爲他說一句好話，終使武帝狠下心來，將主父偃族滅。

主父偃有此下場，先前早有人勸誡他說：「做人不能太過霸道，不留餘地。你如此行事，實在過分，我眞爲你擔心！」

主父偃卻不以爲然，振振有詞回答說：「大丈夫活在世上，豈能平淡度過，即便不能過著列五鼎而食的生活，能被五鼎烹煮而死也是好的。我求官奔波四十餘年，受盡屈辱，今朝大權在手，又怎能不盡情享受？人人都有欲望，人人都有私心，窮困時連父母、兄弟、朋友都不肯認我，我又何必在意別人的看法？」

羅織經

原文

民文畏懲，吏之懼禍，或以斂行；但有機變，孰難料也。

譯文

老百姓害怕懲罰，官吏恐遭禍患，或許會因此收斂自己的行爲；但一旦有了機緣變故，誰都無法預料了。

釋評

刑罰對犯罪的威懾作用是顯而易見的，歷代的統治者都不惜用重典來維護自己的統治。刑罰的作用又不是萬能的，它不能從根本上消除人類的自私和貪念，何況利益和權力的誘惑力十分巨大，總有人會為它不惜鋌而走險，置生死於不顧。這就使得人們不僅要防人，更要修身養性，抗拒誘惑，切莫疏忽對自己內心的防範。

事典

韋皇后的倒行逆施

唐中宗軟弱無能，皇后韋氏卻是野心勃勃，她想效法武則天當女皇帝。其女安樂公主也不是善類，想當皇太女。母女二人把持朝政，搞得天怒人怨，群情激憤。

正直的大臣向中宗揭發韋氏母女的惡行，中宗深受觸動。韋皇后得知此事，索性找來安樂公主，對她說：「你的父皇是不會饒恕我們的，我們的富貴得來不易，現在是決斷的時候了。」

安樂公主自知罪行不輕，一旦獲罪，便是生不如死。她和韋后一樣，嘗到權力的甜頭，又怎肯束手待斃？她年紀不大，心腸卻十分惡毒，對韋后說：「我們有所顧忌，才會安於現狀，沒有極端行事。此刻趁父皇尚在猶豫，當是我們最後一搏的大好時機。」

母女二人於是決心除掉中宗，韋皇后親手做了一個有毒的餅子，安樂公主親自送給中宗，將中宗毒死。中宗死後，韋皇后臨朝稱制，由於心虛，韋后母女實行嚴刑峻法，稍有懷疑，便治人於罪，甚至對保衛皇宮的禁軍也施以高壓政策，動不動就加以懲罰。一時，韋氏一黨猖狂肆虐，朝中上下人人自危，敢怒而不敢言。

如此局面，使暗中等待時機的李隆基心頭竊喜。他四處聯絡反韋勢力，又爭取到和韋氏矛盾的宮門禁軍支持，發動宮廷政變，誅殺了韋氏母女，一舉奪取了政權。

原文

爲害常因不察，致禍歸於不忍。

譯文

人們受害常常是因爲對人沒有仔細的察驗，人們遭受禍患往往是由於對人心慈手軟。

釋評

趨利避害是人們孜孜以求的目標。實際上，若無對人性的充分了解，要達到這一點是不可能的。

人們上當受騙，源於對人考察不深；人們一廂情願地過分善良，惡人便利用這一點謀取私利。正因此節人生才會顯得那麼複雜和坎坷，社會才會呈現那般殘酷和無奈。

孟嘗君的不知

戰國時代的齊國公子孟嘗君，以養士著名。他門下的食客數千人，無一不受到他的優待。有此善舉，有識之士爭先恐後地投奔他，至於一些無甚才識之輩，更是以他為大樹，到他那混口飯吃。

難能可貴的是，孟嘗君對他們一視同仁，並沒有因為一些人的濫竽充數而虧待他們。他有如此氣度，食客和天下人無不對他讚譽有加，敬佩之至。

當然，天下沒有白吃的午餐，孟嘗君如此不惜代價地養客待士，自是希望這些人為他賣命效力。食客也的確為他做了一些事，那廣為人知的「雞鳴狗盜」的故事，便是一例，它幫助孟嘗君解脫了困境，度過了險關。

俗話說，天有不測風雲，由於孟嘗君的聲望太大，齊國國君有了猜忌之心，便罷免了孟嘗君的職務，把他趕出都城。最令孟嘗君傷心的是，他門下的數千食客，一看孟嘗君失勢，竟紛紛離開了他。

後來孟嘗君官復原職，那些先前背棄他的食客又紛紛返還了。孟嘗君心生惱怒，忿忿地對一直陪伴他的馮諼說：「這些人實在是太可惡了，他們不仁不義，還恬不知恥地回來見我，眞是把我當傻瓜耍。我自問沒有一絲虧待他們之處，可他們竟那般地對我，這個世上還有道義可言嗎？我一定要好好羞辱他們，以解我心頭之恨！」

馮諼長嘆一聲，問孟嘗君：「事情總有它的道理，公子可知道此中的奧妙嗎？」

孟嘗君搖頭說：「我實在不知，請先生教我。」

馮諼見孟嘗君態度誠懇，也就直言相告：「人之常情，什麼時候也差不了多少。正像有生必有死一樣，富貴時自會有人追隨於你，貧賤時當然就缺少朋友，這是事情固有的道理啊。打個比方說吧，公子看過去市場趕集的人嗎？一大早，人們便爭先恐後地來到集市上，到了天黑，即使是路過集市，人們也不作片刻停留，這是爲什麼呢？道理很簡單，人們並不是對早上的市場有所偏愛，也不是對晚上的市場有所憎惡，只是因爲晚上的市場已經沒有人們所需要的貨物了。這般說來，當你失勢的時候，人們棄你而去，不是一件很正常的事嗎？你對此耿耿於懷，豈不是對人性所知太少了嗎？現在你還不是可以心狠放縱的時候，爲了你的大業，你不要責怪他們，否則就斷了賓客的來路，於你有害而無益。」

孟嘗君聞聽此言，對馮諼稱謝不已。他不再追究此事，反使食客們自慚形穢，人人都對他有了以死報效之心。

原文

桓公溺臣，身死實哀。

譯文

齊桓公過分相信他的臣子，以致死亡實在讓人哀痛。

釋評

權力和才智往往使人剛愎自用，自視甚高，齊桓公身為一代霸主，竟為小人的伎倆所蒙蔽，以致受害，恰能證明過分自信的害處實在可怕，對此萬萬輕視和忽略不得。與其說是奸惡小人害了齊桓公，不如說是齊桓公自作自受的結果。

對任何事情的考察和分析，外因始終是次要的，內因才是事情成敗的關鍵。在此，反省自身是必要的，是不能怨天尤人的。

事典

齊桓公的悲劇

齊桓公由於重用管仲、鮑叔牙等一批賢明大臣，稱霸天下四十年。有此功績，齊桓公漸漸驕縱起來，到了晚年更是怠於國政，耽於遊樂。管仲病危時，竭力勸阻桓公不要親近豎刁、易牙、衛開方，告誡他絕不可使他們掌握權力，否則後患無窮。

齊桓公極為自負，他說：「他們對我忠心不二，我對他們施有大恩，他們怎會背叛我呢？你是多慮了。」

管仲連連搖頭，又進言道：「人性是無法改變的，沒有人不愛自己超過別人。豎刁本不是宦官，卻自願接受宮刑，他連自己的身體都忍心殘害，對別人又怎會留情？沒有人不愛自己的兒女，易牙為了邀寵，竟殺死他的三歲小兒做成蒸肉獻給大王，他連自己的兒女都狠心下手，對誰還會客氣嗎？沒有人不愛自己的父母，衛開方卻十五年沒有回家盡孝，他連父母都不聞不問，還能在乎別人嗎？我死之前，還可以馴服他們，他們不敢作亂。我死之後，大王不辨忠奸，若是還相信他們，那將害人誤國了，大王絕不可姑息猶疑。」

齊桓公雖然答應了管仲的請求，但並沒有真正省悟。管仲死後，他依然對豎刁等人寵信如故。

兩年後，齊桓公病重，不能上朝理事。五位公子爭位，齊國內亂。豎刁、易牙見齊桓公已無利用價值，便決定擁立桓公的另一個兒子公子無虧，以保他們的富貴。

爲了把桓公餓死，他們下令禁止任何人出入寢宮，又把服侍桓公的人全部趕走，還在寢宮外築起高牆。這樣，名震天下的齊桓公竟被活活餓死在病榻上。更慘的是，齊桓公餓死之後，屍體因無人處理，腐爛生蛆，直到蛆蟲的數目多到爬出圍牆之外，人們才知道他已死去多時了。

原文

夫差存越，終喪其吳。

譯文

吳王夫差沒有吞併越國，最後卻導致吳國的滅亡。

釋評

越王句踐臥薪嘗膽的故事，歷來被人稱為隱忍的典範。

從另一個角度看，這又是吳王夫差心存一念之仁，養虎為患的結果。句踐的演技固然高超，可若是夫差當機立斷，痛下殺手，就不會有國破身亡的下場，歷史也將因之改寫。

權力場上向來是殘酷無情、你生我死的，不能料事在先，對敵無情，就無法保全自己，免受傷害。

事典

夫差的短視

春秋時期，吳主闔閭進攻越國，吳軍大敗，闔閭腳趾中了越軍的毒箭，潰爛而死。闔閭的兒子夫差繼位，他立志報仇雪恨，每頓飯前都讓衛士大聲向他說：「夫差，你忘記殺父之仇了嗎？」每到這時，他都大聲回答說：「誓死不忘。」有此決心，他厲兵秣馬，勤於政事，兩年後對越開戰，大獲全勝，生擒了越王句踐。

夫差大仇得報，躊躇滿志。對如何處理越國，吳國的大臣們卻發生了爭論。忠心耿耿的伍子胥主張吞併越國，以消後患，他對夫差說：「越國狼子野心，對其絕不能姑息，大王若不趁此良機將其併入版圖，勢必令其有喘息之機，一旦它有所振作，吳國就危險了。何況吳越的仇恨已經種下，縱是大王有心憐恤，他們也不會心存感激的。」

吳國的另一重臣伯嚭爲越國收買，便提出與伍子胥完全相反的意見，力主保全越國，作爲吳國的附庸。他爲此遊說夫差，給夫差戴了許多高帽，又說若是吞併越國，便顯得夫差薄情寡恩了。夫差自視甚高，實際上卻是優柔寡斷、貪圖虛名之輩。他十分草率地接受了伯嚭的建議，保全了越國，只讓越王句踐留在吳國，當作人質。

句踐忍辱負重，百般討好夫差。一次夫差病了，他竟親自去嘗夫差的糞便。夫差爲句踐的假象所迷惑，三年之後，便放句踐回國。

句踐死中得活，秘密重整軍備。他又施展美人計，把西施送與夫差，令其沉迷酒色，荒廢國政。伍子胥洞悉其奸，屢次進諫夫差，無奈夫差執迷不悟，最後竟下令伍子胥自殺。

距夫差生擒句踐整整二十年之後，越國一切準備就緒，向吳國展開了全面進攻。很快，吳軍敗退，首都姑蘇陷落。夫差逃到陽山，向句踐請求仿效二十年前的故事，讓吳國保留下來。句踐卻答覆說：「先前老天爺把越國賜給你，你不接受，現在老天爺把吳國賞賜於我，我又怎敢拒絕呢？」

夫差至此，悔恨難當，只好自殺。臨死時，他用布把臉蒙上，說無顏在地下去見伍子胥了。

原文

親無過父子，然廣逆恆有。

譯文

沒有比父子關係更親近的，可是像楊廣那樣的逆子卻總是存在。

釋評

權力使人瘋狂，甚至失去人性，無惡不作。

歷史上，似隋煬帝楊廣殺父奪位的事，從來就沒有停止過。這是專制時代的痼疾，權力既能讓人一步登天，為所欲為，自會使人產生覬覦之心。與此相較，專制社會所宣揚的仁義道德、三綱五常，便顯得分外無力了。

在奪權者眼裡，權力才是第一位的，如果親情成了奪權的障礙，自然就要排除的。

事典 楊廣的獸行

楊廣爲隋文帝第二子，按照嫡長子繼承的宗法制度，其大哥楊勇被授予太子之位，他被封爲晉王。楊廣是個野心勃勃的奸惡之人，對此他心懷憤憤，日夜籌畫扳倒太子。

一次，隋文帝到京城外的仁壽宮小住。太子楊勇在京期間，於冬至這一天在東宮接見了群臣。但按照朝廷制度，太子爲了避免干政嫌疑，是不能和群臣來往的。楊廣以此大做文章，他急忙趕往仁壽宮，誣陷太子將有非常之舉。隋文帝不辨眞僞，於是將楊勇廢黜，讓楊廣做了太子。

謀得了太子之位，這只是楊廣奪權的第一步，太子只不過是個名位，只要父皇還在，是沒有任何實權的，於是，他又把隋文帝視爲眼中釘，必欲除之而後快。

之後，隋文帝病倒，楊廣假意服侍父皇，陪伴左右，卻是期待文帝早死，以便馬上登基。一天，他在林園中遇見文帝的寵妾宣華夫人，百般調戲，只因宣華夫人誓死不從，他才沒有得手。

此事被文帝得知，大罵楊廣禽獸不如，後悔改立太子，要立刻恢復楊勇的太子之位，並將楊廣治罪。但已然晚了，此時他的周圍都是楊廣的心腹，他的號令自是無人聽從。楊廣指使自己的心腹手下張衡，對文帝下了毒手，可憐一代英主，竟被兩腿撕裂，活活肢解，慘死在病榻之上。

羅織經

原文

恩莫逾君臣，則莽奸弗絕。

譯文

沒有比君對臣的恩德更大的，但是像王莽那樣的奸臣卻從未斷絕。

釋評

君主專制時代，臣子的富貴榮華都是君主所授予的，這種恩情自是無人可比了。

作為奸雄的代表，王莽深受皇恩，竟幹下篡逆之事，似他這樣的人，在歷史上比比皆是，不足為怪。由此可見，施恩於人，並不一定能得到好的回報；實力才是最重要的。

有實力為依託，即使寡恩薄情，也會令人畏懼，不受人欺。

事典

忘恩負義的王莽

西漢的王莽，為歷代詬罵，他篡漢自代，愚弄天下，早已是奸臣的代名詞了。從改朝換代，江山易姓的手法上來看，王莽又是一個非同尋常的人物，他完全靠一個人的力量和智慧，沒有動用一兵一卒，就完成了奪取帝位、建立新朝的大業，可謂奇蹟。

王莽的發跡，起初完全得力於他那個當太皇太后的姑姑王政君。王莽出身孤寒，父親早死，他和母親相依為命，艱苦度日。王政君見其母子可憐，多方照顧，對王莽愛之逾子，憐愛備至。她不顧眾大臣的非議和反對，極力提拔王莽，以致王莽三十八歲時，已是朝廷重臣，身兼大司馬之職。

王政君如此行事，有人便向她進言道：「王莽雖是太皇太后的至親，加恩於他未嘗不可。只是王莽外表看似敦厚，其實未必心存感激。一旦尾大不掉，太皇太后的苦心白費不說，大漢的江山可危險了。」

應該說王莽的偽裝功夫天下一流。雖有臣子進言，王政君卻怎麼也看不出王莽有不臣之心。她曾私下把王莽招來，對他說：「你有今日，非是姑姑之功，乃皇恩浩蕩之故。我們王家深受漢室大恩，任何時候，我們都要恪盡職守，報效天子。」

王莽裝得涕泣橫流，忠心不二，王政君爲其愚弄，更是不遺餘力地提攜他了。有了王政君這個靠山，再加上皇帝年幼無知，王莽欺上瞞下，培植自己的勢力，最後被封爲「安漢公」，位在三公之上，一手把持了朝政。

位極人臣，王莽並沒有心滿意足。他要當皇帝，自然遭到身爲漢家之后的王政君反對。劉漢王朝若是不存，她也就失去立足的根基。她把王莽招來，未待訓斥，只見王莽再不像從前那樣恭敬，卻是傲慢無理地搶先說：「我意已決，姑姑就不要多費唇舌了。漢室氣數已盡，天命在我，姑姑若是知趣，還是把御璽交給我吧。」

王政君深知王莽羽翼已成，再也無法駕馭他了，她又悔又恨，無奈之下，便憤憤地將御璽摔在地上，以致御璽有損，掉了一角。至此，王莽完全撕掉了僞裝，登基做了皇帝，建立新朝。

原文

是以人心多詐，不可視其表。

譯文

因此說人的內心隱含著太多的欺騙，不能光看他的外表。

釋評

以貌取人，輕言輕信而上當受騙，遭受禍事的例子不勝枚舉。

實際上，要想透過人的外表，識別真偽，辨別忠奸，確是一件很難的事。這要求人們首先必須加強防範意識，不要抱有僥倖心理；其次，人們要克服自身的弱點，不能為別人不實的奉承、恭維之言所迷惑，任何時候都要保持清醒的頭腦。

俗話說，忠言逆耳，大奸似忠，人們倘若只憑自己的好惡行事斷人，終究是片面的，往往存在著很大的盲點。這方面，自欺欺人不行，一廂情願也不可。

事典

過河拆橋的秦檜

北宋滅亡之時，秦檜被金人俘虜，他賣身投敵，被派回南宋充當內奸。起初，他不但得不到南宋朝廷的信任，反而惹得許多大臣對他的身份大加質疑，因爲被俘虜的大臣很多，他們很少能像秦檜這樣平安返回，且是攜妻帶子，毫髮無損。

秦檜焦灼之際，想起一人，他是南宋宰相范宗尹。此人年紀雖只有三十三歲，卻已手握軍政大權，頗得皇上的信任。於是他帶著重禮，登門向他求助。

范宗尹雖年輕，卻不是一個簡單人物。他善於投機，工於心計，品行比秦檜好不了多少。北宋時，他也背叛了宋朝，且向金人推薦張邦昌爲帝，只因張邦昌垮臺太快，他才又投靠了宋高宗趙構。憑著他的諂媚功夫，竟是後來居上，成爲百官之首。

范宗尹自恃聰明絕頂，沒想到這次遇上了比他更強勁的對手。秦檜拜見范宗尹時，極盡恭維，加上外表樸實，態度誠懇，贏得了范宗尹的好感。再加上秦檜所奉上的大禮非輕，范宗尹於是引他爲知己，在高宗皇帝面前極力薦舉秦檜。不到一年，秦檜便升到了副宰相之位。

范宗尹對秦檜有如此之恩，不想秦檜卻把他當成了自己爬上宰相高位的絆腳石。他雖在表面上不改對范宗尹的逢迎，暗地裡卻無時無刻不在思量如何將他扳倒。

一次，范宗尹私下找秦檜商量要事，對他說：「皇上欲發大赦令，同時要給百官都晉升一級，我要諫阻此事；何況現在朝中尚存當年奸臣蔡京等人所提拔的餘黨，這些人更要清除出去。此事關係重大，不知你以爲如何？」

秦檜深知范宗尹志不在此，他已是位極人臣，無可再升，只是怕別人升官對自己不利。至於清除蔡京餘黨之說，范宗尹自可藉機排除異己，亦可收買民心，以增其名望。

秦檜比范宗尹的高明之處，在於他不僅看破了范宗尹的用心，更看到此議若是提出，勢必傷及百官的利益，定會遭到他們強烈反對，使范宗尹陷於孤立，這可是扳倒他的絕好機會。於是秦檜極力贊成，大聲言好，還信誓旦旦地保證說：「宰相如此看重下官，莫說要我鼎力聲援，就是赴湯蹈火，下官也萬死不辭。」

秦檜這種態度，更堅定了范宗尹的決心。第二天上朝，他便將此議提出，結果正如秦檜所料，滿朝文武反對不說，就是高宗趙構也不以爲然。

范宗尹心中惶急，只盼秦檜表態支持，不想秦檜一待開口，卻是極力反對之詞，且態度比任何人都嚴厲得多。他的這一舉動自然贏得了大臣們的擁護，高宗趙構也頗爲贊許，只有范宗尹瞠目結舌，方知中了秦檜的奸計。他四面楚歌，無奈之下，只好請求辭職。秦檜接掌了相位，陰謀終告得逞。

原文

世事寡情，善者終無功。

譯文

世上的事缺少感情，做好事的人最後卻得不到功勞。

釋評

人心不古，世態炎涼，往往使人悲觀氣餒，甚至棄善從惡。從這一點看，那些奸惡之人，天生未必就是個壞胚子。

俗話說，近朱者赤，近墨者黑，社會大環境對人的影響是重要的，在壞人當道，好人遭殃的專制時代，自然會使那些是非不分、根基尚淺之人，產生這樣的錯覺。與其為善，不如為惡。

這雖和聖賢的教誨相悖，一旦他們嘗到了為惡而得到的甜頭，誰又會真正在乎那些勸世良言呢？

事典

苻堅的錯誤

十六國時期，前秦的皇帝苻堅，任用平民出身的王猛爲相，統一了中國北方，是個頗有作爲的一代帝王。

苻堅是個心地善良，胸襟開闊的人，對人從不猜忌，即便是那些投降或被俘的帝王將相，他也以禮相待，從不殺戮。甚至如鮮卑親王慕容垂，羌部落酋長姚萇，他還引爲知己，授予高官和賦予很大的權柄。

王猛生前曾勸諫苻堅說：「皇上與人爲善，也不能不分敵我。國家的死敵不是東晉，而是雜處在國內的鮮卑人和羌人。更讓臣擔心的是，他們的首領都在朝中身居要職，有的更握有兵權，一旦有變，國家就危險了。」

但苻堅堅信只要誠心待人，對方一定能誠心待我，有此觀念，故並未把王猛之言放在心上。王猛死後，他對這些人更是信任不二，寵愛日隆。

之後符堅率兵南下伐東晉，卻於淝水之戰戰敗，苻堅逃到洛陽，那些尚未到達淝水的大軍也聞風潰散。鮮卑籍大將慕容垂見有機可乘，遂起反叛之心。他藉故黃河以北人心浮動，自請苻堅派他前去宣慰鎮撫。符堅對他毫無防範，不僅痛快答應了他的請求，還親自向他致謝。慕容垂渡過黃河後，立即號召前燕帝國的鮮卑遺民復國，建立了後燕帝國。

其後，遷到關中的鮮卑人，又在慕容泓的領導下，建立了西燕帝國。苻堅命他的兒子和羌籍大將姚萇征討西燕，結果大敗，苻堅的兒子陣亡，姚萇畏罪逃到北方，後又叛變，建立了後秦帝國。

鮮卑人和羌人的反叛使前秦帝國陷入了滅頂之災。不久，首都長安被困，苻堅突圍西行，在五將山被後秦兵生擒，送到後秦皇帝姚萇的手上。

苻堅至此，仍懷有希望。因姚萇二十年前犯罪當誅，在綁赴刑場處斬時，時爲親王的苻堅見他英武不凡，遂動了惻隱之心，將其救下。有此大恩，苻堅深信姚萇自會感恩圖報放他一馬。

萬沒想到，姚萇先是向他索取傳國御璽，繼而百般污辱。苻堅萬念俱灰，大罵姚萇忘恩負義，姚萇不待他多言，就把苻堅活活縊死。

原文

信人莫若信己，防人毋存幸念。

譯文

相信別人不如相信自己，防範別人不要心存僥倖。

釋評

人的自私和貪欲，決定了一個人不可能完全為別人著想。

即使肯為別人犧牲，那也是有條件、有限度的。何況人隨時在變，更增加了這種不確實性。由此看來，相信自己才是根本，對人保持防範之心實屬必要。

不輕信別人便不會失去自我，任人擺布；對人設防便不會毫無機心，無力應變。

宋高宗的防身術

南宋高宗時，秦檜久居相位，炙手可熱。朝廷內政外交，均爲秦檜所把持，在外人眼裡，高宗對秦檜可謂寵信無比，毫無猜忌了。

其實，這只是表面的現象。由於秦檜長期專權，他的黨羽遍布朝野，各要害部門均被其心腹掌握，甚至高宗身邊的貼身侍從和御醫都是秦檜的人，他們隨時把高宗的一舉一動向秦檜報告。

如此局面，高宗既恨且怕。他深知如若對秦檜採取行動，要冒極大的風險，沒有十分的把握，何況秦檜有金人作後臺，更是令他感到棘手。高宗進退不能，深悔先前輕信重用了秦檜，現在，他只能把仇恨壓在心底，對其嚴加防範了。

每次上朝，高宗都在靴子中暗藏一把短刀，以作防身之用。秦檜所進獻的美食，他佯做收下，暗中卻統統丟棄。有病用藥之時，他總是令人先嚐，直待確認無毒才敢服用。長此以往，他始終不敢大意，以致不知內情的妃嬪們還以爲他得了怪病。

秦檜老了之後，重病在床，自知大限將至，於是希望能讓兒子秦熹接掌相位。

眼見秦檜將死，高宗心頭竊喜，爲了防備萬一，他仍是裝出對他十分關愛的模樣，不僅派人送醫送藥，慰問有加，還在秦檜臨死的前一天，親自駕臨秦府，探視病情。

秦檜見高宗親至，掙扎著想把自己的想法告訴高宗，無奈他雖有一口氣在，卻是已經說不出話了。秦熹自知父親的心意，於是向高宗探詢將來由誰接任宰相，高宗冷冷作答：「此乃國家大事，你根本就不該打聽。」

離開秦府的當晚，高宗下了決心，命人起草詔書，解除秦檜祖孫三人的一切職務。第二天此詔公布天下，秦檜得知此事，當天夜裡便急火攻心，哀嚎而死。高宗聞訊大喜，如釋重負，他拔出靴中的短刀，丟在地上，大聲說：「老匹夫已死，朕再也用不著這個東西了。」

原文

此道不修，夫庸爲智者乎？

譯文

這種技藝不學習，難道還能成爲一個有智慧的人嗎？

釋評

識人之能，向來是智者所以為智者的顯著標誌，也是古今所有成大事者必備的一種重要本領。

只有了解人性，看清人的優缺點，掌握人的心理，才能做到悅人服人，御人制人。對普通人而言，這也是不可或缺的生存和生活技能。

對每時每刻都要和別人打交道的人們來說，若缺乏對人的深刻了解和正確認識，想應對自如，趨利避害，走向成功，那實在是不可能的事。

事典

范蠡的先見之明

越王句踐滅吳興國，有兩大功臣，一個是范蠡，一個是文種。句踐先前戰敗時，范蠡教句踐以韜晦之術，使其隱忍暫渡難關，並親隨句踐在吳國作了好幾年人質，受盡了苦難。文種則提出了滅吳的七種方法，句踐按此計謀，終於打敗了吳國，稱霸一時。

勝利到來之時，越國上下人人歡慶，只有范蠡一人竟是眉頭緊皺，悶悶不樂。

范蠡不愧是個智者，此時此刻，他竟預感到了將來才會發生的災難，而所有這些，全是憑他對句踐多年的觀察和了解而得出的。他在出逃之後，曾給文種送去一封信說：「飛鳥盡，良弓藏；狡兔死，走狗烹。越王這個人，長長的脖子，尖尖的嘴，面貌凶詐，其心難測，可與共患難，不可與其歡樂，你如果不儘早離開他，必遭禍事。」

文種自恃功高，缺乏范蠡的識人之能，便認爲范蠡危言聳聽，小題大做。不過他雖沒有聽從范蠡的勸告，卻也小心戒備起來，從此稱病在家，不問國事。

句踐爲人奸險，疑心甚重，他深知文種的才能高超，便有心將他除去。何況吳國已滅，再也用不著他了，萬一他要作起亂來，自己根本就不是他的對手。

有此機心，文種的悲劇命運便註定了。句踐以探病爲名，來到文種的府上，對他冷冷地說：

「先生教我七種滅吳之策，實在高明得很！我只用其中的三種，就把吳國滅了，剩下的四種方法，先生準備用它對付誰呀？」

文種不明就裡，還如實回答說：「吳國已滅，它自無用處了。」

句踐冷笑一聲，陰聲道：「不然，我的地下先人尚需有人輔佐，先生大才，可足當此任了。」

句踐留下一把劍，言罷便走。文種這時才明白，句踐已不容他活在世上了。他痛悔難當，眼淚縱橫，想起先前范蠡的勸告，更是恨己失察，方有今日之禍。他唏噓良久，自刎而死。

第二卷

事上卷

為上者疑，為下者懼。上下背德，禍必興焉。

上者驕，安其心以順。上者憂，去其患以忠。順不避媚，忠不忌曲，雖為人詬亦不可少為也。上所予，自可取，生死於人，安能逆乎？是以智者善窺上意，愚者固持己見，福禍相異，咸於此耳。

人主莫喜強臣，臣下戒懷妄念。臣強則死，念妄則亡。周公尚畏焉，況他人乎？

上無不智，臣無至賢。功歸上，罪歸己。戒惕弗棄，智勇勿顯。雖至親亦忍絕，縱為惡亦不讓。誠如是也，非徒上寵，而又寵無衰矣。

本卷精要

◎歷來的高位者，多是虛榮心極強、心高氣傲的人物。他們雖以好忠正、遠小人自居，其實沒有幾個能眞正做到。

◎貪汙一點，即便沒有本事，只要表現得忠順，就不會成爲統治者眼中最大的禍患。

◎沒有人心甘情願地取悅別人，但取悅上司也是一門很深的智慧；在這方面，用常理行事是不行的。

◎官運亨通的第一要訣，便是揣摩上司隱藏的想法。

◎如果凡事硬要分個是非曲直，那麼官場就容其不得，各種非難也就會加諸彼身。

羅織經

原文

爲上者疑，爲下者懼。

譯文

上司的疑心重，下屬的恐懼多。

釋評

位尊權重，高高在上，向來是許多人追求的目標。歷史上，為了爭奪權力的寶座，甘願就死，不惜一搏的人比比皆是。如此看來，上司疑心別人圖謀不軌，也就不難理解了。

身為下屬，沒有人不想建功立業的。這不僅是晉身的資本，也是許多人的人生追求。問題是，功高常有震主之嫌，「狡兔死，走狗烹」的故事，總讓人心有餘悸。有此緣故，下屬的惶懼便可想而知了。

這就使得做下屬的，一要對上司的了解能深入本質，二要明確自己的定位。如果不知忌諱，任性而為，情況就兇險了。

事典

周勃的幸運

周勃是漢高祖劉邦的同鄉，他追隨劉邦，屢立戰功，被封為絳侯。

劉邦死後，呂后專權，劉姓政權面臨嚴重的危機。周勃此時身為太尉之職，雖握有兵權，卻被呂氏子弟架空，不得施為。他自不氣餒，暗中始終為剷除呂氏而精心籌畫。

呂后死後，周勃見時機已到，便毅然起事。他來至軍營，對軍士說：「先皇密詔，清除逆黨。我受先帝重託，望各位助我除奸。忠於劉氏者袒露左臂，忠於呂氏者袒露右臂！」

周勃德高望眾，有此登高一呼，軍士們無不回應。周勃於是牽領這支軍隊清除了諸呂，迎立劉邦的第五個兒子劉恆為帝，史稱漢文帝。

如此功勳，不想卻招來了漢文帝的猜忌之心。他自知若沒有周勃的擁立之功，自己決然當不上皇帝。可他有這等能耐，對自己始終是個威脅。

漢文帝表面上對周勃加官進爵，背地裡卻一臉憂鬱，寢食不安。

周勃的一位家人私下對周勃進言說：「大人剷除逆黨，居功至偉，皇上感激之餘，疑心便會產生。大人何不主動請退，以安其心呢？」

周勃一笑置之，說：「皇上宅心仁厚，不比常人。你以小人之心度君子之腹，不是很可笑嗎？」

周勃雄心勃勃，一心想爲重振漢室江山再立新功。他這般舉動，卻是更令漢文帝不可忍受了，他索性以被封侯的人都該回到自己封地爲由，把周勃趕出了朝廷。

事至此處，周勃方知皇上對他懷有戒心。他大爲恐懼，以致朝廷來人，他都嚇得穿上盔甲，以防不測。如此小心，還是遭人暗算，有人告他謀反，漢文帝不由他分說，便將他逮捕入獄，欲治其死罪。

周勃幾近絕望之際，重金賄賂獄吏。獄吏爲其出了一策，周勃如夢方醒，連連稱謝。獄吏只在竹簡的背面寫了六個字：「請以公主爲證。」公主是漢文帝的女兒，周勃的大兒媳婦。

周勃依計而行，公主於是求老太后出面，文帝礙於情面，這才不得不放了周勃。

事後，周勃親自向那個獄吏致謝，那個獄吏說：「大人實在太幸運了。我看管的這個獄門，凡被人告之以謀反的，沒有一個人能活著出去過。大人的幸運，可是公主的功勞了。」

周勃萬分感慨，連連搖頭說：「我自以爲位高權重，卻是不及你通曉人情世故啊。我先前不聽家人相勸，終有此禍。今用你策，方解大難。這其中的教訓太深刻了，我能不死，眞是萬幸啊。」

原文

上下背德，禍必興焉。

譯文

上司和下屬的心意不一致，禍事便由此產生了。

釋評

考察古今，王朝興替，社會動盪，無不是從上下離心開始的。

上下一心，是做好一切事情的首要前提，這不僅要求為上者反躬自省，禮賢下士，虛心納諫，也要求為下者修身隱忍，不計毀譽，凡事以大局為重，維護上下一致的局面。

如果上下各為其利，毫無謙讓之心；上下各為其名，毫無改過之實，事情發展下去，便一發不可收拾，上下俱損，對誰都沒有好處。

事典

何曾的警覺

西晉立創之初，宰相何曾一次從朝上回來，憂心忡忡。他的兒子不明其故，上前詢問，何曾便對他說：「國家初創，本該上下用心，朝氣蓬勃。可是我所見到的，卻是人人以清淡爲能，御前會議上大臣們也不談國家大事，惟恐一言不愼，惹禍上身，如此下去，還有倖免的嗎？這不是個好兆頭，只怕你們還可免禍，孫兒輩就註定要遭難了。」

司馬氏能建立西晉，始自曹魏的權臣司馬懿父子。他們爲了一己之私，對忠於皇帝或被疑心忠於皇帝的士大夫，格殺勿論，手段極其殘忍。甚至曹魏的第四任皇帝曹髦，也被他們殺死。如此形勢之下，士大夫們發明了一種避禍方法，那就是不談國事，言辭完全脫離現實，也不涉及任何事物，號爲「清談」。

西晉建立後，清談風氣仍是不改，它造成的直接惡果便是人人以不幹正事爲榮，以致行政官員不問政事，將領不問軍事，人不盡其職，職不守其責。人們百般謀求享受之外，再無崇高的理想了。

何曾的警覺是難能可貴的，可他的兒子卻不以爲然，他說：「父親大人眞是多慮了。現在人人都是這樣，你又何必操此閒心呢？再說，江山是皇上的，皇上尚且不思改變如此局面，父親大人又能有多大能力呢?至於以後的事，誰又可以預見得到呢?」

何曾長嘆一聲，又道：「危險來臨之前，總有它的徵兆。危機顯現之始，總有它的跡象。眼下的局面，是維持不了多長時日的。」

事實證明了何曾的判斷無誤，不久，八王之亂便爆發，西晉很快走向了衰落。最終西晉第四任皇帝司馬鄴被前趙帝國俘虜，西晉滅亡，距離西晉建立僅五十一年。

原文

上者驕，安其心以順。

譯文

高高在上的人驕傲自恃，可以用順從來使其心安。

釋評

歷來的統治者，多是虛榮心極強，心高氣傲的人物。他們雖以好忠正、遠小人自居，其實沒有幾個能真正做到。

古時忠臣的命運大多不妙，恰能說明這一點。這就為小人之輩提供了廣闊的生存空間，他們處處表現得毫無違逆，竭力迎奉上司的心意，反使那些正人君子們顯得和上司不同心了。

這就基本上限制住了專制時代為人下者的處世準則：唯上是從，唯命是聽。

事典

夏言的禍因

夏言是明朝嘉靖時的名臣，他四次入閣爲首輔大臣，權重一時，名震天下。下場卻很可悲，最後被處以極刑，斬首於北京菜市口。如此人生巨變，探根溯源，不能不歸結到夏言的剛直上。

夏言學問高，本事大，惟其如此，皇上不得不借重他。夏言自恃才高，剛直得近於傲慢，哪怕皇上他也敢反駁，多有不順，皇上屢有不快，只是引而未發。

這個奧秘被時任禮部尚書的嚴嵩捕捉到，他想藉此扳倒夏言，自己登上首輔之位。

一次，嘉靖皇帝因迷信道教，製作了一批道士服似的服裝分賜大臣，要他們穿著上朝。夏言以有傷國體之故，就是不肯聽命。嚴嵩看出嘉靖皇帝爲此內心惱怒，便藉機讒道：「夏言目無皇上，當眾抗命，臣下都以爲他太過了。他每以忠正自居，如此不敬皇上，其狼子野心不是昭然若揭了嗎？」

嘉靖深以爲然，自此疏遠了夏言。與夏言相反，嚴嵩在嘉靖面前表現得極爲恭順，凡事無不贊成，即使明知皇上有誤，他也一味擁護，遭人譏笑也不在意。長此以往，嘉靖皇帝對他的好感日增，最後讓他入閣拜相，成了一名重臣。

夏言先後三次被免去首輔大臣之職，第四次入閣爲首輔時，他的一位好友來到他的府上，與衆不同的是，他未有賀詞，卻是連聲嘆息，不住地搖頭。

夏言心中有異，問其緣故，他的好友便說道：「大人三去相位，可知是爲什麼嗎？」

夏言乃道：「皇上見異，乃是小人作祟。如今皇恩適隆，足見皇上的英明。」

其友卻道：「大大剛直，天下盡知。皇上容你三次，還會容你下次嗎？小人陷你三次，還會收手不爲嗎？望大人引以爲戒。否則禍不可測了。」

夏言凜然道：「大丈夫爲國盡忠，豈能藏頭縮尾。違心行事？我心無私，皇上自能體察，禍從何來？」

他依然故我，嘉靖皇帝愈加厭惡於他。後因在收服蒙古人，佔領的河套地區一事上，夏言又出言犯上，和嘉靖皇帝有了爭執；加上嚴嵩在旁進讒，嘉靖皇帝終於動了殺機，將他定了死罪。

臨刑之前，夏言似有所悟，悲憤道：「我以剛直爲美，上卻以柔順爲善，我有此禍，又怪得了誰呢？」

原文

上者憂，去其患以忠。

譯文

高高在上的人擔憂，可以用忠誠使其免除憂患。

釋評

歷朝歷代，對上不忠之事都是滔天大罪，不可饒恕。這是統治者真正的心病，無時無刻不在發作。

正因如此，奸惡小人害人之時，才總是想方設法給人冠以謀反不忠的罪名，來打動為上者那敏感的神經。

歷史上的貪官污吏，諂媚之徒之所以為上所容，於此就不難解釋了：貪汙、沒有本事，只要表現得忠順，就不會成為統治者眼中最大的禍患。反之，即使你清廉剛正、本事過人，只要有了不忠的嫌疑，便一無是處了。

這是專制統治者用人的根本原則，也是為下者必須時刻謹記的事上晉身之道。

事典

雍正的馭臣術

清朝雍正皇帝，以嚴厲多疑著名。他對臣下頗不放心，想方設法探知他們的一舉一動，以察忠奸。爲此，他在滿朝大臣身邊都安插了耳目，隨時把大臣們的言行報告於他。

一次，狀元出身的官員王雲錦新年在家和朋友玩紙牌，其間紙牌竟少了一張，這事雖是古怪，王雲錦也沒放在心上。

一次上朝時，雍正突然問他新年在家做了什麼。王雲錦雖不知皇上此言何意，向來老實的他便回答說在家玩了紙牌。萬想不到，雍正聽過即笑，開口說：「你那紙牌少了一張，是不是呢？」

王雲錦心驚非小，忙道：「正是。」雍正輕輕頷首，從衣袖中摸出一張紙牌丟在他的面前。王雲錦看罷便是惶然失色，這張紙牌正是那日他遍尋不到的。

雍正誇獎了王雲錦的誠實無欺，王雲錦卻是嚇得冷汗迭出。如果他說了謊話，那結果便十分兇險了。這點小事皇上尚且掌握，哪還有什麼皇上不知道的呢？

此事在朝野傳開，大臣們無不心驚肉跳。他們行事更加謹慎，唯恐被人揭發出來，招致禍端。一時，人人都盡表其忠，私下裡也不敢絲毫馬虎。雍正依此招法，牢牢控制住了臣下。

原文

順不避媚，忠不忌曲，雖爲人詬亦不可少爲也。

譯文

順從不要迴避獻媚，忠心不要忌諱無理，雖然遭人詆毀也不能少做。

釋評

俗話說，人在江湖，身不由己，諂媚別人，不擇手段，這是小人行徑，為人不恥，可若置身官場，求取功名，這就是所謂的權術了，非但要懂，更要踐行，否則就寸步難行，是不得不為的。

沒有人心甘情願的取悅別人，讓上司高興也是一門很深的學問，在這方面，用常理行事是不行的。官場中人最講實際利益，若能討得上司的歡心，加官進爵，別人的說長道短又算得了什麼呢？

事典

楊再思的做官訣竅

從一個縣尉，爬到宰相高位，僅僅用了幾年的時間，這不能不說是個奇蹟。武則天時的楊再思，就是這個奇蹟的創造者。

有人向他求教此中的學問，楊再思說：「討好上司是最重要的，千萬不要顧忌自己的身份和面子，只要上司高興，再下賤的事我都會幹，且是樂此不疲。」

他不僅是這樣說，也的確是這樣在做的，甚至為此遭人不恥，他也如若未聞，絲毫不放在心上。

當時，武則天的男寵張易之、張昌宗兄弟權勢極大，楊再思一心想巴結他們，只是苦於沒有機會。一次，他去參加他們舉行的宴會，張易之兄弟擔任司禮少卿的哥哥張同休拿他取樂，說他長得像高麗人。在眾人的大笑聲中，他不以為羞，反以為榮，竟是當眾跳起了高麗人的舞蹈，擠眉弄眼，故作醜狀。事後還親自向張同休致謝，極盡媚態。

有人諂媚張昌宗長得漂亮，說他面似蓮花，楊再思卻能更進一步，說：「這話說得不對，不是六郎長得像蓮花，而是蓮花生得像六郎啊！」

他如此行事，連他家下人也看不下去了。一次，他家下人大膽地問他：「大人高官顯位，何必討好別人呢？」

楊再思說：「你一個下人，爲什麼要怕我呢？」

不待下人作答，楊再思便說：「道理很簡單，你不討好我，我就要辭退你，你便沒飯可吃了。我不討好有權勢的人物，他們便會整治我，我便一無所有了。與其說幾句好話，扮一下小丑，而能換來榮華富貴，美滿平安，我何樂而不爲呢？無知的人才會笑我，我又何必在意他們呢？」

羅織經

原文

所予，自可取，生死於人，安能逆乎？

譯文

上司能給你什麼，自然能拿回什麼，生死都控於人手，怎麼能違背他們呢？

釋評

專制時代，權力是上司所賦予的，上司的喜怒哀樂直接決定著一個人的命運，這一點，是每一個為官者所必須認清的事實。

由此觀照官場上的人物，他們的所作所為無不是以此為金科玉律，不敢稍有逾越。不然，你的下場便悲慘了。

事實上，小心事奉上司都未必能贏得上司的歡心，更何況違背他呢？在專制時代，這實是官場中人的最大禁忌。

霍光家族的敗亡

漢朝的霍光長期專權，他安排家人親屬在朝為官，人數眾多，皆居高位。一時，霍氏家族權傾朝野，不可一世。

霍光死後，兒子霍禹繼任大將軍、大司馬，侄孫霍山為丞相，外孫女上官氏為皇太后，小女兒霍成君為皇后。如此勢力，似乎比霍光生前有過之而無不及，霍氏家族更覺得有恃無恐，行事愈加張狂。

霍光的妻子更為霸道。她為了女兒將來的兒子能當上太子，竟指使女兒去毒害漢宣帝和別的妃子所生的兒子。此事雖然沒有得逞，卻可見她的膽大妄為。

有趣的是，早在霍光在世之時，茂陵徐生就曾就霍氏家族的命運做出過必亡的預言。當時徐生的密友難以置信，徐生就解釋說：「一個人若是忘乎所以，就會迷失方向，本末倒置。為人臣子的權力再大，若是不知收斂，感謝皇恩，就會忘本招怨，人人側目。霍光不知避讓，家族中人個個為官，皇上自會不滿猜忌。霍氏家族驕橫不法，勢必群情激憤，待時而擊。如此上有怨怒，下有積恨，他們又行大逆不道之事，怎能安然無事呢？」

事情的發展果如徐生所料。霍光死後不久，反對他的大臣便開始發難了。御史大夫魏相第一個站了出來，彈劾霍氏的劣跡。漢宣帝重用魏相為丞相，採取了一系列削奪霍氏權勢的措施。先是剝奪了霍禹審批奏書的權力，又將握有兵權的霍氏中人調出朝廷。

漢宣帝這般動作，霍氏家族自知大禍將至。情急之下，他們不思謝罪，卻是有了謀反之心，於是密謀殺掉魏相等人，廢掉漢宣帝，立霍禹為帝。

陰謀很快便敗露，霍氏一門成了階下囚。霍禹被腰斬，霍光妻子曝屍街頭，皇后霍成君遭廢黜，後自殺身亡。雄霸漢室前後達六十年的霍氏家族，一夜之間，便煙消雲散了。

原文

是以智者善窺上意，愚者固持己見，福禍相異，咸於此耳。

譯文

因此有智慧的人擅長暗中猜度上司的心意，愚蠢的人只堅持自己的見解，他們福禍不同，都是源自這個原因。

釋評

官運亨通之人，多是能揣摩出上司心意的心理大師。他們善於觀察，從上司的一舉一動中，能準確無誤地判斷出上司的內心想法，進而搶先一步為上司分憂。

如此善解人意，相信沒有幾個上司會不喜歡的，與之相反，官運不順者，大多不會體察上情，他們又往往自恃聰明，喜歡自作主張，如此一來，說話辦事就難合上司的意思，甚至會招致上司的厭惡，其結果是禍非福，便是很自然的事了。

事典

代代紅的裴矩

裴矩是官場上有名的不倒翁。他一生侍奉過北齊、隋文帝、隋煬帝、宇文化及、竇建德、唐高祖、唐太宗，歷經三個王朝、七個主子，最難得的是，竟在他們手下都很得勢，倍受寵信。此中奧秘，說來無他，乃是裴矩深通揣摩之術所致。

在隋煬帝手下時，他察言觀色，掌握了隋煬帝好大喜功、貪圖享樂的性格，於是他對症下藥，千方百計鼓動他開邊擴土，發動戰爭，爲此他還自告奮勇，深入西域諸國考察，寫成一本《西域圖記》獻給隋煬帝。此舉果然令隋煬帝大爲高興，不但重賞於他，還每天相召，詢問西域狀況，升他做了黃門侍郎，全權負責西北地方和西域各國的事務。

隋煬帝到西北巡視之時，裴矩煞費苦心地說服西域各國的酋長，盛裝相迎，極盡奢華。有人不解，說：「此舉花費甚巨，皇上要是怪罪下來，事情就不好辦了。」

裴矩胸有成竹，他說：「皇上素喜排場，講究威嚴，如果我們吝於金錢，無有威儀，皇上就會感到有失天子體面，他這個心思我們若不能體察，皇上才會眞的降罪呢。」

果然，隋煬帝到時，一見各國酋長佩珠戴玉，拜謁道旁；當地百姓濃妝豔抹，人群如潮，登時龍顏大悅，喜不自勝。他嘉許裴矩辦事得力，升他做了銀青光祿大夫。

裴矩又奏請隋煬帝將各種雜技玩耍藝人，全都召到東都洛陽，讓西域各國酋長、使節觀看；還建議在洛陽街頭設篷建帳，盛排酒宴，讓外國人白吃白喝。隋煬帝問他此舉有何用處時，裴矩竟道：「天朝大國，皇上威名，不如此顯不出天國富庶，不如此人莫感我皇聖德。」如此荒唐之舉，正好合了隋煬帝極好虛名之心，他連聲讚好，嘆道：「你處處留心，皆合朕意，眞乃忠臣也。」隋煬帝又賜他錢四十萬，賞了多種寶物。

裴矩在唐太宗手下爲官時，又針對唐太宗痛恨貪贓受賄，善於納諫的心理，及時調整了迎奉之法。

一次，唐太宗派人故意給人送禮行賄，掌管門禁的一個小官收受了賄禮，太宗要將他正法，裴矩卻故作義正辭嚴地加以阻止，大聲爲其辯解道：「陛下引誘在先，陷人以罪，與禮不合。臣以爲萬萬不可，只怕此例一開，治貪無功，卻損陛下的英明。再說，收取一點小賄，便要治人於死，也是罰之過重，於法有違。」

正當人們爲裴矩的大膽之言而捏把汗時，卻不知裴矩早已料事在先。果不其然，唐太宗不僅接受了他的意見，還大大誇獎了他一番，將裴矩舉爲群臣學習的榜樣。

羅織經

原文

人主莫喜強臣，臣下戒懷妄念。

譯文

當主子的沒有喜歡手下人勢力過於強大，當臣子的要戒除心中存有的非分之想。

釋評

俗話說，樹大招風，如果下屬的威望和實力威脅到上司的地位，上司第一個便會要對他不利。

所以說，一個人權力太大未必是件好事，做下屬的首先要恪守本分，不可有不正確的想法。如果這個念頭一起，便難以頭腦冷靜、甘為人下了，勢必會幹出大逆不道的事來，招來滅頂之災。

可悲的是，強臣人人想做，做到了的卻不知掩其鋒；妄念人人皆有，一有機會便要嘗試一逞。這種悲劇始終在不停地上演著。

事典

少年得志的謝晦

剛剛三十歲的謝晦，已是南北朝時劉宋王朝的左衛將軍了。他深得皇帝劉裕的信任，不免心高氣傲，自命不凡起來。

由於他的地位顯赫，巴結他的人自然不少，一次他回家探親，親朋故舊、鄉鄰街坊都來看望他，一些不相關的人也來攀附，巷子都被人群車馬擠滿了。

謝晦得意之餘，對他擔任中書侍郎的哥哥謝瞻說：「人生在世，功名豈能沒有？倘若不然，會有這麼多人巴結我嗎？我只恨自己的權勢還不夠大，否則怕是來拜見我的人就更多了。」

謝瞻卻深以爲憂，對弟弟勸誡說：「他們來看你，並非出於至情，不過是敬慕你的權勢罷了。如果你是個普通百姓，他們就不會來了。咱們家一向甘於平淡，你也未有什麼大功。如此得來的地位，只怕難以久長。現在你洋洋自得，可到了落難的那一天，你是忍受不了隨之而來的羞辱的。如此看來，你現在的發達並不是咱家的福氣啊。」

謝晦聽不得哥哥的良言，謝瞻便把自家與弟弟家用籬笆隔開，不再往來。他還上書給皇帝劉裕，請求劉裕降職使用弟弟，以免他日後惹禍牽連家人。

謝晦爲此對哥哥懷恨在心，劉裕也不理睬謝瞻的請求，反而賦予他更大的權力。謝瞻憂鬱成疾，索性有病不醫，以求早死。死前，他給謝晦寫了一封信，最後語重心長的說：「我死無恨，卻慶幸免受誅戮之刑了。只盼弟弟迷途知返，高位勿戀，妄念勿生，愼之知止。爲國爲家，切莫遲疑！」

利令智昏的謝晦，至此還是沒有聽從哥哥的勸告，相反，他的野心愈發膨脹。最後，他竟參與了謀反殺帝的活動，事敗被殺。謝家一族因此多受株連，不少人白白喪失了性命。謝瞻的憂懼，終成了事實。

原文

臣強則死，念妄則亡。

譯文

臣子權勢過大會招致死禍，想法荒謬會導致滅亡。

釋評

自古強臣的下場多是淒慘的。如果據此簡單的說高官顯位都是害人的，也會失之片面。其實，個人的因素才是最大的，一個人的位置變了，地位高了，最易產生驕狂之心，凡事沒有了小心謹慎，問題便會油然而生。

身處高位的人面對的誘惑是最誘人的，意志薄弱的人往往會因一念之差，從而走上看似美妙的死路。為人下者不僅要時時自愛，更要刻刻自省、自律，萬不可因一時的得意而放縱胡為，如是方可高枕無憂。

事典

謹小愼微的張安世

西漢顯貴最久的家族，非張安世莫屬。終西漢一朝，張氏家族屹立不倒，成爲歷史上一個鮮有的特例。

張安世是漢武帝時著名酷吏張湯的兒子，張湯被迫自殺後，武帝憐其遭人陷害，便對張安世著意提拔，加恩眷顧。他歷仕三朝，深得皇上信任，雖是朝廷重臣，卻從不敢驕狂自恃，反是如臨深淵，凡事無不小心謹愼。

他的兒子認爲他怯懦，張安世便開導他說：「你的爺爺因行事太剛而死，許多權臣又因野心太大而亡，這個教訓不能不吸取。我如此行事，一則爲我，二則也爲你們後代著想啊。如果身居高位，便意得志滿、驕奢淫逸、四處張揚，豈不是自尋死路嗎？日後你自然知道我這樣做的好處了。」

他確是一個有心之人，凡事都用盡心機，即使有的看似無關緊要，他也考慮再三，不敢疏忽。每當和皇上商量國政作出決定之後，他必稱病不朝，掩人耳目。一待政令頒布後，他還故作不知地派人去丞相府探問詳情。如此一來，當眞瞞過了群臣，沒有人知道他參與決策的事。

霍光死後，有人奏請皇上讓他接任大將軍之職。他得知此事，不喜反憂，向漢宣帝極力推辭。漢宣帝不准，他便勉強接受，卻從不以大將軍自居，爲人處事倒比從前更加謙恭。

有人向漢宣帝報告說：「張安世辱沒大將軍的威名，實不堪任。有此卑微的大將軍，當是我朝的恥辱。」

漢宣帝痛斥那人，正聲道：「張安世掌大權而不攬勢，居高位而不顯揚，何人能及？如此大賢大德之人，朕最是放心，實是我朝的大幸。」

張安世身兼選賢拔能的大權，這本是能給他帶來利益的肥差，可他卻從不讓被提拔的人知道是他薦舉的結果。有人聞得風聲向他送禮致謝時，他也拒不受禮，堅不承認此事。以致常有人誤會他尸位素餐，不任其事。

張安世對家人的要求尤其嚴格。兒子爲光祿勳，他認爲父子俱爲顯貴，不宜同朝爲官，便請求將兒子調離京城。他的侄子張彭祖曾和漢宣帝一起讀書，他的哥哥張賀對漢宣帝又有救命養育之功，張賀死後，漢宣帝追封他爲恩德侯。張彭祖被封陽都侯，孫子張霸被封關內侯。對此，張安世多次謝絕，反覆陳情，辭退不掉時，他便只受其名，將俸祿上交國庫。

更爲難得的是，張安世生活儉樸，夫人竟是親自紡織，家中僕人耕種土地，自給自足。他總是教育兒孫要戒除驕氣，不可恃勢凌人，如有犯者，他必親自動手，予以嚴懲。

如此經營，苦心孤詣，張安世富貴久長，禍事不招，自不能說是幸運了。

羅織經

原文

周公尚畏焉，況他人乎？

譯文

周公尚且懼怕這些，何況是其他人呢？

釋評

周朝的周公旦，向來被稱為忠臣中的典範。他輔佐自己的侄子周成王姬誦，一飯三哺，日理萬機，既便如此，仍免不了遭人饞詬。

由此可見忠臣難做，為官不易。於是，隱而不仕、功成身退，才是一大智慧者的首選之路，至於那些心存僥倖，貪圖富貴之人，大禍臨頭的時候才想收手，卻是悔之不及了。

遭疑的周公

周武王姬發起兵克殷後三年逝世，兒子姬誦繼位為周成王。姬誦年幼，只有十二歲的他無法理政，治理國家的重任便落到了叔父周公身上。

當時，周朝立國不久，百廢待興；商朝的殘餘勢力隨時有可能興風作浪，只怕稍有變故，就會天下大亂，前功盡棄。

周公廢寢忘食，日夜不停地為國事操勞。他有出眾的才能，周朝的禮教，政治制度、宗法制度，都是他親手制定的。

正是因為他的過人之能，人們開始懷疑他有篡位野心，一時謠言四起。遠在東方的四個封國還以此為名起兵叛亂，佔據了周朝在東方的全部疆土。

周公聽到這些謠言也感到恐慌，但他選擇忍辱負重，親率大軍平叛。經過三年的苦戰，叛亂得平，周朝最嚴重的危機得以平安度過。

勝利之時，周公的心腹將領勸他功成身退，還說：「眼下大王尚幼，四境得安，當是退隱的最好時機了。先前大人為人猜忌，恐怕以後就更遭人謗詬了。大王一旦成年，他會容忍一個如此功高蓋世的叔父嗎？」

周公默然許久，後道：「爲私，我當退隱，爲公，時下還需我在朝上爲大王分憂。再說我和大王乃是至親，或許他不至於此吧。」

周公謝絕了他人的好意，繼續爲國事奔勞。

成王長大能夠親政處理國事後，周公便將國政還給成王。自己仍繼續以臣下身分謹愼盡心侍奉成王。但在小人進讒言下，親政後的成王仍對周公有所疑忌，使周公最終不得不逃離京城，奔至楚地。

原文

上無不智，臣無至賢。

譯文

上司沒有不聰明的，下屬絕對不是最賢能的。

釋評

上下級的定位，決定著上下級關係的本質。

專制時代的黑暗，官大一級壓死人的現實，使上司無端神化，上司是絕對正確的，是沒有錯誤的，如果事情辦砸了，那也只怪下屬辦事不力，能力不夠所致。

如果不循著這個思路為人行事，凡事硬要分個是非曲直，那麼官場就容他不得，各種非難也就會加諸彼身，令人百口莫辯，處處被動。

事典

無辜獲罪的白起

戰國末年，秦國的大將白起，一生忠勇，戰功卓著。他征戰近四十年，從一名下屬軍官升到秦軍統帥，憑的就是他超眾的軍事天才和過人的智慧。

白起武將出身，性情直率，出言無忌。他自以爲是正確的東西，便決不改變，少有變通。他常以此爲傲，卻不知這給他日後埋下了殺身大禍。

西元前二六六年，秦國圍攻趙國都城邯鄲。久攻不下之際，秦昭王便讓白起取代王陵爲帥，繼續攻打。白起分析了當時的形勢，向秦昭王進言說：「這一仗不該再打下去了。眼下時機未到，趙國雖在長平一役中大敗，可如今事關存亡，他們一定會拼死而戰。再有各國援軍相助，局勢對我不利，大王還是罷兵爲善。」

秦昭王堅持再戰，他說：「我國以戰爲本，將軍攻無不克，如今罷兵，自不是什麼上上之策。孤王料定再戰可成，將軍就不要推辭了。」

白起拒不掛帥，秦昭王親自上門相請，他也以有病爲由，不肯出征，秦昭王悻悻而去，白起的屬下便向白起說：「將軍如此讓大王難堪，這可對將軍不利啊。」

白起訓斥他說：「大王糊塗，身爲臣子，怎能不加勸諫，還要討好順從大王呢？我身經百戰，清楚局勢，自不會看錯。他日我軍再敗，大王就知道他的不智了。」

白起的屬下卻說：「將軍英明，天下無不讚頌。大王身爲人主，即使戰敗，爲了他的顏面，那也是決不肯認錯的。反是將軍有言在先，到了那時，只怕因爲忌恨，大王會對將軍不利。」

不久，秦軍再敗的消息傳來，白起便說：「大王不聽我良言相勸，致有此敗，相信大王會知錯就改了。」

秦昭王爲敗績正惱，這會兒又聽聞白起之言，怒不可遏。便把白起降爲士卒，趕出了都城。至此還不解氣，當白起離開都城後，他又派人追上白起，命他自殺。白起自刎之前，憤慨不已，無奈君命難違，是非難辯，也只能一死。

原文

功歸上，罪歸己。

譯文

功勞讓給上司，罪過留給自己。

釋評

為官之道往往蘊含著最高的人生智慧，怎樣出人頭地，如何處世，何以避禍，這些經驗和方法對每一個人都十分重要。

把自己的功勞讓給上司，把上司的過錯攬給自己，這絕不是簡單的謙讓，只有看透了官場本質的人才能做到。

正所謂，欲要取之，必先予之，這也是一種相互利用和利益交換。如果一個人什麼也不想犧牲，特別是還要和上司與虎謀皮，那他就什麼也得不到了。

事典

李泌的政治經驗

唐代的中後期，李泌是政壇上有名的人物。他先後被四代皇帝寵信，也為大臣們尊崇，這在當時複雜而兇險的政治環境中，實是別人難以做到的事。

李泌的成功不是偶然的，這一切皆源自於他那豐富的政治經驗和為人處事之法。僅舉一事為例，便可見其制勝之術。

唐德宗時，李泌擔任宰相。西北邊陲的回紇想與唐朝議和，德宗皇帝因早年曾受回紇人的羞辱，對此拒不答應。議和對雙方都是有利的事，李泌便極力撮合此事。他不急不躁，多次陳述利害，無奈德宗皇帝記仇心重，就是不肯，有幾次還對李泌嚴加斥責了一番。

朝中大臣有的對李泌說：「皇上態度堅決，大人何必自討沒趣呢？大人切不可再提此議了，否則禍事加身，我們都為大人不值。」

李泌說：「皇上也知議和的好處和必要，只是一時激憤，才會不允。相反，如果我不極力促成此事，皇上早晚會怪罪於我的。」

果不其然，又過了一段時間，德宗皇帝怨氣消了，便接受李泌的勸告。李泌又親自和回紇首領見面，屢經交涉和說服，終使他們答應了唐朝的五條要求，且向唐朝皇帝稱兒稱臣。

這件十分艱巨的工作，全憑李泌之力方得以完成。可當德宗皇帝詢問回紇人何以這般順從時，李泌對自己的辛勞卻是隻字未提，倒是極力渲染撒謊說：「陛下威名遠播，回紇人極為敬畏，才會如此行事。陛下大仁大德，不計前仇，施恩於彼，縱是虎狼亦會感化，何況是人呢？小臣親見親聞，何其幸也！」

德宗皇帝高興異常，竟是一把抓住李泌的雙手，久久不肯鬆開。從此，他對李泌更加寵信，簡直到了言聽計從的程度。

原文

戒惕弗棄，智勇勿顯。

譯文

戒備警惕之心不要丟失，智慧勇力不要顯露。

釋評

事情總有正反的兩面。對人有利的東西，在不同的時間和場合，也許就會變得對人有害。

官場是最能磨滅人的個性和催殘智慧的地方，老實聽話常常比有膽有識更為管用。這是官場中人萬不可掉以輕心的關鍵所在，任何時候都不該有所鬆懈。尤其是一個人得意之時，往往會忘形失態，顯露真性，放縱自己，這才是最危險的時刻。

事典

李績的機智

唐高宗時，李績和長孫無忌、褚遂良同是顧命大臣，極受唐高宗的信任。正因如此，當唐高宗欲立武則天爲皇后時，長孫無忌、褚遂良才口無遮攔，極力勸阻此事。高宗爲此改變了對二人的看法，表面上卻一如往日。二人不知就裡，仍是自恃高宗的寵信，對此事絕不讓步。

李績以其絕頂的聰明和從高宗態度上，看到了反對是不會有結果的。而且必遭禍患。他又不肯讓別人說自己膽小怕事，不盡其力。兩難之下，他採取了避讓之法，既不反對高宗改立皇后，又不反對長孫無忌等人據理力爭。

一次，長孫無忌、褚遂良等元老重臣約他進宮進諫，他先是一口應承，後又裝病不去。等那些人碰了一鼻子灰回來，他又安慰他們說：「皇上的意志一時很難改變，只要大家不泄不餒，堅持下去終會有成效的。」

眾人敬他智謀過人，便請他出謀劃策，不想他一口回絕，還說：「君子對人，尙且以誠相待，今對皇上，如施巧計，反令皇上對我等猜疑，弄巧成拙了。以誠亦可，何用其他？」

眾人走後，其子見李績獨坐桌旁，愁容不展，便上前說：「父親一向足智多謀，此事就眞的沒有解決的好辦法嗎？」

李績長嘆一聲，方道：「長孫無忌等人，有恃無恐，禍在眼前了。我自保尚難，還怎敢顯露什麼才智呢？」

後來，唐高宗和李績單獨在一起的時候，以此事相詢，李績便說此乃陛下的家事，不必和外人商議。只此一句，既順從了皇帝的意思，又讓別人挑不出毛病，李績的智慧於此可見。

長孫無忌、褚遂良等人，在武則天當上皇后後，紛紛遭到迫害，唯獨李績無災無難，且也無人非議。

羅織經

原文

雖至親亦忍絕，縱爲惡亦不讓。

譯文

雖然是最親近的人也忍心斷絕，縱然是幹邪惡的事也不避讓。

釋評

殘酷無情是官場的特徵，為了權力和地位，歷史上骨肉相殘、無惡不作的事屢見不鮮。

這固是官場的本質使然，也與一個人的追求有關。如果人們把權力作為自己的人生目標，當權力和親情、良心發生衝突的時候，他自會選擇權力。相反，他便只能失去權力。試圖在此調和的，是不會兩全其美的，殘忍的現實總是逼使人們不得不做出殘忍的選擇，幹下違心惡事。

事典

絕情的吳起

戰國時期的軍事家吳起，一生熱中權力，爲此達到了令人震驚的程度。

吳起原在魯國爲官，爲了求取更大的功名，他百般取悅魯國權貴。由於他才能出眾，本事超群，齊魯交戰時，魯國國君便有心讓他做主帥。

嫉妒他的人便向國君進讒說：「吳起的妻子是齊國人，如今我們和齊國作戰，怎保吳起不會和齊國勾結，對大王不利呢？他這個人嗜權如命，是什麼事都能幹出來的，望大王切不可委以重任。」

這麼一說，魯國國君便猶豫了。吳起得此訊息，急忙去見國君明志。他好說歹說，國君就是不肯答應他做主帥。

吳起心生惱怒，他自認這個機會千載難逢，萬萬不可錯過。左思右想，他把心一橫，卻是想到了殺妻取信這一殘忍的方法來。

他不露聲色地對妻子說：「我眼下有個大好機遇，成則掛帥，敗則難料，你可希望我得償所願嗎？」

妻子和他患難與共，不假思索便答：「夫君志向遠大，若能大事有成，眞是可喜可賀了。」

吳起冷冷道：「只怕要難爲你了。不過此事勢在必行，你休要怪我不念夫妻的情義！」

不待妻子省悟過來，他已是痛下殺手，要了她的性命。

吳起如此行事，原想可以解除魯國國君的戒心，不料事與願違，魯國國君還是對他放心不下，終未讓他掛帥。可他卻毫無悔意，只道：「男兒以榮顯爲要，怎可讓所謂的親情來縛住我的手腳呢？犧牲在所難免，這一次只是我的運氣不好而已。」

吳起有此惡行，人皆不恥，他反是不以爲意。更讓人難解的是，他的親生母親病逝之時，他也不肯回家奔喪。當人們責難他的時候，他還振振有詞地說：「先前我曾發下重誓，不爲將相，決不還鄉。大丈夫一言九鼎，我是不會爲母死之事而違背我的誓言的。」

吳起後來雖功成名就，然而卻不得善終，被亂箭射死。

原文

誠如是也，非徒上寵，而又寵無衰矣。

譯文

如果眞的能做到這樣，不但上司會寵信有加，而且寵信不會衰減。

釋評

能讓上司青睞，寵信不衰，這是官場中人夢寐以求的事。正因此事不易做到，千百年來，人們總是探求此中的奧秘，吸取成功者的經驗，以求其中的訣竅。

令人失望和不解的是，聖賢的教誨和正人君子的作為，往往在實踐中處處碰壁，相反，小人的伎倆和權術，常常是制勝的法寶，最為實用。

這也許正是官場黑暗本質的反映，對此人們必須要有明辨是非的能力，切不可為其表面現象所迷惑，喪失正義的立場。

事典

仇士良的經驗之談

仇士良作爲唐朝後期的大宦官，幹盡了壞事，卻始終得寵。他專權二十多年，晚年因病退休時，他對前來送行的宦官們說：「侍奉天子，寵信不衰，你們想聽聽老夫的經驗之談嗎？」

仇士良有此一說，實是有感從前這些小宦官，曾就此話題多次向他求教所發，只因那時他心有顧忌，才屢屢不肯作答，如今功成身退，他不想再隱瞞什麼了。

仇士良爲小宦官時，受盡了屈辱，稍有不順，便會受到比他資格老的宦官毒打，他起初還有不忿，後來一個老宦官對他說：「你這個樣子，簡直像正人君子的行爲了，怎麼能在宮中混下去，你不要氣憤，也不要感到不公，要忍耐下去，要像沒事一樣。爲什麼我這麼說呢？因爲我從前也有過你這樣的經歷，結果我不肯屈服，險些喪命啊。要想混出個人樣，這些遭遇都是難免的，你現在最該學習的，不是怨天尤人，而是如何贏得上司的歡心。」

仇士良不缺聰明才智，經此教訓，他牢記在心。漸漸，他的心思全都用在了迎奉上司之事上，多有創見，百無禁忌，終於爬上了高位，做了宦官的首領。

仇士良今日欲講眞言，眾宦官盼望已久，俱是屛住聲息，生怕漏掉一字。

仇士良躊躇滿志，遂道：「皇上是我們的主子，侍奉他沒有妙法是不行的。一味地討好取悅，那是人人都能做的事，不足爲奇。老夫以爲，要想權勢不衰，還是要從根本上入手。怎麼辦呢？說來簡單，那就是引導皇上貪玩遊樂，不務正事，不讓他閒暇下來，否則，皇上閒時讀書，和有學問的大臣會面，那他的才智就精進了，就不會聲色犬馬了，我們也迷惑不住他了。所以說，惑其心志最爲關鍵，誘其享樂最不可廢，使其昏聵最容易爲我所用。如此一來，皇上的一切都在我們的掌握之中，還愁富貴不久長嗎？」

第三卷 治下卷

甘居人下者鮮。御之失謀，非犯，則篡耳。

上無威，下生亂。威成於禮，恃以刑，失之縱。私勿與人，謀必辟。幸非一人，專固害。機心信隱，交接靡密，庶下者知威而畏也。

下附上以成志，上恃下以成名。下有所求，其心必進，遷之宜緩，速則滿矣。上有所欲，其神若親，禮下勿辭，拒者無助矣。

人有所好，以好誘之無不取。人有所懼，以懼迫之無不納。才可用者，非大害而隱忍。其不可制，果大材而亦誅。賞勿吝，以墜其志。罰適時，以警其心。恩威同施，才德相較，苟無功，得無天耶？

本卷精要

◎不讓下屬知其根底，保持距離且不輕易示好，便是御下戒律的要義。

◎聰明的上司，往往故意把下屬的提升過程拉得很長。饑餓的獵狗，總是能捕獲更多的獵物。

◎何時示以權威，何時示以恩惠，如何交替使用之，是上位者要首先領悟的。

◎高官厚祿、功名富貴，最能使人消磨意志，不起異心，盡忠報效。

◎統御那些恃才傲物下屬最有效的手段，便是掌握和利用他內心深處的恐懼。

原文

甘居人下者鮮。御之失謀，非犯，則篡耳。

譯文

自願處於下屬地位的人很少。上級對下級的管理如果沒有計策，不是下級抵觸上級，就是下級奪取上級的權力。

釋評

官場之中，人們你爭我奪，無不是為了爬上高位，駁使他人。

永不滿足的虛榮心，驅使著他們千方百計地獲取更大的權力，永遠不會停止。這種心態，是每一個掌權者所必須了解和掌握的。

其實，官場中的上下級，本是利害相互衝突的矛盾對立面，上級對下級既要利用，又要防範，下級對上級既不得不服從，又無時無刻不在窺伺他、算計他。這就要求為上者在管理下級時，一則不可放縱大意，二則要注意方式方法。

事典

孫休智滅權臣

三國時代，吳國的權臣孫琳廢黜了國君孫亮，迎立孫休爲帝。他以此爲驕，傲慢不可一世。一次，他獻美酒給孫休，孫休未受。他便對左將軍張布說：「陛下若是沒我，怎能當上國君？如今我送禮與他，不想卻受此羞辱。看來當初我未聽從眾勸，自立爲君，是大錯特錯了。」

張布是孫休的親信，聽此言語，自是馬上向孫休做了彙報。

孫休早知孫琳的不臣之心，今又得此訊息，便決心將他剷除。他本想馬上動手，以解心頭之恨，可冷靜下來，他卻採取了隱忍之策，對張布說：「孫琳逆賊，狼子野心，不能不除。但此賊在朝多年，黨羽眾多，現在還不是除賊的最好時機。何況，朕立足未穩，不可輕易犯險，唯今之計，只有暫時安撫於他，日後再圖。萬望將軍勿洩此事。」

孫休暗中安排，表面上卻一再拉攏賞賜孫琳。有人狀告孫琳謀反，孫休竟把告狀人交給孫琳，任他處置。使孫琳更加得意。

孫琳的一個朝中死黨頗有機智，他看出苗頭不對，便對孫琳警告說：「皇上寵信大人，可謀反大事，他也不能不置一詞便輕輕放下，這太可疑了。還望大人明察。」

孫琳狂妄地說：「老夫爲官多年，權傾朝野，皇上施恩於我，本屬應該。量他也不懂得什麼智謀，你再危言聳聽，老夫絕不輕饒！」

孫休就這樣穩住了孫琳。等到一切安排停當之後，利用臘八節大臣入朝賀節的機會，孫休命人把孫琳一舉擒獲，將其處死，終於除去了這個心腹大患。

原文

上無威，下生亂。

譯文

上司沒有威嚴，下屬就會鬧出禍事。

釋評

官有官威，高高在上者向以神秘莫測，不苟言笑，虛張聲勢，以期令人敬畏，俯首聽命。

事實上，這種作態也是必要的。在下屬的眼中，上司沒有威嚴，便是軟弱可欺了，沒有了畏懼，做事自然不會循規蹈矩，也不會很好的貫徹執行上司的決定。如此鬧出禍事，自然不可避免。

事典

齊威王的妙計

戰國時期，初登齊國國君寶座的齊威王，在外人的眼裡毫無威嚴。他不理國政，舉止不端，不僅沉迷於酒色之中，還常常徹夜狂歡，濫飲無度。

如此國君，鄰國不以爲重，不斷來犯。許多大臣見有機可乘，主上可欺，也失了畏懼。貪贓枉法、怠忽職守之事，一時不可勝數。

如此局面，忠貞的大臣屢次進諫，他都不理不睬。直到三年之後，有一個叫淳于髡的人，以大鳥作喻進言時，他才似有所動。

淳于髡說：「王宮中的一隻大鳥，不飛也不鳴，人們皆以爲患，敢問大王這是什麼鳥嗎？」

齊威王朗聲作答：「此鳥不飛則已，一飛沖天；不鳴則已，一鳴驚人。」

他馬上傳召全國縣令長官到國都議事，會上，他對即墨縣的大夫說：「我私下派人到你處調查，你那裡百姓豐足，官員勤政，一片安和。可我卻總是聽到人們說你的壞話。看來只不過是你不對我的身邊人行賄罷了。他們才如此中傷於你。」

他大大誇獎了即墨縣的大夫一番，當即給他萬戶的重賞。

他又厲聲叫出阿城的大夫，斥責他說：「我派人去阿城，所見田地荒蕪，百姓貧苦，敵國又侵佔了大片土地。可是卻有人天天向我頌說你的好處，想必是你花錢行賄愚弄於我。」

他當即下令將阿城大夫處死，那些替他說好話的人也被烹殺。他還把那些違法犯紀、殘害百姓的官員一一列舉出來，盡數嚴懲。

一時之間，人人震驚，莫敢相欺。鄰國也不敢前來進犯了。原來這只是齊威王施展的計謀，他要把自己的眞實面目隱藏起來，以便讓奸人曝光，進而徹底清除。

羅織經

原文

威成於禮，恃以刑，失之縱。

譯文

威嚴從禮儀中樹立，依賴於刑罰，放任它就會喪失。

釋評

官場上的禮儀繁多、等級森嚴，無不是為了維護上司的權威，震懾下屬而設的。為尊者諱，這始終是官場中的規矩，不可冒犯。它無形把上司的地位抬高，給下屬造出一種心理上的壓力，使其自覺卑微，進而營造出一種神秘氣氛，讓人俯首聽命，不敢放縱。

事典

劉邦的憂慮

西漢初立時，毫無禮儀可言。大臣們見了劉邦，舉止十分隨便。皇宮舉行宴會，也是如同集市，吵鬧一團，有的甚至當著劉邦的面，爲了瑣事打成一團，拔刀舞劍。

劉邦深以爲憂，私下對呂后說：「臣子不以皇上爲尊，行事隨意，若不制止，事情就不可預料了。這件事必須馬上就處理。」

呂后說：「國家初定，我朝禮儀不備，這也怪他們不得。陛下可命人制定禮法，嚴於刑罰，量他們也不敢違犯。」

劉邦聽呂后言後，更是下定了決心。便命儒生叔孫通主持此事，且交代說：「你不可拘於常法，凡事以突顯上尊爲要。」

叔孫通深知劉邦的用心，不敢怠慢。他挖空心思，弄出了許多花樣，又找來幾十名懂得古禮的儒生，日夜演練。

一個月後，叔孫通請劉邦觀看，劉邦見禮儀完備，儀式莊嚴，大加讚賞。他傳命眾大臣都來學習，違者嚴懲不貸。

劉邦日理萬機，還是抽出大量時間親理此事。一些對此本不以爲然的大臣，見皇上這般態度，便都不敢掉以輕心了。

定都長安以後，劉邦在新建成的長樂宮召集群臣，便命按叔孫通制定的禮儀行事。叔孫通於是便引導群臣，按順序入殿。隨著一聲接一聲的呼喊：「皇帝上朝了！」劉邦坐在肩輿之上，在宮廷官員的前呼後擁中登上御座，殿下臣子按照官職的高低，依次向他叩拜，然後還要向他敬酒祝壽。整個儀式期間，所有的人都得俯首低眉，不許仰視；更不能交頭接耳，亂說亂動。

一待儀式做罷，大臣們無不惶然生畏，心有餘悸。劉邦更自覺威風八面，身份倍增。他欣喜之餘，連連道：「皇帝的尊貴，我今天才眞正感受到了。」

原文

私勿與人，謀必辟。

譯文

秘密的事不要讓人參與，參與謀劃的人一定要清除。

釋評

授人以柄，是官場中的大忌，尤其是上司的不光彩事，若是掌握在下屬手中，弄不好會給上司的名譽和地位造成極大的傷害。

官場的爭鬥大多是見不得人的，上司總要借重下屬的力量才能有所作為；下屬為了從參與上司的陰謀活動中撈取個人的好處，於是這種勾結便是兩廂情願的了。

問題總是出現在互相利用之後，上司的反目和薄情漸漸就顯現了，他們總是尋找各種藉口，將那些知情者一一治罪，以絕後患。

事典

雍正的變臉

雍正得以登基為帝，年羹堯和隆科多居功至偉，不可或缺。雍正曾當面稱他們為自己的左右手，甚至不顧君臣尊卑，喚他們為自己的「恩人」。

年羹堯是雍正的妻兄，他的妹妹是雍正的皇妃。他為了助雍正奪取帝位，時任川陝總督的他，牽制住了手握幾十萬大軍的雍正勁敵允禵，令他不敢輕舉妄動，解除了雍正奪權路上的最大威脅。

隆科多是雍正的舅舅，他以九門提督的身份，統率護衛親師的精兵，擁戴當時十分孤立的雍正，威懾野心勃勃的眾皇子。又親自參與了篡改遺詔之事，並由他親自當眾宣布。

奪權成功後，年羹堯、隆科多位高權重，每以參與皇上密事為榮。雍正也每每提及，屢屢重賞。

如此恩遇，年羹堯、隆科多漸漸驕狂起來，朝中大臣無人敢觸其鋒。

一次，年羹堯進宮，見過雍正後，留下和妹妹年妃閒聊家常。年妃憂心忡忡地對哥哥說：「最近皇上每每愁眉不展，若有所思，哥哥可知為什麼嗎？」

年羹堯好奇地問：「皇上若是有事，自會跟我提及，妹妹可知此中緣由？」

年妃搖頭，一臉沉重，沉吟片刻，又說：「哥哥功勞雖大，終是關及皇上私事，切不可再對人談及了。我看皇上對你似是有所顧忌，這本不是君對臣所應用的態度，望哥哥自重才是。」

年羹堯哈哈一笑，卻說：「妹妹太多疑了，皇上國事繁巨，有些憂慮自是難免。我有大恩於皇上，還怕什麼呢？」

隆科多也曾有人提醒他說：「凡事有利必有弊。大人之功，亦可人言是過。」隆科多和年羹堯一樣，對此俱不理會。二人弄權造勢，毫不收斂。雍正如是未聞，對其竟從無指責。

事情突變在兩年之後，雍正似乎一下變得陌生起來，對年羹堯連施殺手，先是嚴詞警告，後是免其撫遠大將軍之職，調任杭州將軍，接著撤職法辦，公布了他的九十二條大罪，令其自殺。

隆科多也未倖免，他被公布四十一條大罪，高牆圈禁而死。

年羹堯死前連發苦笑，對天慨嘆：「九十二條大罪，其實不必這麼費心了。我的罪其實只有一個，那就是知道得太多，不能不死啊！」

原文

幸非一人，專固害。

譯文

寵信不要固在一個人的身上，讓一個人專權一定會帶來禍害。

釋評

在上司的眼中，若要找個事事遂己心意，各方面才能都具備的下屬，實在是件不易的事。

在下屬的心目中，如能贏得上司信賴，成為他的心腹，這才是永保富貴的根本之道。如此，上有所求，下有所欲，一旦上司心有所選，任而用事，漸漸便會依賴於他，使之有機專權，長此以往，獨得信任的下屬難免結黨營私，欺上瞞下，擅作威福，對上司的權威和國家利益造成實質性的危害。若是形成尾大不掉之勢，情況就更為兇險。這是為上者用人的大忌。

事典

乾隆最信任的人

清朝的乾隆帝一生雄才大略，文治武功皆有建樹，是個才氣橫溢，精明能幹的君主。和珅被他發現後，乾隆如獲至寶，破格提拔，終生寵信不衰，信任他竟超過了自己的兒子。可謂亙古以來君對臣少有的恩遇了。

更讓人不可思議的是，乾隆對所有說和珅壞話的人，不管是眞是假，俱是不問不聞，甚至打擊和壓制反對和珅的忠直大臣，說他們挑撥離間，意在拆散他的左膀右臂。

乾隆這般行事，自有原因。

和珅容貌俊偉，能說會道，深通人意。不僅聰明敏捷，辦事得體，更難得的是，他對乾隆的脾氣、愛好、生活習慣，精於揣摩，乾隆的心事他都能所料不差，凡事想到前頭，做到前頭。這個本事無人能及，連乾隆都暗自驚訝，認爲實在難得。

和珅善於斂財，爲了滿足乾隆的奢欲，他廣開財路。在少用和不用國庫存銀的前提下，乾隆從未因爲錢財問題而少了排場和好大喜功，這一點又讓乾隆刻骨銘心，以其爲國之棟樑，無人可代。還有一節，和珅最讓乾隆放心，那就是和紳在乾隆面前，言不稱臣，心曰奴才，隨旨使令，如同差役，他甚至全無朝廷重臣的樣子，給乾隆端尿壺，進溺器，表現得比親兒子還要忠心，且出於摯誠。

一代聖主就這樣被和珅迷惑住，放任他為所欲為。舉國權柄，盡操在和珅的手中，使其得以行奸。其實。和珅是個十分貪婪和陰險的人物，對皇上所做的一切，全是他精心表演出的假象，背地裡，他專橫驕狂，目空一切，連皇子皇孫都不放在眼中，在他專權的時日裡，僅貪污一項，便侵吞了白銀八億兩，相當於當時國庫年收入的十多倍，清朝一百多年的康乾盛世也由盛轉衰，走向了末路。

原文

機心信隱，交接靡密，庶下者知威而畏也。

譯文

心思一定要隱藏起來，與人交往不能過分親密，讓下屬由此感知上司的威嚴而生敬畏。

釋評

下屬對上司的不敬，是為上者最值得憂心的頭等大事。

如何樹尊立威，讓下屬臣服，歷來都有許多方法可供當權者借鑒。而不讓下屬知其根底，不輕易示好，就是官場所奉行的兩條定律，頗具普遍性，它能讓上司和下屬之間保持一定距離，增加上司的神秘和莊嚴，進而讓人有所畏懼，不敢相欺。

事典

秦始皇的秘密

秦始皇統一六國之後，爲了增強其權威，作了許多政策和制度上的變革和創新，在生活中，他也處處追求神秘，無端讓人摸不著頭腦，令臣下無可猜測。

秦始皇在首都咸陽建了二百七十座行宮，座座金碧輝煌，巧奪天工，最特別的是行宮之間是相通的，以上下兩層、封閉甚嚴的複道相連。他每日乘車在複道中巡遊，從不在一個行宮留上二日；又嚴命服侍的人不許洩露他的行蹤，違命則斬。

一日，他在梁山宮所在的山上看到一隊車馬從山下經過，他見其陣容龐大，十分招搖，不禁眉頭一皺。當他得知這是丞相李斯的車隊時，慣有的猜疑心又讓他怒罵數聲，大爲光火。

這本是件十分機密的事，不想第二天李斯卻突然大大減少了車隊數量，且無任何排場可言。秦始皇再次見到，驚疑之下，自知定是有人通風報信，遂嚴命追查此事。

原來，丞相李斯爲了探知秦始皇的喜怒哀樂，早用重金收買了秦始皇身邊的一個宦官。當日，這名宦官見秦始皇對李斯生怒，恐對李斯不利，隨後馬上將此消息傳了過去。李斯聞此驚懼交加，所幸得報及時，他馬上將車隊大部裁撤，以便讓秦始皇消除疑慮。

追查竟毫無結果。當日在場的那個宦官深知始皇帝的暴戾性格，更是不敢承認。秦始皇極爲震怒，下令將當時侍奉他的所有宦官一律誅殺。在他看來，這件事非同小可，長此以往，他就絕無秘密可言了。那樣，臣下知道他的一舉一動，了解他對臣下的眞實態度，就會預防在先，有所戒備，勢必難以駕馭，欺君罔上。

羅織經

原文

下附上以成志，上恃下以成名。

譯文

下屬依附上司才能成就志向，上司依靠下屬才能成就名望。

釋評

身為人下，要想謀取權力，首先要借助上司的力量。為人上者，沒有下屬的輔助，勢必難有作為。

二者各有所需，也各有其手段來應付對方，獲取自己的最大利益。明白這個道理的人，總是從對方最想得到的東西入手，以此來誘惑、挾制他以為己用。

所以說凡是高明的上司，必是深知其下屬所需所想，而施以不同方法讓其甘心賣命的人。如果一味倚仗權威壓人，不給甜頭，使其失去進取的動力，那他就會陽奉陰違，不盡其力了。

事典

燕昭王的求賢術

戰國時期，燕國大敗於齊國，國勢日危。燕昭王爲了報仇雪恨，振興燕國，費盡了心思和氣力，卻是收效甚微。他頗爲傷感和氣餒，一時難以振作。

一次，他去燕國的賢士郭隗家討教，郭隗便對他說：「大王精神黯然，神氣灰暗，可是有難解之事嗎？」

燕昭王訴說完苦衷，卻見郭隗反是一笑，便道：「賢士可是笑我無能嗎？」

郭隗忙道：「非大王無能，卻是大王不得其法而已。」他一臉正肅，接著分析說：「燕國新敗，事有不濟，這是很正常的事。大王事無巨細，求功心切，卻忽略了最該首先辦的一件大事。正所謂事在人爲，如今我們燕國人才凋零，出眾者屈指可數，這樣怎可成事呢？以我看來，大王還是要在招攬天下人才之事上加大氣力，是爲當務之急。」

燕昭王深以爲是，卻愁苦道：「人才難得，眞人難覓，倉促之間，又怎會尋得到呢？再說凡爲人才，皆爲難御，我眞不知該如何辦理此事。」

郭隗接著便給燕昭王講了一個故事：一位國君用千金的高價來買千里馬，三年時間也沒有買到。他的侍從自告奮勇爲他賣馬，三個月後卻將一匹千里馬的馬骨帶回，並告知他買此用了五百金。國君大怒，那侍從便解釋說，他這樣做，就是爲了讓天下人知道大王求馬的誠心，人無論爲金爲名，他們都會自動送上門來，何愁千里馬不可得呢？不久，果然有三匹千里馬被人帶到國君面前。

燕昭王聽此，略有所悟。郭隗又進一步強調說：「人的本性皆有其可利用之處，人才也不例外。只要大王對症下藥，不吝重賞，天下英雄自能驅使了。」

燕昭王大喜。郭隗又建議他以己爲餌，以釣四方英才。於是燕昭王依計行事，給郭隗蓋了一所豪華的府邸，對之禮敬備至。他又在都城外築一高臺，上置千兩黃金，以備賞給投靠他的人材。

燕昭王此舉，很快便在天下傳開，人人稱羨。賢士能人爲其所誘，紛紛趕至燕國，唯恐落至人後。燕昭王手下一時人才濟濟，實力倍增，他依此富國強兵，最終戰勝了齊國，得償所願。

原文

下有所求，其心必進，遷之宜緩，速則滿矣。

譯文

下屬有貪求的東西，他的心自然會要求上進，升遷他應該慢慢的來，太快他就滿足了。

釋評

作為權術的一種，封官是上司駕馭下屬最有效的方法之一。但封官的學向也不是人人皆知的。

如果一味濫封，人們就不以為重，其用意便難以達到。若是封官太快，被封之人的立功志望就會消滅，其進取心就會淡薄。待至官居極品，他也許野心滋長，為禍匪淺了。

因此之故，聰明的上司往往故意把下屬的提升過程拉得很長，讓他的官欲無法滿足，以此便他建功立業，永不懈怠。

事典

遭人譏笑的司馬倫

西晉「八王之亂」時，作爲八王之一的司馬倫，把晉惠帝司馬衷囚禁，自己當了皇帝。

他自知理虧，爲了籠絡人心，鞏固帝位，決定大封臣下的官職。他的這個決定剛一提出，便有效忠他的大臣力言不可，進諫說：「官之爲官，乃誘人立功盡職也。如果陛下只爲一時之利而濫行封賞，官之能盡失了。如此得官之易，誰還會爲官而爲陛下賣力呢？這是最大的禍害啊。」

司馬倫卻是堅持己見，且反駁說：「你只知其一，不知其二。如今乃非常之時，自不能枉行常理。他們無不是爲做官而來，既是受我之恩，何有不感恩之理？事有輕重緩急，我也顧不了許多了。」

那位大臣更是搖頭，苦諫道：「人說無功不受祿，受則必害。今日陛下無名既授官，大違天理。陛下在此紛亂之時，更該不逆天行事，方保無虞。」

司馬倫喝退其人，不許再言，他傳下命來，滿朝文武一律升以高官，連普通的士兵和宮中的奴僕都賞以爵位。

此令一出，天下驚駭。當時武官的帽子都以貂尾作裝飾物，這時貂尾便顯得奇缺，迫於皇命難違，主持其事的人便只好用狗尾替代，分發給眾多得官者。一時鬧得沸沸揚揚，人以爲笑。狗尾續貂的典故，就是源出於此。

司馬倫此舉，最終事與願違，反使人對之更爲不屑和厭惡。四個月後，他的政權便被齊王司馬冏推翻，自己也被灌下金屑酒而死。

原文

上有所欲，其神若親，禮下勿辭，拒者無助矣。

譯文

上司有想使用的人，他的神態要親切，以禮相待下屬不要推辭，不這樣做就沒人協助他了。

釋評

歷史上成就大事的人有個共同的優點，那就是禮賢下士、求才若渴。

他們為了大計可以暫時放下身份和自尊，以打動和感召那些天性傲慢、性格倔強的大賢之人來輔佐自己，成就功業。

其實，這樣做並不難，關鍵是要為上者突破自己的心理界限，調整一下自己的心態即可。如果只顧自己的臉面和權威，不計利害地裝腔作勢、耀武揚威，真正的人材是不會屈從他的，這對他的事業將是致命的傷害。

事典

孟嘗君的風度

孟嘗君禮賢下土的故事廣爲人知，不僅如此，他容人的雅量和風度也無人能及，這使他左右逢源，始終立於不敗之地。

馮諼去投靠他時，有人便對孟嘗君說，此人一無學問，二無專長，只是窮急無奈才來混口飯吃，斷不能收留他。孟嘗君聽此一笑，卻說：「我以養士自居，又豈能因你一言誤了人家的大好前程。凡事耳聽爲虛，眼見爲實，我還是當面問問他吧。」

馮諼被引至孟嘗君面前，他雖衣衫不整，神情憔悴，卻是一臉倔傲，神色不變。

孟嘗君問他有何學問，馮諼答：「君以學問爲重，在下就無學問。」

孟嘗君心驚之下，深以爲怪。他又問：「先生定有所長，能否賜教於我呢？」

馮諼冷冷回道：「俗之所長，在下不屑也，是以無長。」

孟嘗君見其如此，並不見責，只說：「恕我冒昧，多此一問，先生不棄，自可委屈你了。」

他安排馮諼留下，態度仍是十分謙恭。

馮諼初來乍到，和別的食客自是無法相比。他吃的是粗茶淡飯，出門沒有車馬，爲此馮諼大爲不滿，屢屢提出請求。

第一次，馮諼敲著佩劍說：「劍啊劍啊，吃喝沒有魚肉，不如回去呢。」孟嘗君聽聞此事，便讓人讓他供應魚肉。

第二次，馮諼又敲著佩劍說：「劍啊劍啊，出門沒有車馬，快快回去吧。」有人報知孟嘗君，還說他無有寸功，竟是如此狂妄貪婪，眞是氣死人了。孟嘗君卻沉吟片刻，遂即吩咐給他備車。眾人不服，他便解釋說：「才子多傲，賢者無形，我雖不知馮諼是否屬於此列，卻不敢因我之故錯失了一個能者，縱是他眞的無才無識，他既長途投奔，我又怎能傷他的心呢？」

馮諼似乎並不領情，沒過幾天，他竟又一次敲打他的佩劍說：「劍啊劍啊，老母沒有贍養，還是回去吧。」

這回孟嘗君的手下說什麼也不肯原諒他了，他們把此事隱瞞不報，還處處譏笑馮諼，時時給他臉色看。孟嘗君得知此事，先是懲治了手下，隨後又親至馮諼的住處，向他說明原委，

馮諼臉上無動於衷，待知孟嘗君已將他的老母安頓好後，神色稍緩。臨走，他對孟嘗君說：「我願已足，君若有事，盡可吩咐在下了。」

後來，孟嘗君深得馮諼之力。馮諼和他患難與共，始終不離不棄。孟嘗君依靠他的計謀多次轉危爲安。當孟嘗君向他致謝時，馮諼卻說：「以德服人，君可謂做到了極處。這全是君之大德之功，又何必謝外人呢？」

原文

人有所好，以好誘之無不取。

譯文

人有喜好的東西，用喜好的東西引誘他沒有收服不了的。

釋評

官場處處皆學問。身為上司，對下屬的治理便是此學問中的一個重點，也是一個難點。說它重要，只因為上者若不能治下，名實不符，勢必為人架空，形同傀儡。說它難為，又因為下者多懷機心，輕易是不會死心塌地為上司賣命的。

有鑑於此，歷史上官場中的智者便採取了迂迴之術，從下屬的個人喜好入手，來滿足他，進而掌握他，征服他。下屬在感恩戴德之下，對上司的忠心才會堅定，才會真正為上司著想，做事不遺餘力。

事典

趙匡胤的謊言

宋太祖趙匡胤向以御臣爲能，杯酒釋兵權的故事，便是他的經典之作。其實，趙匡胤這方面的事例還有很多，他對大將曹彬說謊，亦可見其高超的治下之術。

攻取南唐時，他左思右想，最終決定派大將曹彬擔此重任。事情本來該到此結束，可趙匡胤疑心甚大，又恐曹彬不盡全力，於是他把曹彬召來，當面對他說：「建功立業，封侯拜相，這是人臣的畢生所求，想必你也不會例外，如今有此機遇，願卿家以爲珍重，奮勇殺敵；待你得勝還朝，一定封你爲丞相。」

有了皇帝的親口許諾，曹彬喜出望外，信心倍增，他帶領大軍直搗江南，衝鋒陷陣，很快就消滅了南唐政權，俘虜了皇帝李煜。

回朝之日，曹彬滿心歡喜，只等皇帝諾言兌現了。不料趙匡胤竟出爾反爾，不僅未封他丞相，還命他即刻攻打太原。爲此，趙匡胤解釋說：「丞相爲百官之首，無可再升。如今四海未平，天下未定，尚需你等爲出力分憂。並非有意騙你，只是人心難測，倘若你官居丞相，志得意滿，怕是不會那麼賣力爲我打仗了。」

曹彬失望之至，悵悵回府。進得屋來，卻見室中堆滿了錢，數額甚巨。當他得知這是皇上賞賜的五十萬錢時，剛才的不快登時一掃而光了，他心下感恩，說：「皇上這般用心，我曹彬還有何話可說？何況就算當了丞相，也不過多得點錢財；如今有了這麼多錢，我又何必爭當什麼丞相呢？」

他快樂已極，再不以趙匡胤說謊爲念。他竭盡心力，爲宋朝征戰擴土，立下了不朽的功勞。

羅織經

原文

人有所懼，以懼迫之無不納。

譯文

人有懼怕的東西，用懼怕的東西逼迫他沒有不接受的。

釋評

治下的方法不能千篇一律，對不同的人，就要採取不同的手段；對同一個人，在不同的時間和地點，也要有所變化。

事實上，運用懲罰的辦法治理下屬，有時要比一味的獎賞更管用。人有滿足的時候，卻少有不怕失去的時候。如果針對下屬最恐懼的所在做文章，便是抓住了他們最脆弱的地方，一舉便可將其制伏，事半功倍。

事典

雍正陰毒的處罰

清朝的文字獄，駭人聽聞，涉案中人，少有活命者。雍正朝時，錢名世因贈年羹堯詩中有「鐘鼎名勤山河誓，番藏宣刊第二碑」之句，爲雍正所忌，定爲大案。出乎所有人的意料，錢名世卻得以不死。

原來這並非出於雍正的恩典。在雍正看來殺死一個錢名世，實在是太便宜他了。他要用更有效的方法來懲治他，令其生不如死，亦可震懾天下的讀書人和官僚。

他首先從讀書人最在乎的名節之處下手，他把錢名世定爲「名教罪人」且親筆題寫匾額，命地方官掛在錢家的大門之上。

要知「名教」乃中國傳統禮教制度的指導思想，是做人的最基本信條。讀書人向以名教弟子自居，如今錢名世成了名教的罪人了，也就成了萬惡不赦的罪人了，爲人所不恥，子孫後代也將蒙羞如此處罰，當眞要比處死還要嚴厲百倍。

非但如此，雍正還發動官僚，在錢名世被逐回鄉時，人人作詩「贈行」。這些詩作自然是對錢名世罪行的聲討之作，其用語之毒，用詞之酷，皆達極至。雍正還讓錢名世將這些詩作刊行出版，名爲《名教罪人詩》，並讓全國學校收存，研習閱讀。

錢名世痛不欲生，深悔他沒有當時自盡，以受此辱，錢家眾人也對他恨之入骨，至親好友上門叫罵者日日不絕。

後人評議此事，皆謂雍正的招法陰毒，暴露了他的狹隘和愚蠢，過於殘忍了。但是不可否認，雍正是一個整人高手，他在這方面的奇思妙想，恐怕人所難及了。

原文

才可用者，非大害而隱忍。

譯文

有才能可以爲自己所用的人，若沒有大的害處，要暗中容忍。

釋評

俗話說，金無足赤，人無完人。上司在使用人上，如果求全責備，斤斤計較，不從大處著眼，往往會影響大局，失去人才。這就是為什麼那些有不少缺點的有才之士，仍能得到上司器重的原因所在。

此節最能考驗上司的智慧和胸襟。目光短淺、心胸狹小的上司是做不到這一點的。當然，上司對有缺點下屬的這種包容也是有條件的，說穿了只是暫時的利用而已，一旦他功業有成，這些下屬的缺點他便變得難以忍受了，有的甚至成了他除滅功臣、排除後患的藉口。

事典

劉邦的寬恕

陳平本是項羽軍中的都尉，後被他的朋友、漢將魏無知引薦給了劉邦。陳平才智過人，他謁見劉邦時，向劉邦建議趁項羽伐齊，後方空虛，直搗他的老窩。此計爲劉邦讚賞，當即委以高官，以示器重。

劉邦此舉，立時遭到漢將的一致反對。周勃、灌嬰作爲他們的代表求見劉邦，說：「陳平無功受此封賞，太不公平了。他花言巧語，想必主公也受了他的蒙蔽。此人劣跡斑斑，在家時亂倫盜嫂，爲人不恥，爲官後又大肆收賄，貪婪已極。這樣的人怎能再受重用呢？望主公務必將此人除去，以安眾將之心。」

劉邦不知此節，但他仍對陳平的才能充滿信心。於是他含糊地說：「此人大才，非你等所能識之，縱有小過，我又何必捨本逐末？此事容我三思。」

一待他們走後，遂把陳平召來詢問。陳平也不隱瞞，還解釋說：「大王用我，乃我之才也，如果大王認爲我才之無用，自可將我治罪。不過，眾人之詞，未免有嫉妒之意，非全爲大王也，再說我棄楚歸漢以來，家財已盡，清貧如洗，收取賄賂，實不得已而爲之。至於盜嫂之說，全屬無稽之談，我也懶得辯說了，一切全憑大王明察。」

老實說，劉邦對他的解釋心有不滿，但他實在需要陳平這樣的人才輔佐自己，成就霸業。何況眼下爭戰正酣，他更不想因此多事，有誤軍機。他念頭一轉，繼而哈哈一笑，拍著陳平的肩膀，安慰說：「先生清苦，倒是我的怠慢了。我們乃是粗人，還望先生不要介意。」

他不但未加追贓，又賞賜給陳平許多金錢，還傳下命來，升了陳平的官職，為護軍中尉。陳平原想倘若劉邦見責，他就無須留下了，有此結果，驚喜之外，陳平又平生了對劉邦的感激之心，從此定下心來，全力報效劉邦，為他出了很多計謀，做出了很大的貢獻。

原文

其不可制，果大材而亦誅。

譯文

其人不能馴服，即便確實是才能出眾的也要誅殺。

釋評

能為我所用，是統治者用人的最高原則。在他們眼裡，不馴服的民眾就是叛逆，不馴服的有才能的人更為可怕，必除之以絕後患。

這種極端自私和殘忍的表現，恰恰說明了官場為上者的無能本質和妒才心理，也是對有才之士為何屢屢不得志這個問題的最好解答。

凡是大才之人，因其聰明多學，對為上者的把戲往往一眼看穿，所以多表現得不屑。為此而發生的不合作態度，為上者心中惱怒，加以種種罪名。其真意乃在藉此愚民，用無辜的血維持自己所謂的權威。這種蠻橫和暴行不僅是對人才的摧殘，更是對公理和良知的極端傷害，到頭來只能自食其果，報應不爽。

事典

死裡逃生的管仲

春秋時期，齊國國君齊襄公在國內的一場叛亂中被殺身死。其子公子小白和公子糾爭奪王位，公子小白獲勝，繼位爲君，是爲齊桓公。公子糾帶管仲、召忽等人，跑到魯國避難。齊桓公派兵壓境，迫使魯莊公殺了公子糾，又將管仲、召忽打入囚車，準備交給齊國發落。

臨上囚車之前，召忽仰天大哭，口道：「爲人臣者，不能盡其忠，我之恥也，主公既死，我何活之？」

他趁人不備，一頭撞向石柱，倒地而死。管仲眼含淚水，卻道：「蒼天不佑我主，致有此敗。自古有死臣，亦有生臣。我要苟且保此性命，以爲公子糾申冤。」

他說完，逕自走入囚車，神色不亂。

當時在場的魯國大臣施伯對管仲此舉大爲驚嘆，他凝視管仲許久，這才親見魯莊公，直言道：「管仲奇才，臣以爲必有大用。不如大王向齊國求情，將管仲留下。」

魯莊公搖頭道：「管仲曾親手箭射齊侯，乃齊侯之大仇人，如此求情，齊侯能相允？」

施伯又說：「臣觀管仲之相，世間少有，如果不死，以他大才，若爲齊國重用，齊國勢必稱霸天下。大王不妨屈尊降貴，求情一試，若是齊國應允，有他輔助大王，萬事可成。如果齊國回絕，大王也不可放之歸國，養虎爲患，盡可一舉殺之。

魯莊公笑道：「我也正有此意。如此人才，既不能制，又不能用，豈可讓給他人？」齊國領兵的鮑叔牙聽此訊息，急派人去和莊公交涉。莊公懼於齊國勢力，這才無奈交出管仲，沒有殺他。

後來，魯莊公又生悔意，他派人追趕囚車，傳命如若管仲拒不降魯，即可當場處決。只是爲時已晚，管仲此時已離開了魯境，進入齊國了。

原文

賞勿吝，以墜其志。

譯文

賞賜不要吝惜，用此消磨他們的意志。

釋評

在任何時代，利益的驅動力都是最能調動人的積極性的必要手段，沒有了這方面的刺激，要想駁使人幾乎是不可能的。同樣，高官厚祿，功名富貴，最能使人消磨意志，不起異心，盡忠報效。有了這方面的羈絆，整個人便被束縛住了，為了保住這些，他更會拚死賣命，而不會輕易貪求更大的奢欲。

歷史上那些短視者，常常因為吝惜封賞而導致更大的禍患，進而失去的更多。這方面的教訓，決定了為人上者，不能只憑自己的好惡行事，即使心有不願，也要勉為其難，故作慷慨。

事典

劉邦的轉變

楚漢相爭之初，項羽大搞分封，而劉邦卻不這樣做。他曾對臣下說：「封王封侯，只能使臣下野心更大，削減人主的權威，弄不好各自為政，造起反來，那麼人主不就危險了嗎？項羽那麼做，結果人心各異，事與願違，看來此事斷不可行。」

劉邦的手下卻不這麼看。他們追隨劉邦，捨生忘死，追求的正是出人頭地，封王封侯的名利地位。劉邦不搞分封，他們頗有怨言，只因劉邦態度堅決，只好隱忍，以待時日。

劉邦被項羽的大軍困在滎陽時，幾次派人命韓信來救。韓信早就覬覦王位，今見時機已到，便以此要脅，命使者傳話說：「齊地實屬戰略重地，應重點固守。今齊地無主，宜封王鎮之。臣雖無才，自請代理齊王，為主公分憂。」

此話雖冠冕堂皇，卻露骨地顯現了韓信對封王的渴望，更讓劉邦氣惱的是，此事這會提出，分明是乘人之危的小人行徑了。他忍不住破口大罵，恨聲說：「我危在旦夕，他卻要自立為王，不來救駕，豈有此理！」

話音未落，劉邦身邊的張良、陳平已是連連踢他的腳，暗示他不可再說下去。張良還俯首過來，低聲說：「危難時刻，主公豈可意氣行事？眼下脫困乃最為急迫之事，不如暫且答應他，以慰其心，使其速來解圍。何況鞭長莫及，主公即使吝惜封賞，不予應允，於事也是無濟的。」
劉邦聰明過人，經他點撥，登時會意，暗道險些誤了大事。他臉色倏變，笑著道：
「大丈夫志向遠大，何必當什麼代理齊王？韓信功勳卓著，當個眞正的齊王絕不爲過。」
他立即派張良爲代表，正式封韓信爲齊王。韓信見己願已成，遂無他念。他舉兵救駕，劉邦終於化險爲夷。事後，劉邦感嘆封賞之功，便一改前態，先後封了彭越、英布、盧綰等人爲王，使其個個安下心來，爲打敗項羽團結一致，傾盡了全力。

原文

罰適時，以警其心。

譯文

懲罰要適合時宜，以此讓他的心裡得到警惕。

釋評

懲罰下屬，要掌握時機、注意分寸、恰到好處，才能收到明顯的效果。否則，即使再過嚴厲的處罰，也是無益於大局的。

這就使得上司不僅要公私分明、不循私情，還要注意方式、方法，分清主次關係，講究時間場合，把握經重緩急。只有這樣，才能不會因小失大、顧此失彼，發揮懲戒的最大功效。

事典

事後算帳的趙匡胤

趙匡胤為後周大將時，領兵和南唐元帥李景達交戰。戰鬥打響，趙匡胤身先士卒，戰況尤為激烈。戰至半天，雙方皆有死傷，勝負不分，只好各自收兵。

趙匡胤回到營中，下了一道奇怪的命令，竟讓將士們把他們頭上戴的皮笠獻上。所有人都莫明其妙，議論紛紛。

但見趙匡胤對將士們獻上的皮笠一察看之後，忽命幾個將士上前，厲聲道：「你等臨陣退縮，險些壞了我的大事，如不將你等重罰，何以治軍殺敵？」

他不容分說，命人將他們拉出斬首。

事情這麼突然，眾人也不明其故，於是有人上前為其求情，趙匡胤口道不准，為釋將士心疑，他說：「各位可看見他們皮笠上的劍痕嗎？」

眾人雖見趙匡胤高高舉起皮笠上的劍痕仍是一頭迷霧。

趙匡胤指指點點，這才解釋說：「方才交戰，敵眾我寡，形勢對我極其不利。他們幾個不盡力殺敵，卻屢屢退縮，我見得眞切，於是劍砍他們的皮笠，以為標記。當時事關成敗，我不便處置。此刻若是姑息，必有日後之患。望大家引以爲戒，奮勇殺敵，否則必軍法從事！」

眾人聽此，暗自慶幸之餘，不免心驚肉顫，一待行刑之人將那幾個將士的人頭獻上，大家更是惶恐色變。

第二日，趙匡胤領兵再戰，李景達等南唐兵卒卻發現此刻的周兵，遠非昨日可比，他們兇猛異常，再無一個退縮者。此役周兵大勝，趙匡胤帶兵追南唐軍至江邊，殺得南唐人馬死傷無數，元帥李景達騎馬涉江，僥倖活命。

得勝的周兵無不敬服趙匡胤處罰高明。他適時忍耐，暫緩處置，以安軍心。事後殺一儆百，整肅軍紀，人人生畏，如果他拘於軍法，急於治那些違紀將士，只怕會軍心大亂，反助強敵了。

原文

恩威同施，才德相較，苟無功，得無天耶？

譯文

恩惠和權威一起施行，才能和品德互相比較，如果這樣做還沒有成效，莫非這就是天意吧？

釋評

賞罰分明，恩威相濟，是每一個領導者應必備的治下手段，也是每一個成功者之所以成大事的一個重要因素。

如此道理，說之容易，可真正實行起來，卻不是一件易事。它首先要求上司對下屬不能簡單用事，一味強調賞或罰。其次，它又要求上司賞罰公正，行事無偏，不能感情用事。第三，它要要求上司時刻了解和掌握下屬不斷變化著的心理和想法，及時做出調整，以適應不同形勢下的不同需要。

如果上司能做到這一點，可以說沒有不成功的。事實上，只有那些淺嘗輒止，自欺欺人的人，才會把失敗推卸於天，不負其責。

事典

速渾察的表演

速渾察是蒙古成吉思汗手下大將木華黎的孫子，其兄過世後，他繼承了爵位，總領中都行省的蒙漢軍隊，位高權重，身份顯赫。

初爲權貴，速渾察便顯出了他極高的處事手段。一次，他去營中巡察，見許多士卒爲瑣事爭吵，見他前來，也無敬畏之意。他勃然大怒，立時傳命將鬧事人等盡皆斬首。

這時他的身邊人便勸他說：「大人上任不久，應善結人緣，以增人望。如此處置，又顯過重，殺人太多，恐對大人不利。」

速渾察說：「正因我初掌權柄，人們才視我爲輕，不以爲意。如此下去，有令不從，將命難行，於我事小，於國事危。今之殺眾，雖明知不可爲亦爲也。」

一待眾人伏法，全軍皆驚，多有不服叫屈者，意欲造反起事。

有人報知速渾察，他卻不改初衷，只道：「此事非彼事也，你等勿驚。」

他隨後傳命爲死去的士卒舉行祭奠大會。會上，他痛哭流涕，搶天撲地，哀聲道：「你們死得實在有些冤枉了，可不這樣，誰又會聽我的命令呢？皇上交我重任，我誠惶誠恐，自知資歷淺薄，本想取悅眾人，助我成事。萬不想你們欺我太甚，視我如無物。如此讓皇上見責，殺我全家，還不如拚其一死，先殺爾等，我再以死相殉了！」

他摘下頭盔，作勢撞柱自盡，他的心腹死死抱住他，連聲哀嚎，此情此景，那些想生事的人看呆了，一時之間，怨氣不僅消了大半。再一想他的話眞摯有理，又自覺那些已死的兵卒實在太過無禮，何況造反乃是死罪，他們只是出於一時激憤才有此念的。這般想來，他們不僅怨氣全無，而且全都跪在地上，求請速渾察的寬恕。

速渾察悉數赦免，發誓說不再追究此事。兵卒盡感其恩，歡聲雷動。眼見一場大禍消於無形，速渾察才露出了別人不易察覺的一絲微笑。原來，這只是他精心表演的一齣戲而已，只因他工於心計，表演逼眞，竟是瞞過了所有人等，一舉樹立起了自己的權威，沒有敢不俯首聽命了。可嘆那些枉死的士卒，至死也不明白速渾察的陰惡用心，糊裡糊塗就做了他權術下的犧牲品。

第四卷 控權卷

權者，人莫離也。取之非易，守之尤艱；智不足弗得，謀有失竟患，死生事也。

假天用事，名之順也。自絕於天，敵之罪也。民有其愚，權有其智。德之不昭，人所難附焉。

亂世用能，平則去患。盛事惟忠，庸則自從。名可易，實必爭；名實悖之，權之喪矣。嗜權逾命者，莫敢不為；權之弗讓也，其求乃極。機為要，無機自毀；事可絕，人倫亦滅。利祿為羈，去其實害；賞以虛名，收其本心。若此為之，權無不得，亦無失也。

本卷精要

◎獲取權力需要勇氣和膽量，保持權力需要智謀和耐心。

◎對於有心獲取權力的人，必須首先修習獲取權力所需的本事，否則只能有害無益，自討苦吃。

◎控制權力，排擠對手，找一個正當的名義，尤爲重要。

◎明智的掌權者，在不損害自己利益的同時也會讓人小利，收買人心。

◎權術離不開陰謀和欺詐，只因它實用和有效，所以即使是正人君子也不敢小視於它。

原文

權者，人莫離也。

譯文

權力，是人們不可以缺少的。

釋評

出人頭地、光宗耀祖，是古代社會人們所追求的人生目標。特別是那些貧寒之士，更把獲取權力，躋身仕途，做為擺脫貧窮、贏得富貴的一條捷徑。

至於官場中人，他們的權力欲從來就沒有滿足的時候，至始至終，他們都在為撈取更大的權力和保住現有的權力之間苦苦掙扎。

不可否認，權力帶給人們的好處是顯而易見的。無權無勢的平民百姓，只能身處下賤，任人欺凌。權力可以顛倒黑白，為所欲為，享盡富貴。在當權者眼裡，沒有比權力更好的東西了。失去了它，便是失去了一切，直至性命不保；抓住了它，就抓住了自己的命根子。

實際上，一個手握權力的人，才最能讓人產生畏懼。

事典

李斯的感悟

李斯未發跡時，只是家鄉上蔡縣衙門裡的小小官吏。他職小位卑，受盡了屈辱，無奈爲了生計，他只好隱忍下來，沒有掛冠而去。

閒暇之時，他常和朋友大發牢騷，有一次他感慨地說：「有權無權，眞是不同啊，像我這樣的小使，受人差使，無人尊重，窮困潦倒，何時能有出頭之日呢？」

李斯的朋友也訴苦說：「生而爲人，若是無權無勢，眞是枉爲人了。你我今生，恐怕只能這樣了，難倒這就是命嗎？」

李斯心中淒苦，自是消極度日。

一日，李斯去茅廁，見廁中老鼠，長得又瘦又小，吃著髒東西，見有人來，驚逃而散。他又在倉庫中見到了老鼠，令他驚奇的是，這裡的老鼠與他先前見到的截然不同：個個膘肥體胖，十分地精神，見他到來，也不害怕，從容而走。李斯視之良久；忽有所悟：「倉庫裡的老鼠，以滿倉的糧食爲食，以高大的庫房爲窩，食之無憂，風雨不淋，難怪和廁中的老鼠不同了。人何嘗不如此呢？看來人的好與壞，並不是人有什麼不同，而全在人所處的地位有貴賤之別呀！」

他自此反省自己，深怪自己不求上進，卻天天陷在與事無補的發牢騷上，於是毅然下了決心。辭去小官，去拜大思想家荀子爲師，學習帝王之術。

荀子對李斯考究一番，又向他說：「你雖官小，在別人眼裡也是値得豔羨的，你就一點也不覺得可惜嗎？」

李斯回答說：「做人要做人上人，做鼠須做倉中鼠。」

他解釋了一番，荀子聽過不楚哈哈一笑，連道：「你聰明過人，悟性極高，他日必成大器。」

聽到荀子的誇獎，李斯受到了極大鼓舞，他又進一步表達了自己的想法：「我以爲，人的一生，最大的恥辱莫過於卑賤，最大的悲哀莫過於貧窮。而這一切，都是因爲無權所造成的。權力對於每個人，都有脫胎換骨的功效，大丈夫當以弄權爲要。」

荀子聽之默然。一待李斯離去，他便悄聲對身邊人說：「李斯聰明絕頂，當是我門下最出眾的弟子了。只可惜他憤世太切，嗜權太深，拙於掩飾自己，到頭來只怕難得善終啊。」

後來，李斯奮發振作，果然當了秦國的丞相，極盛之時，他家的門庭車子逾千，百官趨之若鶩。

但正如荀子所言，他貪戀權位過了頭，又過於張揚，最終遭到趙高的陷害，父子雙雙被腰斬於市，不得善終而死。

原文

取之非易，守之尤艱。

譯文

獲取權力不容易，保住權力更加艱難。

釋評

權力的獲得向來是充滿競爭和血腥的，為了奪取權力，無數人死於非命，甚至骨肉相殘。在古代社會，它是衡量一個人社會價值和人生價值的最重的砝碼，而能觸及權柄的人又少之又少，由此看來，此中的勝利者真是實屬不易了。

同樣，保住權力不失，也是一個重大難題。手握權柄的人，總是眾矢之的，人人思而代之。何況掌權者身在明處，他的對手人在暗處，又來自四面八方，任何人都要防範，任何事都不可掉以輕心，稍有不慎，就會釀成大禍。從這個意義上說，保住權力的確比獲取權力更難，它對人的要求更高、更全面、更深化，而這一切都絕非一般人所能做到的。

事典

韓信的不足

韓信是劉邦手下的大將，他的軍事造詣實在高明，攻必取，戰必勝，爲漢朝的建立立有大功。這樣一位蓋世英雄，最後竟落得身首異處的下場，究其原因，劉邦「兔死狗烹」固是其一，他缺乏保全之術當是其二。

韓信經蕭何力薦，被劉邦拜將後，他多出奇計，身經百戰，又不惜冒犯劉邦，逼迫他封王，這才達到了爲人臣者的權力巔峰。可以說，他獲取權力，全憑眞才實學，血戰沙場，是來之不易的。對到手的權力，如何保住，如何立於不敗，這方面的政治鬥爭水準，韓信就顯得差多了。他始終對劉邦心存幻想，自恃功高，總以爲劉邦不能對他下手，絲毫不加防範。更讓韓信顯得幼稚的是，他對劉邦凡事直言快語。不知忌諱，沒有君臣的分寸。以致有一次劉邦問他自己能帶多少兵時，韓信只說劉邦能帶十萬而已，而他自己卻是多多益善之類的話來，令劉邦大爲不快，平添了對他的猜忌之心。

對韓信這些致命的缺點，他的好友蒯通看在眼裡，急在心上。一次兩人相對，蒯通便低聲對韓信說：「將軍九死一生，方有今日之權柄，將軍可願一日盡棄嗎？」

韓信一愣，忙道：「你何出此言？」

蒯通接著長嘆一聲，哀聲說：「將軍行事無忌，不思保全權位，如此我眞爲將軍擔憂啊。我看主公對你已有猜忌之意，長此以往，大禍不遠了。」

韓信聞言即笑，隨口道：「主公何事疑我？我從來不覺，你何能得之？將兵之能，非我莫屬，主公縱是心有不悅，也是離不開我的。」

蒯通聽此更憂，乾脆直抒心意，大膽地勸說他脫離劉邦，擁兵自立。

韓信無動於衷，反而責備他說：「我做事無愧於心，主公豈能對我不義？正因權力難得，我才不會幹出你所說的冒險事來。此言再不可提，否則莫怪我無情。」

他不自省，毫無改意，劉邦對他的猜忌更深了。一待劉邦正式稱帝，他便迫不及待地拿韓信開刀，把他由齊王降爲淮陰侯。到了此時，韓信又犯了一個天大的錯誤，他毫不掩飾自己的不滿情緒，逢人便說自己的委屈，他還拒絕跟隨劉邦出征討伐謀反的陳豨。呂后藉此爲由，把他騙進宮中，誣他謀反，不容分說，就命人將他推出處死，可憐他一代人傑，竟這樣斷送了性命。

羅織經

原文

智不足弗得，謀有失竟患，死生事也。

譯文

欠缺智慧的人什麼也得不到，謀略不當的人最終會有禍患，這是關係生死的大事。

釋評

對權力的渴望人人都有，參與權力之爭卻非人人可為，許多人正是因為志大才疏，單憑熾盛的野心去爭奪權力，結果枉送了性命。

官場是極其複雜的，沒有智慧和謀略的人難以立足。那種對此認識簡單、心有僥倖的人，最易成為權力的受害者。他們只看見了權力的好處，卻沒有看見權力的害處。所以說，對於有心獲取權力的人，必須首先修習獲取權力所需的本事，否則只能有害無益，自討苦吃了。

事典

胤禛的後來居上

康熙皇帝兒子眾多，他二廢太子，到了其晚年，爭奪太子之位在眾皇子之間更加白熱化了。四皇子胤禛足智多謀，他深知康熙皇帝對兄弟相爭十分厭惡，便故作姿態，表面上不參與此事，反而屢屢爲眾兄弟仗義直言。

太子胤礽被廢之後，無人搭理，胤禛卻不同常人，對其極表關懷。有人據此上奏康熙，胤禛便回答說：「兄弟之情，不可廢也。」

康熙見他仁愛至上，欣喜異常，對之讚不絕口。

廢太子胤礽有弒逆的罪名，胤礽請其他皇子代奏自辯，無人敢應，胤禛得知此事，思忖良久，決心爲其陳情。他反覆勸說康熙皇帝，終使這個罪名取消。

胤禛此舉，眾皇子皆以爲他不避嫌疑，自是無心爭奪儲位了，對他都不以爲意。反是康熙皇帝由此對他另眼相看，屢屢表彰。

胤禛抬高了自己的地位，又對康熙皇帝的身體十分在意起來，表現得最爲關心和體貼。康熙因爲胤礽的不爭氣和諸皇子爭奪儲位，氣極生病，竟是不肯就醫。胤禛聞訊趕來，惶恐變色，長跪不起求旨醫治。他又親擇太醫，堅持日夜護理，爲此憔悴了許多。康熙大爲感動，連稱他爲至孝之人，父子倆的感情一下就拉近了。

胤禛如此用心，暗地裡卻加緊發展他的勢力。他拉攏年羹堯，收買隆科多，雙管齊下，多方用心，最後終於奪取了帝位。至此，眾皇子才看清了他的本來面目，只是一切都無法挽回來了。他們敗下陣來，後來又被懲被貶，皇帝夢沒有做成，卻落得個可悲的下場。

原文

假天用事，名之順也。自絕於天，敵之罪也。

譯文

借用天意行事，名義上才適合正道。逆天而行，自作自受，這是敵人的罪名。

釋評

俗話說，名不正而言不順。凡事若是沒有一個正當的名義，就失去了號召力，阻力也會加大。對奪權來說，找一個正當的名義，似乎顯得更為重要。因為權力向來是人所嚮往的，君主專制意識的薰陶，人們常常把權力神秘化，歸結為天意。

中國八千年來的君權神授思想，也深入人心，自覺不自覺地用來觀照人與事。這就促使和啟發了那些奪權者，挖空心思把自己假扮成老天的代言人，用以欺矇世人，聚眾起事，同時，把敵人安上逆天大罪，自己奪權之舉便可名正言順，無所顧忌了。

這是奪權的高明策略，也是一種成功的輿論宣傳形式，對奪權的成敗至關重要，決不可忽視。

事典

武則天的智計

唐高宗死後，皇后武則天大權獨攬，兒子只是一個掛名的皇帝，她要當直正的皇帝，有一次便試探著向眾大臣：「皇帝當以才智爲第一，上應天命，下順民心，不知以後帝位當屬何人？」

眾大臣眉頭緊皺。他們明知這是武則天心猶不足，可讓一個女人當皇帝，這是從古到今從未有過的事。他們雖然畏懼武則天，卻也不肯附和，便假裝湖塗地答道：「我朝天威，代代不絕，自是李氏子孫了。」

武則天旁敲側擊，一再提醒他們，無奈他們就是無人回應。

武則天見此，只好暫時壓下了馬上稱帝之心。即使如此，還有不少大臣勸他把政權交給皇帝，李勣之孫李敬業更是不惜舉兵造反，要誅殺她這個篡大唐江山的女人。

武則天的心腹勸武則天不必多此一舉，讓眾大臣首肯，可逕自立即稱帝。武則天沉思多時，還是搖頭說：「我經營多年，朝中上下盡在我的掌握之中，若要稱帝，一言即可。我擔心的是如此一來，人心不服，民心不穩，只怕我這個皇位也做不安穩啊。何況世人的觀念循規守舊，人心向唐，以我爲篡，這個局面不改變，我又怎能成就大事呢？」

她考慮再三，決定假借天命，爲自己造勢。她命自己的侄子武承嗣派人鑿一石碑，上刻「聖母臨人，永昌帝業」八個大字，字跡塗紅，扔到洛水裡。她又暗使雍州人唐同泰入水取出，大肆宣揚，而後親獻朝廷。

此事非同小可，人們皆以爲奇，奔相走告。武則天更是連稱天意。親率文武百官親祀南郊，祭天告謝。她爲此大做文章，極盡渲染，不僅稱此石爲天授聖母，改洛水爲永昌水，封唐同泰爲遊擊將軍，還舉行了聲勢浩大，禮儀繁複的拜洛受瑞儀式。一時之間，在人們的眼裡，讓武則天當皇帝已是上天的安排了。

武則天猶覺不足，又密使高僧法明杜撰了《大雲經》四卷。經中謊稱武則天乃彌勒佛的化身，以她代唐，理應如此。她傳命諸州官吏，百姓閱讀此書，並專門建寺珍藏，焚香供拜。

事情鬧到這個地步，武則天不失時機地又讓心腹給事中傅遊藝，率領關中百姓近千人，來到朝廷上表，懇情她順應天意，稱帝爲君。武則天假意不肯，卻是立即提升了傅遊藝的官職。於是人人效仿傅遊藝，紛紛上表，接連懇求，反是惟恐武則天拒絕。武則天見火候已到，時機成熟，遂登基爲帝，完成了她畢生的心願。

原文

民有其愚，權有其智

譯文

讓老百姓愚昧無知，這是掌權者的聰明之處。

釋評

專制時代，愚民政策為歷代掌權者所奉行，自有著不可告人的奧秘玄機。

一方面權力鬥爭和官場的黑暗內幕都是見不得人的，如若曝光，只能有損他們為欺騙世人所樹立的「高大」形象，進而失去民心，對他們的統治不利。別一方面，掌權者都以聰明過人自居，他們手中的權力，也是以陰謀手段取得，如果天下人群起效仿，他們便難得安生了。是此才絞殺民智，妄想讓所有人都愚笨無知，永遠乖順，無力奪取他們的寶座。

這是極其粗暴和極端自私的醜惡行經，對社會的發展和人才的培養造成空前的傷害。統治者以此為計，自為得意，從長遠上來看，這無異於飲鴆止渴，只能自取其禍。

事典

符生的欺騙

前秦帝國的皇帝符生，是個有名的暴君。他自幼瞎了一隻眼睛，所以特別忌諱「傷」、「殘」「少」、「缺」、之類的話。有一次他和宮廷御醫交談，他隨口問起人參的功能，御醫便說：「少少的一點人參，它的作用就很大了。」

不想符生立時翻臉，竟是殘忍地下令將御醫的雙眼挖掉，隨後斬首。

符生的兇殘還不只如此，他的身旁總是擺滿各種兇器，大臣們若是有一點讓他不滿意，他便會拿起武器，親手將人殺死。更讓人心驚肉跳的是，他不時都有驚人之舉，幹下的都是正常人匪夷所思的惡事。他曾把人的面皮剝下，還讓宮女與男子性交，他率群臣在旁觀看。他的妻子梁皇后和他的舅父，竟也被他無端殺掉。朝中大臣，他殺得就更多了。

符生如此行惡，卻自詡聰明絕頂，十分在乎別人對他的看法。他常問朝中的大臣，當被問的大臣說他英明時，他便會仔細端祥大臣良久，然後說：「這不是眞話，你是在諂媚我，自是奸臣無疑了。」

他傳命處斬那人，接著又問另一個大臣：「我看你是個老實人，你說我是個什麼君主？」

答話的大臣嚇得魂飛天外，顫聲說：「陛下仁愛，天下皆知，只是有時刑罰稍重了些。」

一語未了，符生已是暴跳如雷：「你這是誹謗我呀！似你等奸小之人，如不從重處罰，豈不讓人說我是昏君嗎？」

這個大臣，自是又白白喪命。

符生壞事幹盡，對外卻極力掩飾和欺騙，以聖主明君自居。他曾頒布了一份著名的詔書，振振有詞地宣告說：「我受命於天，治理天下，一日未敢懈怠。我既爲天下元首，自把人民當作子女一般的愛護。可恨的是，朝中奸惡小人不絕，不殺之怎可平民憤、肅綱紀？這能說是殘忍嗎？更有流言說百姓恐懼逃亡，這全是騙人的鬼話，正直的人怎會相信呢？我現在鄭重宣告，只要合理合法，合正義合公理的事，我還會一如既往地做下去，以不負我對國家的責任。」

深知實情的人對此深惡痛絕，符生的堂弟符堅於是起兵造反，率軍闖入皇宮，把符生殺掉，自己登上了皇位。

原文

德之不昭，人所難附焉。

譯文

恩惠不顯示出來，人們就很難依從了。

釋評

掌握了權力，並不意味著永遠可以佔有權力，如果掌權者只顧為自己撈取好處，刻薄待人，恩惠不施，人們就會心懷怨恨，處處拆臺，只盼他早日完蛋。

一待變亂而起，他們便是潛伏的生力軍，力量是十分驚人的，自會加速統治者的覆亡。所以明智的掌權者，一方面不改初衷，為己謀利，同時也會讓人小利，收買人心，從根本上杜絕後患，以保權力無失。

李存勗夫婦的吝嗇

李存勗是五代十國時期後唐的皇帝，他滅掉朱溫所建的後梁，又先後滅掉桀燕帝國，岐王國、前蜀帝國，一時威震天下。

面對自己的帝國日益膨脹，李存勗便驕狂日甚，荒淫放縱。他自以為江山永固，索性每天不理朝政，只是忙著看戲玩樂，對臣下軍士也日益刻薄寡恩，不象從前跟後梁作戰時那樣略有賞賜了。

李存勗的皇后劉玉娘，比李存勗更爲貪婪和吝嗇，她趁李存勗淫樂嬉戲之時，把持朝政，所做的事都與撈錢有關，且從不賞給臣下分毫。這年中原大旱，後唐將士缺衣少糧，父母妻兒只好到郊外挖掘草根充饑，常常是倒地即死，情景十分淒慘。

面對軍心浮動，國將不國的嚴重局勢，後唐宰相上奏劉玉娘說：「事態緊急，刻不容緩。將士乃國家之基石，怎可不加救助？還望娘娘以皇權爲重，暫以皇宮中的金銀綢緞救急，讓瀕死將士養家度難。如今國庫空虛，一待有所充足，定如數歸還。」

這本是維繫後唐，爲皇上著想的上上之策，不料一聽到借錢，劉玉娘竟似剜她的骨肉一樣大發雷霆。爲了應付宰相快快離去，她派人只取來兩個銀盆，對他說：「宮裡的東西就只有這些了，你賣掉作軍餉吧。」

宰相明知皇宮裡的財寶堆積如山，比刻卻不敢分辯。他長嘆一聲，認定後唐必亡無疑，索性也撒手不管此事，再不進言。

不久，李存勖手下的大將李嗣源在鄴都叛變，李存勖御駕親征，大軍走出不遠，怨恨沖天的後唐將士便紛紛逃向叛軍投降。李存勖見事態不妙，這才極力向將士們示好，一再聲言即行頒發賞賜，決不食言。

李存勖的把戲這會早讓將士們看穿了，他們咬牙切齒，憤憤地說：「我們的父母妻兒已然餓死，皇上見死不救，這會兒縱是搬來金山銀山，也不能讓他們複生了，又有什麼用呢？」

他們發動了兵變，李存勖全族被殺，自己也被亂箭射死。劉玉娘帶著兩包珍寶逃到太原，躲進尼姑庵爲尼。將士們對她窮追不捨，直至把她抓獲，絞死了事。

羅織經

原文

亂世用能，平則去患。

譯文

混亂動盪的時代要使用有能力的人，天下平定後要剷除他們以絕後患。

釋評

奪取權力和鞏固權力有著本質的不同。前者無能者不能奪之，後者功高者易尾大不掉。能者奪權為能，篡權亦為能，對他們的使用因狀況的不同，其效用便有很大的差異，甚至於完全相反。

不可否認，一切為了權力的心理和行為，使許多有能之士成為無辜使受害者。他們盡心盡力，到頭來卻落得個遭人猜忌，誣以逆賊的最後結局。如果從掌權者的解度看，這又是必要的，他們既有能力幫助自己奪取權力，自有能力從自己手中篡取權力。權力既得，他們的用處也就不大了，何必冒此風險，日夜憂心呢？

事典

劉彧的萬全之策

南北朝時期，劉裕創立的南朝宋，自相殘殺，爭權奪利最爲殘酷。父子之間，兄弟之間，叔侄之間殺來殺去，毫不手軟，上演了人間最爲慘烈的悲劇。宋明帝劉彧九死一生，最後依靠能者志士的幫助，殺了侄子劉子業，自己登上了帝位。

劉彧上臺後，立刻暴露了他的兇殘本性，對功臣大加殺戮，連救過他性命的弟弟劉休仁，他也怕他篡權，胡亂找個罪名予以殺掉。他哥哥劉駿的二十八個兒子，他更是斬草除根，一個不留。

劉彧到了晚年，整日顯得尤心忡忡，煩躁難安。他的妃子一日小心探問，他才重重地說：「我的幾個兒子年紀尚幼，而我卻是老了，這怎不讓人擔心呢？權力人人渴求，小孩子又如何對付得了朝中的那些大臣？我該想個萬全之策才是呀。」

其實，他眼下已將那些認爲有威脅的人，都快殺光了，只有兩個人他還未除，一個是老將軍張永，另一個便是他皇后的長兄王景文。

於是他自編了一首歌謠：「一士不可親，弓長射殺人。」

「一士」即王字，「弓長」即張字。他的殺機由此可見。

王景文見勢不妙，連連請辭，劉彧惺惺作態，還故作懇切地給他寫了封長信，安慰他說：「人處於富貴顯要的地位，不一定就有什麼兇險，只要你不幹壞事，問心無愧就可以了。從前有的人官職不大，有的甚至沒有官職，卻可以權壓人，橫行不法，有的人官至宰相，卻能做到不喜不驕，淡然處之。像這樣的高官，又有什麼可恐懼的呢？你儘管放心好了，不要擔心有什麼禍患。」

他口出善言，卻更暴露了他的眞實想法：以王景文的名望地位，一旦他死後，王景文可能有篡權的危險，是一定要除的。

劉彧病危，他的這個計畫便馬上實施了。他派使帶了毒酒賜給王景文，同時還捎給他一封短信，說爲了保全你的家族，所以我才做這個安排。王景文當時正在和朋友下棋，對發生的事並不驚訝，他神態自若地接過毒酒，一飲而盡，含冤死去。

原文

盛世惟忠，庸則自從。

譯文

大治時期只使用忠於自己的人，平庸無才的人最易掌握和順從。

釋評

和平時期的官吏，對於才能上的要求降底了，這個時候，最重要的是他們對掌權者的忠心和順從，時勢的變移，掌權者漸漸認識到平庸的人，因為他們沒有太多的真本事，所以只能依附上司，表現得最為聽話，應是對他們權位最沒有威脅的人了，相反，有才者清高氣傲，不好駕馭不說，和他們在一起，只能顯出自己的缺處和無才。

是此緣故，他們採取了「武大郎開店，高人莫來」的用人方略，一切以忠順為要，而不計其能力的高底。這種現象雖令有識之士大感不平，英雄無用武之地，掌權者卻置若罔聞，樂此不輟。

事典

李林甫的選擇

唐玄宗時，李林甫爲宰相，握有實權，他獨斷專行，十分霸道，和他對抗的人，都被他排擠陷害。至於有才能的人，即使向他示好，他也一概不用，用他的話說，有才能的人不會甘居人下，長了自然要向他挑戰，他怎麼能引狼入室呢？

他握有選擇同僚的大權，爲此他特別愼重，所擇的人選必須經他親自考察，確認爲無才無德，對他忠順不二的人，方可入選。

陳希烈被人推薦，李林甫考察他時，問他說：「你有何才學，來擔當如此重任呢？」

陳希烈是一個膽小怕事，又好迎合巴結的小人，他的回答是：「如今太平盛世，有大人一人的才學就足夠了，下官又怎敢有何才學呢？一切唯大人爲尊，下官盡在奉命行事而已。」

李林甫暗中滿意，嘴上卻說：「既爲重臣，當爲皇上效忠，我的意見如有偏失之處，你也不要有所顧忌才是。」

陳希烈嘴上應承，實際上卻是十分的知趣。他被李林甫選中後，對李林甫惟命是從，從不提半個不字。李林甫也樂於讓他應付別人，凡事不僅不和他商議，只在決定後才派一個小官將檔交到陳希烈的手上。陳希烈對檔內容從來是看也不看，更別說挑毛病了，他只對送文件的小官問一句話：「我在哪裡簽字畫押呢？」

他如此聽話，李林甫自然大權獨攬，高枕無憂，有人多次告發陳希烈的錯誤，李林甫總是爲他辯護，極力偏袒。有人不解地問李林甫說：「陳希烈不學無術，尸位素餐，又與大人非親非故，大人何以對他那麼好呢？」

李林甫只笑不答。

更爲離譜的是，一個大字不識的武夫朱仙客也被李林甫招至麾下，朱仙客全無機心，只對李林甫感恩戴德，凡有政務要事，他便只說一句：「按李大人說的辦！」

李林甫盡選如此之人，他固權的目地自然輕而易舉地達到了。這些人說是李林甫的同僚，實際上不如說是李林甫的奴僕，有這樣的手下，李林甫專權日久，至死無人撼動。

原文

名可易，實必爭；名實悖之，權之喪矣。

譯文

名稱可以改變，實權必須力爭；名稱和實權相衝突，權力就喪失了。

釋評

名和實的關係，在權力的角逐中，是相輔相承的。有名無實和有實無名，都是不正常的現象。特殊情況下，人們總是樂意採取務實態度，寧可虛名不要，也要抓住實權不放。實權才是權力的真正內含，抓住了它，就是抓住了權力的本質，這就是人們為此力爭的原因所在。

歷史上常有名實相反的大人物，他們名義上是權力的象徵，尊崇顯要，只因沒有實權，為人架空，權力自不屬於他了。這些人的命運大多不妙，從反面印證了權力的真諦：權力是實實在在的，在這方面有名無實，只能自受其害，反受其辱。

事典 司馬德文的遭遇

東晉末期的大將劉裕，專權害國，他先是派人把晉安帝司馬德宗勒死，又把其弟司馬德文扶上皇位，以為傀儡。

司馬德文起初拒不當這個有名無實的皇帝，他曾憤憤地對王妃說：「劉裕狼子野心，他早有篡位之心，只是自覺時機尚未成熟，才讓我掛個虛名，愚弄天下。我是不會讓他這個陰謀得逞的。」

王妃深知劉裕的勢力遍布朝野，如果夫君不順其意，勢必遭他毒手，於是她勸司馬德文說：「劉裕實權在握，王爺怎可和他抗衡呢？為了我們皇族上下，王爺只能勉為其難。若不如此，只怕禍患馬上就來了。」

司馬德文最終還是無可奈何地當了劉裕手中的玩偶。他整天提心吊膽，不知那天被劉裕殺掉，為此他天天在宮中誦經拜佛，祈求神佛保他平安。

司馬德文當了一年的皇帝，有如囚犯，不能出宮半步。此時劉裕派大臣傅亮前來逼宮，讓他禪位給劉裕。

傅亮本想司馬德文勢必有一點爭辯和抗議，萬不想司馬德文卻是如釋重負地說：「我早有此意，你何不早點說呢？」

他痛快地答應了禪位的要求，以原來零陵王的身份，又搬回了王府居住。

劉裕輕而易舉奪取了政權。可他還是高興不起來，傅亮猜出了他的心事，便直對劉裕說：

「皇上可爲司馬德文而煩心嗎？」

劉裕心中一驚，只不作聲。

傅亮見劉裕默認，更大膽地進言道：「司馬德文正當壯年，今雖無名無實，卻也難保其心不死，爲人利用。皇上何不除此隱患，以保皇權萬年呢？」

劉裕決心已定，遂派士兵翻牆進入司馬德文的王府，用棉被蒙住了他的腦袋。司馬德文就這樣被活活憋死了。

原文

嗜權逾命者，莫敢不爲；權之弗讓也，其術乃極。

譯文

酷好權力超過自己性命的人，是沒有什麼不敢做的；權力是沒有主動讓給別人的，所以爭奪它的方法無所不用其極。

釋評

權力場上的悲喜劇，多與置身其中的當事者的個性和追求有關。一個視權如糞土的高潔志士，避之惟恐不及，又怎會身受其禍呢？與之相反，那些苦苦追求權力的人，為了達到目的，真是沒有什麼事他們不敢幹的。

對權力的熱衷和偏執，會讓人性情大變，鋌而走險。同樣，權力讓人著迷，要求掌權者主動放棄權力，主動交權，這也是不可能的事。即使為此拚個魚死網破，他們也在所不惜。這就使奪權者和掌權者都被刺激起來，各逞其能，費盡心機，於是所有的陰招毒招便紛紛出籠，令人眼花繚亂、不寒而慄。

事典

蕭鸞父子的殺人術

南北朝時，蕭鸞爲南齊當朝輔政，一直有爭奪帝位之心，南齊的第三任皇帝蕭昭業，幾次想殺蕭鸞，結果都在猶疑不決時被人勸阻。最終蕭鸞發動政變，殺掉蕭昭業，立蕭昭的弟弟蕭昭文爲帝。四個月後，他又殺掉蕭昭文，自立爲君。

蕭鸞連殺二帝，更增加了人們對他的質疑和反對。爲了鞏固自己的皇權，蕭鸞對皇室子孫屠殺殆盡。他殺人的方法十分特別，每逢殺人的前夜，他都要焚香禱告，痛哭失聲，誰也不知道他在胡說些什麼。但第二天大規模的屠殺一定準時上演。更絕的是，有一次他先殺了十個親王，後才命人告發那十個親王謀反，要求處以極刑。他裝作對此毫不知情的樣子，不但不予批准處死，還聲色俱厲嚴加斥責告發之人，爲那已死的十個親王開脫。於是主管刑獄的大臣開始出場，堅持以法嚴辦。幾個回合下來，蕭鸞才表現得虛心納諫，但仍不情願地宣布將他們處死。

蕭鸞死後，他的兒子蕭寶卷繼位爲帝。他牢記父皇告誡他的，「殺人動作要快，不要落到人後」的經驗之談。小小年紀的他視殺人如兒戲，每次出宮，逢人便殺，孕婦也不放過。對於朝中大臣，他殺機一起，即刻動手，事先絕無任何跡象可尋。二年之內竟接連激起四次大的兵變。最終都城被圍，守將裡應外合，率兵夜入皇宮，砍下了蕭寶卷的頭顱，使其得到應有的懲罰。

原文

機爲要，無機自毀；事可絕，人倫亦滅。

譯文

時機十分重要，時機不當就會自取滅亡；事情可以做絕，尊卑長幼也能狠心滅殺。

釋評

成就事業，掌握時機，趁勢而行是成功的前提。權力的獲取更是如此。倘若不識時務，盲目亂幹，任憑人有渾身解數，也是無人附合。

掌權者沒有大的過失，自己的力量還不具備，這都不是奪權的時機，此處選的不準，失敗就不可避免。

奪權者為了奪權，壞事做絕、六親不認，也是常有的事。所謂「無毒不丈夫」正是他們的真實寫照。在官場，這似是登高者必過的一關，在此心慈手軟，往往功虧一簣，得不到權力。

事典 喪失人性的武則天

武則天爲了爭奪權力，無所不用其極，心狠手辣。爲此，她曾自辯說：「人人欺我，我的親人也不例外。爲何我回敬他們，如法炮製，人們就只會指責我呢？這大概是因爲我身處高位的緣故吧。」

其實，武則天也不是天生的惡毒之人。早年，武氏家人對她和她的母親百般欺凌，極端刻薄，給她帶來了莫大的傷害。進入皇宮後，她又因出身低賤，屢屢被人詆毀和打擊，這使她性格發生了很大的變化，心靈也爲之扭曲。再加上她對權力有著莫大的興趣，爲達目的誓不甘休，於是出現在世人眼裡的武則天，早不是先前那個單純，柔弱的小女子了，她成了殺人的惡魔，對任何人下手，她都不會有一點猶豫，完全喪失了人性。

起初，武則天只是唐太宗的才人，地位卑微，完全不足爲重。她爲此心有不甘，於是抓住時機，暗中勾引上了當時還是晉王的李治，以爲日後鋪路。這是武則天人生道路上最爲關鍵的一步。李治其時沒人看好他，一般人想不到他會繼承皇位，所以他的門庭十分清冷。武則天投懷送抱，恰逢李治孤寂之時，這讓他受寵若驚，至爲感動，發誓將來一定不會辜負她。

李治出人意料地當上皇帝後，果然沒忘當初他對武則天的允諾。他把武則天從居姑庵接入宮中，封為昭儀，在後宮中排位第三。

武則天有此身份，已是別人做夢也得不到的了，可她不甘人下，一心想扳倒皇后，自己取而代之。

這是一件幾乎不可能做到的事。高宗李治和王皇后乃患難夫妻，甚是恩愛。王皇后仁愛賢淑，連李治都對她十分尊敬。武則天試探幾次，見高宗毫不所動，她只好強壓此念，等待時機。

後來武則天生了個女兒，高宗高興之下，傳命慶賀。王皇后沒有自己的兒女，對這個小生命也十分喜愛，常來看望。看著王皇后逗弄女兒的武則天，卻是想出了一條毒計。一日，王皇后走後，她親手將女兒扼死，然後蓋上被子。不久高宗駕到，她陪高宗看視女兒，當見女兒屍首時，武則天佯裝驚詫，繼而頓足大哭。高宗痛徹心肝，追問左右侍女，她們便說只有皇后來過這裡。高宗也不追問，自把皇后當成殺人兇手，將她廢黜。武則天用女兒的鮮血，終於換來了皇后的寶座。

據統計，武則天先後謀殺的近親有二十三人，三族之中，五服以內，沒有她沒殺的，包括兒子、女兒、兒媳、孫子、孫女、兄弟、姐姐、外甥、重外甥。她正是憑著這樣惡毒無情，抓住和創造了一個個對她有利的時機，才在本是男人天下，複雜血腥的權力場中殺出了一條血路，成了中國歷史上唯一的女皇帝。

原文

利祿爲羈，去其實害；賞以虛名，收其本心。

譯文

用錢財爵祿來拘束他們，以消除他們可能造成的實際危害；用虛假的名位來賞賜他們，以收買他們的人心。

釋評

俗話說「升官發財」，升官和發財是緊密相連的，古代千里作官只為錢，人們如果得不到優厚的薪俸、充足的利益，誰還願意為當權者出力賣命呢？

當權者在滿足這些人的物欲要求的同時，也慣於使用精神獎勵的手段，用所謂的「封號」、「爵位」來激勵人們效忠立功。其實，當權者所使用的這二手，還有更深的用意和目的，賞以利祿，使其家資豐盈、無憂無慮，這樣他們便會有了顧慮，只想保住家業，傳諸子孫，對當權者就不會懷有二心了。賜以虛名，使其有頭有臉，滿足了他們的虛榮心，他們便會心滿意足，不在求進，對當權者就不構成威脅了。反正當權者付出的一切都來自民脂民膏，當權者何樂而不為呢？

事典

宋太祖的「富官」政策

宋太祖趙匡胤得取江山之後，爲保皇權不失，可謂手段用盡，敢作敢爲。他厚遇大臣，優待官吏，使其人人富有，歷朝歷代都無人可及。

當初，在議定官吏的薪俸時，宋太祖便開宗明義地說：「國家設置官吏，無非是讓他們盡心爲朝廷辦事，心無雜念，爲此我不能虧待他們。只要有利皇權，多給予他們一點錢財，讓其甘於其位，不生異志，又有什麼損失呢？」

據此，宋朝官吏的待遇便定得遠逾前朝，薪俸高得驚人。

宰相每月薪俸三十萬錢，在外地任節度使的月薪是四十萬錢，官位最低的縣令，月薪也有三萬錢。按當時的糧價計算，宰相一月薪俸可買大米十五萬斤，縣令的可買一萬五千斤。除了這些月薪，還有「職錢」，即崗位津貼，比宰相低三級的御吏大夫，每月職錢就有六萬之多，這些都是現金收入，可見薪俸之高了。

這還不算，祿米也由國家供應。宰相每月百石，當時每石三百斤。即三萬斤。節度使一百五十石，縣令四十石。

除此之外，穿的東西也不用自己操心，仍由朝廷發送。宰相每年春冬兩季，各給綾二十匹，絹三十匹，其他官員按品位高低逐漸遞減。

賞賜至此還沒算完，每月的生活用品，茶酒廚料，柴薪炭鹽，牲口飼料、米麵肉菜，仍由朝廷包下供應，不用花自己的分文。

現金和實物之外，另有「職田」賞給。分給官員的土地，最高的每人爲四十頃。

對官員隨從的衣食錢糧，朝廷也大包大攬，予以報銷。按規定，宰相可配備隨員七十名，節度使一百人，其他官員也有定數。

以上這些卻是按制度應有的正常收入，至於臨時性的賞賜，數額往往更是可觀。大臣若是出京鎮守邊關，一次賞銀便是一萬兩，每年還另增發錢一千萬。

特別讓官員安心的是，即使官員被臨時革職、停職、或年邁退休，朝廷仍付給他們半薪；他們的子孫還可以頂替退休官員的職位。至於名位封爵，朝廷也是不吝賜給，甚至連官員的親屬，也會沾光。

原文

若此為之，權無不得，亦無失也。

譯文

如果這樣行事，什麼權力都可獲得，也不會失去

釋評

官場最講權術。權術的厲害讓每一個施行者都嘗到了甜頭，從而倍加推崇，群起仿效。權術離不開陰謀和欺詐，這其中的智慧應是世上最見不得人的，只因它實用和有效，所以即便是正人君子，也不敢小視於它。至於小人之輩更把它奉為金科玉律，不惜窮苦研，惟恐落於人後。這是由官場的現實和黑暗所決定的，正所謂「沒有規矩，不成方圓。」若想在官場生存，不懂這些「規矩」，不會鑽營之法，是註定出頭無望的；弄不好搭上性命，賠了夫人又折兵，吃的虧就更大了。

事典

蕭何的乖巧

蕭何是漢高祖劉邦的最得力助手，早在劉邦在沛縣起兵之前，他就是劉邦的老朋友了。就是這樣的關係，劉邦也對屢建大功的蕭何時有猜忌，蕭何之所以保住相位，屹立不倒，說來竟是他施展權術的結果。

劉邦爲漢王時，屯駐滎陽，他經常派使臣到關中慰問留守的蕭何。蕭何起初不以爲意，多虧他手下門客鮑生的提醒，蕭何才恍然大悟。鮑生對他說：「以上慰下，這是不正常的現象，必有原因。我看是漢王對大人心有猜疑，方有此舉。」

蕭何點頭稱是，心下惶恐。鮑生又出主意說：「大人若讓漢王放心，盡可挑選親族中人從軍。有大人家人在其側，如是人質在手，漢王自會不疑大人之忠了。」

蕭何依計便行，親率自己的兄弟子侄押送糧車，從關中趕往滎陽。果如鮑生所料，劉邦一見大喜過望，連稱蕭何忠心可嘉，無人能比，對他的疑慮也消除了。

在韓信之事上，蕭何爲了保全自己，不惜泯滅良心，不幫韓信不算，還助呂后加害了韓信。爲此他得以加封，當別人紛紛祝賀他時，只有召平以「憑弔」之名警告他說：「你若接受加封，無異竊取了皇上的功勞，這不是最不明智的行爲嗎？那樣，你的大禍可就不遠了。加封不要接受，非但如此，你還要以家財佐軍。」

蕭何接受了召平的勸告，並照此辦理，劉邦高興地說：「丞相如此謙讓，我還有什麼可擔心的呢？」

蕭何又以多置田產，給人造成一種胸天大志，貪圖小利的假像。他處處謹慎，奇計迭出，如此才度過了許多難關，保住了權位。

第五卷

制敵卷

人皆有敵也。敵者，利害相沖，死生弗容；未察之無以辨友，非制之無以成業。此大害也，必絕之。

君子敵小人，亦小人也。小人友君子，亦君子也。名為虛，智者不計毀譽；利為上，愚者惟求良善。

眾之敵，未可謂吾敵；上之敵，雖吾友亦敵也。親之故，不可道吾親；刑之故，向吾親亦棄也。惑敵於不覺，待時也。制敵於未動，先機也。構敵於為亂，不赦也。害敵於淫邪，不恥也。敵之大，無過不知；禍之烈，友敵為甚。使視人若寇，待親如疏，接友逾仇，縱人之惡餘，而避其害，何損焉？

本卷精要

◎對手不會示以敵人的面目，最危險的敵人總是以朋友的身份出現。

◎自私者眼中，利益永遠要比善名實惠得多。

◎投機者總是按照利益的大小來調整敵人的定義，做出最有利自己的選擇。

◎關鍵是要掌握對手的把柄，有了此點要制服他就容易多了。

◎對敵行動，最忌優柔寡斷、顧慮重重，從而失去先手，由主動變被動。

原文

人皆有敵也。敵者，利害相沖，死生弗容。

譯文

人都有敵人的。敵人，是與他有利害衝突，生死不能相容的人。

釋評

任何事情都有它的反面，人同樣如此。對敵人的判斷和認識，對所有人都是有實質意義的。如果分不清敵我，搞不清人際關係中，這最基本也是最重要的一節，凡事也就沒有了理智和正確的處事之法，勢必會導致全面的失敗。可以說，這方面的缺失是災難性的。任何人都不該在此掉以輕心。

其實，對敵人的認知，並不是件十分困難的事，關鍵要保持清醒的頭腦，不為其表面的現象所迷惑。要做到這一點，克服和戰勝自己的人性弱點是必要的，人們總是有為一時的貪念，好大喜功，喜歡為人奉承，患得患失等毛病，使自己喪失了應有的判斷，進而讓敵人有機可乘。

事典

趙高的伎倆

趙高是秦始皇小兒子胡亥的老師，他臭名昭著，惡行累累，是秦朝的一大奸人，秦朝的覆亡與他有直接關係。

趙高作爲歷史上奸人的代表人物，其手段和機心自有其獨到之處。他深通人性，善於抓住每個人的弱點，從而投其所好，曉以利害，令人不辯眞僞，誤把他作爲自己的朋友，結果爲其利用，掉進他設置的陷阱。

秦始皇死於巡遊的途中之後，趙高爲了專權，便對陪伴秦始皇出行的胡亥說：「皇帝之位，尊崇無比，這是不該有所謙讓的。假如你大哥扶蘇當了皇帝，你將一無所有，只能任人宰割。公子只有先下手爲強，才能承繼大統，根絕後患。」

胡亥聞言心動，思之再三，自覺有理，便很爽快地答應下來。

胡亥應允，說服丞相李斯便是問題的關鍵。趙高深知李斯最重功名利祿，見利忘義是他的致命弱點，於是他便以此爲突破口，故作誠懇地對他說：「丞相禍不遠了，我眞爲丞相擔憂啊。」

李斯一愣，不明其意。

趙高隨後分析說：「丞相承蒙先皇的寵信，方能有如此高位，倘若所立者爲扶蘇，丞相還會得寵嗎？蒙恬乃扶蘇的親信，到時接任丞相之位的必是此人無疑。」

李斯被擊中了要害，一時語塞，臉現惶懼之色。趙高見得眞切，心中暗笑，這時才說出了自己的眞意：「胡亥是我的學生，他又對丞相十分器重，我們若是立他爲帝，丞相還有什麼可憂慮的呢？」

李斯心被說動，遂和他狼狽爲奸，共同僞造了假詔書，把扶蘇害死，令胡亥登上了帝位，是爲秦二世。

趙高陰謀得逞，轉而開始陷害李斯，直到李斯被害受刑之時，才認清趙高的本來面目，可爲時已晚，李斯的悔憾，相信只有他自己，才說得出那種悔恨無比的滋味了。

原文

未察之無以辨友，非制之無以成業。此大害也，必絕之。

譯文

不能認清敵人就無法分辨朋友，不能制伏敵人就不能成就事業，這是最大的禍害，一定要根除它。

釋評

一個人事業的成功，總是從朋友相助，戰勝敵人開始的。沒有朋友和分不清誰是真正的朋友，後者比前者危害更大。任何人都不會在臉上貼上敵人的標籤，他們總是以朋友的身份出現，這就更使鑑別朋友的重要性，成為做好一切事情的基礎和前提。

敵人永遠是自己利益的最大危害者，成就事業的過程，就是排除障礙，戰勝敵人的過程。在此，是無法調和逾越的，也是一個人無法逃避的。

事典

王安石的晉身之法

王安石在未任宰相之前，雖然很有才能，但因資歷名望尚淺，朝中大臣並不以他為重，皇上更無對他青睞之意，王安石一時鬱悶不已，壯志難酬。

一日，王安石和其朋友喝酒，談及眼下的困境，他的朋友說：「你說這些都是細枝末節，你知道你為何至此嗎？」

王安石虛心向他請教說：「我對所有人都坦誠以待，誰知他們並不領情，這世道太混亂了，怎會如此呢？」

他的朋友打斷他的抱怨，指點他說：「所謂當局者迷，你眞是不得要領啊。你所交往的那些人，都是典型的小人之輩，你卻把他們當成朋友，即使你花再大的功夫，又有什麼用呢？他們惟恐你的地位高過他們，又怎會為你說好話呢？你敵友不分，這才是你身處困境的原因。」

王安石經他指點，如夢方醒，連連稱是。他的朋友於是給他出了個主意：「韓、呂兩家，乃朝中大姓，天下之士不出於韓家，就出於呂門。韓、呂勢力鼎盛，且為人謙恭，易於接近，你若以他們為友，多費心思，持之以久，他們自不怕因推薦於你而有損他們的利益，事情就好辦得多了。」

王安石自此百般結交韓、呂兩家子弟，對朝中的其他人，他也區別對待，不似先前那般不分敵我，一味討好了。這種策略和方法，果然行之有效，韓、呂兩家開始推薦王安石，而其他人見王安石態度改變，也心生畏懼，再不敢明目張膽地輕視他了。

宋神宗爲潁王時，韓家的韓維是他的老師，韓維給他講解經義，宋神宗聽得入迷，一再誇獎他講得精妙。每到這個時候，韓維便會對他說：「王爺不知眞情，微臣不敢隱瞞。其實，這都是我朋友王安石的見解，我只是借用一時罷了，他才是眞正治國安邦的大材啊。」

宋神宗十分吃驚，對王安石的印象便十分深刻。有一次他感嘆地對韓維說：「先生高見，我素來敬佩。王安石何許人也，竟讓先生如此推崇於他？若我爲君，必重用此人。」

後來，當宋神宗爲帝時，果然重用了王安石，任命他爲宰相。王安石權位在手，終得以實現他醞釀多時的改革變法，名垂青史。

羅織經

原文

君子敵小人，亦小人也。小人友君子，亦君子也。

譯文

君子和小人爲敵，也就變成小人了。小人和君子友善，也就變成君子了。

釋評

君子和小人向來是水火不容，互相為敵的。問題是對君子和小人的定義和看法，不同的人會得出不同的結論，甚至完全相反的答案。如果從人的私心和利益角度來看，這不足為奇。君子和小人為敵，在小人的眼裡他自然是敵人，誰還在乎他是個君子呢？小人和君子親近，君子以他為友，在別人眼裡，小人也會成為君子，要不君子怎會是他的朋友呢？

人們都喜歡以君子自居，小人沒有一個是自封的，他們大多以自己的好惡評判別人，以自己的得失劃分敵友，而真正意義上的君子行為，只要對自己有害，便會被毫不猶豫地劃到小人之列。這種勢利和混淆是非的做法，完全顛倒了君子和小人的概念，使得真正的君子難以容身，而小人卻可大行其道，暢通無阻。

事典

韓愈吹捧的「君子」

韓愈是唐朝著名的文學家，爲人推崇。他起初的仕途之路十分坎坷，後來得任高官，竟是他極力巴結和吹捧京兆尹李實的結果，在韓愈的眼裡，李實可謂君子中的君子了，以韓愈的大手筆，不知內情的人們絕看不出一點假來。那麼，李實倒底是個什麼人呢？

史書記載李實：「自爲京尹，恃寵強愎，不顧文法，人皆側目。二十年春夏旱，關中大歉，實爲政猛暴，方務聚歛進奉，以固恩顧，百姓所訴，一不介意。因入對，德宗問人疾苦，實奏曰：『今年雖旱，穀田甚好。』由是租稅皆不免，人窮無告，乃徹屋瓦木，賣麥苗以供賦歛。」由此可見，李實其實是一個十足的奸佞小人。

這麼一個傢伙，在韓愈的筆下竟被吹捧成愛民如子的父母官了，且是人人擁戴，人人讚頌的少有的君子。當然，韓愈這樣做自是私心作怪，他有求於李實，竟也幹起了睜眼說瞎話的醜惡之事。

韓愈二十歲左右便參加科舉考試，第四次才考中進士。按當時的科舉制度，要想正式授官。進士還需經過吏部的考試，合格者方能眞正走上仕途。韓愈一連三次失敗，只好另尋門路，向朝中顯貴上書推薦自己。他兩個月之內，先後向三位宰相上書，無奈沒人看中他的才能。他於是投靠地方軍閥，也沒混出個樣來，走投無路之際，只好又回到了京城。

此時，身爲京兆尹的李實惡名早已傳遍京城，人人痛罵，韓愈這會兒卻心中一動，忽然有了一個主意。他要反其道而行之，極力讚頌李實，想必以他的奸人心理，定會大感受用，到時，出人頭地就不難了。

於是，韓愈便振筆疾書，給李實寫了一封信，信中說：「大人之名，我早有耳聞，在京城十多年，這種體會就更加強烈。如果說現今世上眞有君子的話，那麼非大人一莫屬。至於我所見到的公卿大臣，他們只是不求有功，但求無過的平庸之輩，又怎像大人您那樣忠心耿耿地效忠皇上，憂國憂民呢？今年大旱，可盜賊絕無，穀價如故，人人都得到了你的關懷，這都是大人的功勞啊！難得的是大人從不自誇，鮮爲人知，這正是我們讀書人所苦苦追尋的君子之舉，聖賢之行。我有幸遇到大人，自要追隨大人，侍候左右，報效我對大人的無比忠心。」

韓愈送出此信，日夜盼望佳音。他此刻只把全部的希望寄於在此了。卻沒有一點自責的意思。有人指責他正邪不分，厚顏無恥，韓愈不以爲意，只說：「我自命君子，結果事事不順，無人能賞。今急不擇路，迫不得已，只有我自己知道這其中的甘苦，你們儘管說好了。」

不久，那封信的效用便顯現了。李實高興之下，不僅親見韓愈，設宴以待，還親自上書朝廷，推薦韓愈。有了李實的相助，朝廷果然重視起來，不久便任命韓愈當了監察御史。韓愈的官場之路終於打通了。

原文

名爲虛，智者不計毀譽。

譯文

名聲是虛的，有智慧的人不會計較別人的毀謗和稱讚。

釋評

一個人名聲的的好壞，對他事業的成功、仕途的發展和追求的實現，似乎沒有太大的影響。得出這個結論，在歷史中便可得到驗證。

中國古代，雖然標榜仁義道德，並以此為考察人之良善、忠孝、信義的標準，可真正實行起來，卻是從沒有真正得到過貫徹。相反，名聲不好的奸小之輩，往往身居高位，倍受寵信，而名聲卓著，有口皆碑的正人君子，竟常常被誣為小人，反受迫害。這種現象貫穿著中國君主專制制度的始終，不僅反證了專制社會下仁義道德的虛偽，也誘導了人們不擇手段地去求取功名，為了私利，不計其他。

事典

秦檜的死黨

南宋秦檜專權時，特別注重網羅黨羽。他本是個奸邪之人，故他的選人標準也是邪氣十足，正義之士一個不用，聲名狼藉者卻往往被其重用。

當時有個窮困落魄，素有惡名的文人王次翁，多次上門求見秦檜，百般想巴結他。秦檜的兒子秦熹怕他的聲名連累父親，所以每每把王次翁擋在門外，也不向秦檜通報。

秦檜得知此事後，不僅斥責了兒子，還親至門口出迎，把王次翁接到內室，兩人密談。王次翁表了一番忠心之後，秦檜說：「你素不得志，想必苦寒已經很久了。做些不體面的事，這也不可指責。我欲把你引爲知己，舉薦於你，還望你不要辜負了我對你的厚望啊。」

王次翁感激涕零，幾次給秦檜跪下。說到動情處，竟是嚎啕大哭起來。秦檜見他如此鄙俗，更決心引他爲援。王次翁走後，秦檜親送他出門，恩遇非常，其子秦熹便對秦檜說：「這個人舉止不端，形貌不揚，且是人人責罵，父親怎會如此看重他呢？父親如是和這種人交往，只怕對父親聲譽有損。」

秦檜含笑而立，久不作聲。許久，他才仰天一嘆，口道：「我久掌大權，樹敵甚多。若不多些援手，豈能制敵於久呢？王次翁聲名不佳，做起事來自會無所顧忌，他日陷敵於死，這樣的人當是最好的人手了。」

秦檜隨後便舉薦王次翁當了吏部員外郎。接著又升爲秘書少監、起居舍人、中書舍人，這種破例之舉，王次翁自是銘記在心，無時無刻不在思念報效秦檜。只是朝中正義之士對此異議頗多，秦檜自不理會，他還向王次翁透風說：「我提拔於你，眾人皆是反對，有朝一日，這些人若是聯手對我，你該如何呢？」王次翁自然信誓旦旦地表了決心，對秦檜更是死心塌地賣命了。

後來，秦檜奉行的投降政策失敗，招致金人更大規模的入侵，爲此朝中愛國臣子紛紛上書聲討秦檜的罪行，秦檜的地位岌岌可危。這時，王次翁的作用便展現出來了，他私下晉見高宗，百般爲秦檜開脫，還無中生有地說：「丞相用人惟能，爲此朝中大臣頗爲忌恨，他們早就心懷不滿。現在丞相的主張只是小有挫折，他們便借題發揮，分明是置國家生死於不顧，發洩私怨而已，皇上怎會相信這些小人之言呢？再說，若是更換丞相，新人上臺必定排斥異黨，任用私人，眼下危急，朝廷又怎經得起這般折騰呢？皇上萬不可讓小人的陰謀得逞啊！我情願以人頭作保，以保丞相對皇上忠心不二！」

王次翁的話聽起來合情入理，擲地有聲，昏庸的高宗便相信了他，秦檜的相位保住了，而那些正直的大臣卻受了申斥，有的還被趕出朝中。

秦檜論功行賞，提拔王次翁當了副丞相。秦檜每以此事告誡兒子秦熹說：「好人有好人的壞處，壞人有壞人的好處，名聲都是不值錢的東西，做大事的人又怎會因小失大呢？」

原文

利爲上，愚者惟求良善。

譯文

利益是至高無上的，愚笨的人才只是求取好的善名。

釋評

在自私者眼中，利益永遠要比善名實惠得多。而追求善名，不計私利的人，往往因其辦事公正，剛直不阿，由此便成了自私者撈取私利、損公肥私的公敵，必加以陷害，極盡汙衊。

這方面的鬥爭，在古代官場體現得尤為激烈。要知官場，是沒有什麼真正意義上的朋友的，有的只是利益上的關係。為了一致的利益，他們可以暫時聯合起來，互相稱兄道弟，顯得親密無比。一旦分贓不均，利益衝突，他們便會毫不猶豫地撕下面具，互相攻訐，發生火拼，打得不可開交。一方獲勝，馬上宣布敗者乃人民公敵，無情聲討。即使敗者素有善名，深得民心，也擺脫不了敗者為寇的命運。

事典

呂夷簡的陷阱

宋仁宗時，呂夷簡身居宰相高位，獨斷專行，爲人驕縱。朝中大臣畏懼他的權勢，很少有人敢反對他。副宰相任布爲人謹愼，素來清正廉潔，唯獨他常常站出來指責呂夷簡的過失，還屢屢提出和他相反的意見，爲此，呂夷簡懷恨在心，時刻想著要把他趕出朝廷。

任布的處境，朝中正直的大臣都爲之擔心，他們有的私下便對任布說：「你這是自討苦吃啊，何必要和呂丞相當面頂撞呢？以他的爲人，必會千方百計加害於你，如果你不在朝中，豈不更讓他爲所欲爲了嗎？你還是講究點方式才好。」

任布做事坦蕩，說話也毫不隱晦，他對大臣們說：「我一生追求良善，不計私利，量他也抓不著我的把柄，陷害於我。呂夷簡這個人我太了解他了，如果我再畏頭畏尾，明哲保身，他就會更加張狂。我這樣做，就是讓他心有所忌，有所收斂啊。」

呂夷簡費盡若心，無奈任布實在沒有什麼過錯，他一時無以加罪於他，便派自己的心腹大臣遊說任布說：「你和丞相同爲百官之首，如若攜起手來，當是我大宋之福，你這樣無利有爭，對你又有什麼好處呢？你名望雖高，終是呂丞相的下官，倘若眞較起眞來，你的名望又有什麼用呢？到時大敗全輸，豈不是天下最愚笨的人嗎？」

任布趕走了遊說之人，憤憤道：「世道昏亂，竟是以美爲醜，以奸爲忠，我任布若是再同流合污，天理何存！」

呂夷簡無處下手，忽想起任布的兒子任遜，乃是一個精神不正常的人，平時瘋言瘋語，人知他有病在身，都不以爲怪。他眼前一亮，於是把任遜騙來，唆使他向朝廷上書，議論朝政，並答應讓他作諫官。

任遜瘋癲，以爲好玩，於是寫了一封奏書，將朝中所有執政大臣統統罵了一通。按照呂夷簡的指示，他還特意把他父親罵得狗血噴頭，一無是處。

這封奏書正好落到任布手裡，任布遂把它扣下。呂夷簡得知任布中計，又指使任遜再次上書，專門批評私藏奏書之人，呂夷簡據此上奏仁宗，指任布私藏奏書，罪大惡極，仁宗立召任布，厲聲責問，任布只好說：「我子精神有病，胡言亂語，我擔心此事有辱朝廷，這才不敢奏明聖上。」

仁宗命人徹查此事，結果人人可證任遜確是瘋癲。仁宋並不想再加深究，只因呂夷簡一再進讒，最後任布還是被趕出朝中，離開了京師。

原文

眾之敵，未可謂吾敵；上之敵，雖吾友亦敵也。

譯文

人們共同的敵人，不能說一定是我的敵人，上司的敵人，雖然是我的朋友也要與他爲敵。

釋評

對敵人的認定，在不同的時間，地點，場合和形勢下，不是一成不變的。投機者總是按照利益的大小來調整敵人的定義，做出最有利自己的選擇。這是社會複雜性的反映，也是專制時代人與人關係的真實寫照。

官場之上，這種見風使舵、搬弄是非、背信棄義的小人行為，最為盛行。人們屈服於上司的官威之下，可以置天理良心於不顧，不惜認賊作父，賣友求榮。這時他們眼中的敵人，早不是什麼邪惡之徒了，而變成了有礙他們升官發財的一切；一旦這種情況出現，他們就會一反常態與之決裂，用以證明自己的「清白」。

事典

蕭至忠的驚人之舉

唐中宗時，蕭至忠以清正廉直的假象，爲時論所重，爬上了宰相的高位。他常裝出嫉惡如仇的樣子，不苟言笑，表面上又屢屢進諫，所提之議看似義正詞嚴，卻都是勸說中宗保重身體的瑣碎之事。唐中宗爲其蒙蔽，不止一次地對朝中大臣們說：「誰最愛護我呢？我看只有一個眞正體貼我的人，他就是蕭至忠。你們要以他作則，我就萬事無憂了。」

其時中宗軟弱，韋后母女專權，唐氏又有覆亡的危險。一些正直的大臣於是找到蕭至忠，讓他帶領大家向皇上進諫，以免韋后亂國。蕭至忠心下盤算，推三阻四，就是不肯答應。一個大臣便氣憤地說：「韋后禍亂朝綱，已是大唐共同的敵人，蕭大人素有報國之志，這會卻如此推諉，莫非蕭大人另有打算？」

蕭至忠決心已定，竟是不怕眾怒，不僅不首肯此事，還爲韋后辯解道：「皇后爲國分憂，有何不可？你們以下犯上，妄加罪名，我又怎會附合呢？」

韋后得知此事，對蕭至忠大加感激，極力籠絡。她讓自己的表弟與蕭至忠的女兒成婚，一時之間，蕭至忠的地位更牢固了。

更離奇的是，韋后爲了篡權的需要，極需蕭至忠這樣的死黨，於是她又將自己已死的弟弟與蕭至忠已死的女兒合葬一處，舉行了隆重的「冥婚」大典。蕭至忠不顧眾人的嘲笑和非議，對此竟親自忙上忙下，廢寢忘食，連朝中的大事都棄之不顧。

韋后被誅滅後，蕭至忠立刻換了一副嘴臉，第一個跳出來揭發韋后的罪行。爲了表示和韋后劃清界限，徹底決裂，他竟親自動手，掘開合葬的墳墓，把女兒的棺木遷出別葬。這件事鬧得沸沸楊楊，人們心驚之下，無不鄙視蕭至忠的爲人。他的醜惡面目也大白於天下。

原文

親之故，不可道吾；刑之故，向吾親亦棄也。

譯文

即便有親戚的緣故，不能說就是我該親近的人；若有刑罰的緣故，即便是我的親人也要捨棄。

釋評

戰勝敵人，許多人是不擇手段、不講親情的。他們這種殘酷的行為，有無可奈何的原因，也有嗜權如命，喪盡天良的本心使然。

官場上的人，迫於形勢而出賣親人，犧牲親人，這種事往往是出於他們應付敵人，進而制服敵人的一種策略。或可理解。而如此行事，只是為了討好敵人，藉以獻媚，就為人不恥，天怨人怒了。從人性的角度看，這都是不該發生的慘劇，偏偏此類故事歷演不衰，這足以說明人性的墮落、爭鬥的無情，以及專制特權思想對人的毒害，實已到了觸目驚心的程度，是難以救藥的。

事典

無恥之極的霍獻可

武則天時期，酷吏橫行，人人自危。許多人為了自保，不是誣陷他人，就是小心避禍，一時人性中最醜陋的一面暴露無遺，令人不寒而慄，難以置信。

冬官侍郎裴行本被酷吏來俊臣誣告謀反，逮捕入獄。裴行本的外甥霍獻可，時任殿中侍御史之職，他一聽此訊，雖知舅舅冤枉，卻馬上想到自保之策。他不僅不思營救，而且還上書朝廷，表示斷決和崔宣禮的甥舅關係，並把崔宣禮大罵一頓，慶賀朝廷抓出了個大逆賊，還建議將他千刀萬剮。

武則天後來發覺這是個冤案，就沒有處死裴行本，可還是寧枉勿縱，將其流放至夷陵。裴行本的家人託霍獻可向朝廷申冤，霍獻可卻說：「舅舅的謀反之罪，朝廷早晚要察明的。他現在不死，只怕以後就要連累大家了。」

他不向朝廷陳情，反而一再進言殺掉裴行本。武則天深以為怪，於是便親自召見他，對他說：「裴行本是你的舅舅，你和他有大仇嗎？」

霍獻可連連搖頭。

武則天冷冷一笑，又道：「既是無仇有親，我都饒他不死，你又何必苦苦相逼，一定讓他死呢？」

霍獻可這時精神一振，大聲回道：「小臣赤膽忠心，深沐皇恩。陛下既是有疑於他，縱是我的親舅舅，也是我的大敵了。惟其如此，我才能略表寸心，報效陛下。」

武則天縱是心如鐵石，見此人這般絕情，也爲之膽寒。她沒有答應霍獻可的請求，萬不想霍獻可竟是以頭叩撞殿前的石階，流血滿地，口中喊道：「陛下不殺裴行本，小臣就死在陛下的面前！」

武則天心中不悅，急命人將他帶離。

此事霍獻可不以爲恥，卻反以爲榮；人人避他而去，深怕被他纏上，無端惹禍。他似不自知，不僅常對人誇耀，還在上朝時故意把頭巾戴斜，露出傷口，希望武則天看到，以賞識自己的忠心。

原文

惑敵於不覺，待時也。

譯文

在不知不覺中迷惑敵人，以等待時機。

釋評

總有一些人以搜集、報告身邊人的失言、失行為能，一旦需要打倒身邊某人的時候，他們便會將這些材料列舉出來，以為證據。讓人無以反駁，只能自認倒楣。這種對敵方法固然有失正道，顯得陰損，但作用強，往往一下就能對手致於死地，所以頗受人們青睞。

官場上這種伎倆就更通行了。對上司、得勢之人，人們恭維、追隨他，百依百順。同時，人們也在算計、窺伺他，不斷搜尋和積累他的失言失行，以便作為日後打擊、陷害他的有利武器，為了達到這個目的，把自己裝扮成別人的朋友，甚至心腹。別人對你不加防範，才會說出他的心裡話；在不知不覺中，他才會顯露出真實行為。掌握了對手的把柄，要制服他就容易多了。

事典

呂惠卿的秘密武器

呂惠卿是個城府極深，陰險惡毒的小人之輩，王安石當宰相時，他極力逢迎王安石，騙取了王安石的信任。

王安石變法時，向宋神宗推薦呂惠卿作自己的助手，更把呂惠卿視爲知心朋友，無話不談。王安石的政敵司馬光曾當面對宋神宗說：「呂惠卿把王安石給愚弄了，將來天下人反對王安石，一定是呂惠卿先起頭的。」

他又以旁觀者的角度，準確地分析說：「人都有糊塗的時候，以王安石的精明，確實不該上呂惠卿的當。呂惠卿盡些壞主意，王安石卻出面執行，罪過豈不都讓他一個人背了？這就是呂惠卿的陰險之處啊！」

司馬光被呂惠卿排擠出朝廷，他離京前，連寫幾封信告誡王安石要防備呂惠卿，他一針見血地說：「呂惠卿現在對你一味奉承，不過是他一時的權宜之計罷了，他這個人是在利用你撈取個人的資本，一待時機成熟，第一個出賣你的必是此人。」

王安石剛愎自用，自信眼光不差，識人無誤。呂惠卿演技也確屬高明，爲使王安石對己深信不疑，他常借著酒興，故意說些有關自己隱私方面的話來。二人常常聚在一處，一談就是到深夜。

私下的交往，親密的時刻，王安石對呂惠卿推心置腹；即使有些犯忌的話，王安石也不在意，隨口說出。令他萬想不到的是，呂惠卿裝出一副小學生恭謹的模樣，心中卻是暗暗記下王安石犯忌的話語。至於王安石給他寫信件，他都反覆閱讀，仔細挑出其中忌諱之處，收錄成冊，秘密保存。

這個秘密無人知曉，直到呂惠卿認爲自己已羽翼豐滿，足以扳倒王安石取而代之的時候，他才暗下毒手。他私下晉見皇帝，故作神秘地對神宗說：「王安石本是我的恩人，我原不該告發於他。只因此事關係重大，我不敢欺瞞皇上，只好大義滅親了。」

他把密冊呈上，還添油加醋地說：「小臣冒死直言，王安石萬一得知，一定會殺我滅口，皇上一定要給我做主啊。」

神宗一見秘冊，起初神情嚴肅；一待看過，不禁輕鬆地笑了。他對呂惠卿說：「你的忠心可嘉。不過這只是一些無關痛癢之言，我實看不出有什麼大逆不道之處。我還要依靠他治理天下，此事就到此爲止吧。」

神宗一時按下此事，心裡倒是多了對王安石的猜忌。可嘆王安石對此不僅未察，而且仍對呂惠卿信任非常，竟在自己被迫辭去宰相職務時，還大力推薦呂惠卿作了副宰相。

呂惠卿至此徹底撕下僞裝。他見皇上不忍對王安石下手，便把王安石的兩個弟弟安上罪名，貶至偏遠的外地。王安石明白過來，頓足哀嘆，卻是奈何不了呂惠卿了。

原文

制敵於未動，先機也。

譯文

在敵人沒有行動的時候制伏他，這就是搶先佔據有利的時機。

釋評

俗話說，先下手為強，後下手遭殃。對敵行動，最忌優柔寡斷，顧慮重重。從而失去先機，由主動變被動，當然，要占得先機，是要以自己的準確判斷為根基的。如果對形勢盲目樂觀，把握不當，貿然動手，便只能暴露自己的短處，毫無勝算。

同樣，周密的計畫和一定的實力也是不可缺少的。這就要求人們在做好充分準備的過程中，不能打草驚蛇，令敵有所防範，必須暗中積蓄力量，表面上卻無跡可尋。只有如此，這個計策才能發揮它的真正功效，否則，只能算草率行事，其結果必是除敵不成，反受敵害。

事典

李世民的偽裝

唐高祖李淵建立唐朝後，太子李建成和齊王李元吉勾結，多次陷害立有大功的秦王李世民，兄弟間一場生死拚殺勢所難免。

李世民身邊的文臣武將屢次進言，勸李世民早作打算，搶先動手。李世民每到這個時候，便會面現苦容，嘆息不止，說：「我們乃是一母同胞的兄弟，縱是他們的不對，我又怎麼忍心呢？還是委屈一下吧，時日一長，他們也許會知錯能改，一切就煙消雲散了。」

別人都十分著急，深怪他心有仁念，坐失良機。李世民對此如是未聞，暗中卻把他心腹的將領尉遲敬德等人找來，對他們說：「你們的好心，我豈能不知？不過現在我們安排未妥，事無頭緒，又怎能草率行事呢？事若不密，爲人察覺，只怕我們倒得先人頭落地了。還望各位詳作籌畫，切勿洩露。」

李世民加緊布置，由於他表面從容，處處示弱，李建成，李元吉果眞被其騙倒，暗中得意，他們按部就班，一步步地實施整倒李世民的計畫，只想假以時日，不愁大事不成了。

不久，有報說突厥兵犯境，李建成便保舉李元吉爲帥，帶兵迎敵。齊王請求李淵把秦王李世民的兵馬歸他指揮，李淵答應了他的要求。李世民和他的文臣武將一眼便看穿了他們的陰謀，李世民見群情激憤，故作痛苦的模樣安撫眾人說：「皇上既已同意，看來我只能束手待斃了。這是天意，我又能怎麼樣呢？」

眾人見此，信以爲眞，不禁泣淚苦勸；有的告辭而去，以示抗議。只有幾個知情者對目示意，不露聲色。

這時又有人進來密告李世民，說太子與齊王早已定下計謀，密伏勇士，只等李世民等人給齊王出征送行時，便要趁機將李世民一黨全部殺光，然後太子登位，封齊王爲太弟。

眾人聽此，皆發怒喝，情緒更爲激動。李世民見火候已到，這才長嘆一聲，對眾人說：「我是被逼如此，各位都是明證。事已至此，只有先發制人，我們才能剷除強敵，保全性命。」

李世民分兵派將，伏兵於玄武門，第二天，李建成，李元吉上朝在此經過，伏兵齊出；他們二人猝不及防，李建成被李世民射死，李元吉被尉遲敬德砍殺。

沒過多久，李淵便讓位李世民。李世民登基爲帝，終於實現了他的夢想。

原文

構敵於爲亂，不赦也。

譯文

要構陷敵人，就要用犯上作亂的罪名，因爲這是最無法被赦免的罪名。

釋評

犯上作亂的罪名，在任何時候都是一條大罪。任何人只要與此沾邊，麻煩就大了。實有其罪者固然嚴懲不貸，即使是被人誣陷，無中生有，當權者也往往因神經過敏，昏庸猜忌，寧信其有，不信其無。

循著這個思路，敵對的雙方無不在此大做文章，陰險的小人更不惜平空捏造，給別人安此罪名，借以致人死地，不得翻身。又可為自己的行為貼上正義的標籤，愚弄世人。

事典

司馬遹的反書

西晉惠帝時，因惠帝皇后沒有兒子，便立了謝妃之子司馬遹爲皇太子。其時，惠帝皇后賈南風專權，她對此耿耿於懷，始終想把司馬遹除掉。

皇太子的廢立，沒有一個大的罪名，是難以服眾的；弄不好有人會藉此生事，事情就不好收場了。賈南風爲此苦思多時，終於想出了一個毒計。她以皇帝之名，把司馬遹召入宮中；又藉皇帝的名義，逼令他一口氣喝下三大升酒。司馬遹無奈喝下，立時醉得東倒西歪，頭疼欲裂。

賈南風此時並沒有出面，她躲在暗處，見侍女按她的吩咐將太子灌醉，便又支使另一位侍女，拿了一份文稿和紙筆上前，對司馬遹欺騙說：「皇上有命，令太子殿下謄寫詔書，不得有誤。」

司馬遹醉得強自支撐，昏頭昏腦；侍女把他扶到案前，他照葫蘆畫瓢抄寫一通，連所寫的內容都不知爲何。勉強寫完，他便一頭栽倒在案上，不省人事。

第二天上朝，惠帝按照賈南風的安排，命人將前日司馬遹所書的文稿當眾宣讀，滿朝文武剛聽幾句，不禁駭言變色，幾難置信。但聽文稿所言。句句大逆大道，竟是逼迫皇帝皇后退位，由司馬遹繼位爲君的一份文告，且是語氣強硬，不容抗拒。

眾人疑惑之時，賈南風第一個厲叫出聲，連連說：「反了！反了！這分明是太子迫不及待，欲行篡弒的反書啊！如此逆賊，怎能再居其位？合當處死。」

眾人素知司馬遹仁儒，無緣無故豈會這般突變？他們無人附合，只是低頭不語。

賈南風見眾人不服，暗自一笑。她早有準備，一邊把那份文稿交與眾人傳閱，一邊又拿出司馬遹平日所寫的十幾張文字，丟給眾人，故作氣憤地說：「太子善於僞裝，我們都讓他給騙了。起初我也不信，直到驗明字跡，這才如夢方醒。你們也仔細看看，可千萬別冤枉了他。」

眾人鑒定之下，果見二者筆跡不差，那份文稿確是司馬遹所書。他們雖不明就裡，卻也深怪司馬遹罪大惡極，再無異議了。於是司馬遹便以謀反罪被殺，許多人還爲此作表上賀朝廷，慶幸剷除了一大禍害。

羅織經

原文

害敵於淫邪，不恥也。

譯文

在淫穢邪惡之事上加害敵人，這最能讓人鄙視他。

釋評

把對手搞倒，搞臭，是對敵鬥爭中的一個重要策略，而從人們最鄙視的淫邪之事下手，也就成了敵我雙方互用的法寶了。官場上更是如此。古代禮教的虛偽，客觀上要求為官者要為人表率，淫邪不沾，實際上，在道貌岸然的背後，道德高尚，一身正氣的官員是少之又少。這是專制社會的痼疾，也是上行下效的必然結果。正因如此，以之作為把柄，來打擊對手，便只能說是別有用心了。可謂醉翁之意不在酒。奸惡之徒尤為熱衷此事，他們往往在此設置陷阱，胡編硬造，以致許多忠貞之士蒙上不白之冤，受其陷害。

事典

「穢亂宮闈」的蕭觀音

遼朝遼道宗耶律洪基的皇后叫蕭觀音，她出身名門，是樞密使蕭惠的女兒，由於她長得豔美無雙，聰慧絕論，且又能文工詩，擅長音樂，所以被冊立爲皇后，深受天佑帝的寵愛。她又生下長子耶律濬；耶律濬；八歲時被立爲皇太子，蕭觀音在後宮的地位，一時尊寵無比。

耶律洪基爲帝之始，尚能勵精圖治，不失爲一個好皇帝。後來，他酗酒、行獵、寵信奸佞，日漸昏庸起來。蕭觀音爲此常常進言規勸，耶律洪基雖表面應承，心裡卻是十分不悅，自此也日漸疏遠她了。

蕭觀音爲使皇帝回心轉意，她作了《回心院》詞十首。讓人彈奏演唱。宮婢單登奏不好，伶人趙惟一卻奏得惟妙惟肖，大受蕭觀音的稱讚。單登本是叛臣耶律重元家的人，耶律重元被處決後，全家抄沒，單登就被收入宮中爲婢。耶律洪基曾想讓她侍奉左右，蕭觀音以她出身叛逆之家，力勸不可。是此緣故，單登早就對蕭觀音懷有怨恨，今見蕭觀音誇獎趙惟一，她的怨恨就更深。於是無中行有地對妹妹清子說：「皇后無端地斥責我，卻獨對伶人趙惟一示好，她們定有不可告人之事。」

清子本是有夫之婦，卻和北院樞密使、魏王耶律乙辛通姦。一次清子提及此事，耶律乙辛不禁眼前一亮。他思忖片刻，便對清子說：「皇后地位尊寵，自不會和伶人有什麼關係，不過我們大可藉此生事，除掉皇后。如此一來，皇太子也不難剷除了。」

耶律乙辛本是個奸惡之輩，他野心勃勃，爲人陰險，早就想除去皇太子，獨霸朝廷。他深知此事難爲，所以才一直尋找機會，隱忍未發，這會他覺得機會來了，遂指使單登以求取蕭觀音的墨寶爲名，騙得她親手抄錄了十首豔情詩。蕭觀音不知有詐，還附贈了單登一首她自己作的《懷古》詩：

宮中只數趙家妝，
敗雨殘雲誤漢王。
惟有知情一片月，
曾窺飛燕入昭陽。

耶律乙辛從單登手裡拿到詩稿，看視之後，心中竊喜。他急忙求見耶律洪基，故作吞吞吐吐地說：「有人密告皇后行爲不檢，和教坊伶人趙惟一穢亂宮闈。臣思之再三，不能不奏明皇上，以求明示。」

耶律洪基一聽便怒，心如火燒。耶律乙辛遂即呈上蕭觀音抄錄的詩稿，誣陷說這都是蕭觀音所寫的淫詩。他還特地指點那首蕭觀音的附贈詩，曲解道：「『宮中只數趙家妝』，這句有個『趙』字；『惟有知情一片月』，這句有『惟』、『一』二字。這般看來，皇上還不明白此中眞意嗎？」

耶律基洪似被點醒，不由分說便將蕭觀音打入冷宮，且命耶律乙辛和宰相張孝傑審理此案。

張孝傑和耶律乙辛同為一黨，狼狽為奸，他們對趙惟一和他的伶人朋友高長命嚴刑拷打。二人受刑不過，屈打成招，自認高長命從中牽線搭橋，趙惟一和蕭觀音姦情屬實。有此「人證」、「物證」，蕭觀音自無倖免，被賜死；趙惟一和高長命也被處決。耶律乙辛遂後又加害皇太子，耶律洪基再中其計，把皇太子囚在上京，貶為庶人。

羅織經

原文

敵之大，無過不知；禍之烈，友敵爲甚。

譯文

最大的敵人，沒有比不知道誰是敵人更大的了；最深的禍患，以和敵人友善最爲嚴重。

釋評

敵人有明有暗，明處的敵人，人們防範意識強，對付起來也直截了當；暗處的敵人，目標不明，虛實不曉，對付他們就困難多了。更可怕的是，他們也許就在人們的身邊，往往能給人致命的一擊。何況真正的敵人，常常躲在暗處，隱藏很深，善於偽裝，這就更要求人們仔細分辨了。否則，認賊為友，敵我不分，親者痛仇者快的事便很容易發生，不僅害了自己，而且又助了敵人，由此帶來的災難自然是巨大的。

事典

忠奸不辨的項羽

西楚霸王項羽的失敗，有很多的原因。考察此中的得失，不難發現，項羽不僅有勇無謀，目光短淺，而且不識眞僞，忠奸不分。在許多重大的轉折關頭，由於他的愚蠢和輕信，自剪羽翼，反助強敵，犯下了許多不可饒恕的錯誤，直接導致了他的覆亡。

項羽最重要的謀士爲范增，范增對項羽忠心耿耿，項羽也尊稱范增爲「亞父」。劉邦等人皆視范增爲強敵，每每想把他除去。劉邦困守滎陽時，派使臣與項羽講和。項羽回派使臣，回話說拒絕此議。劉邦和陳平藉此機會，便演了一齣戲。劉邦先是裝作酒醉，應付楚使，後又讓陳平招待他。

陳平把楚使帶到客館，對他十分恭謹，先是問他范增近況，後又問他可否帶來范增的書信。楚使莫明其妙，只說：「我乃受項王差遣，非亞父所使，大人定是誤會了。」

陳平一聽，佯作失望之狀，冷冷道：「既不是亞父的使者，你何不早說呢？」

他命人將精美的食物撤去，換上來的竟是粗茶淡飯。使臣勉強下嚥，又發現菜竟有些發臭，他氣極敗壞，急忙跑回去對項羽說：「范增私通劉邦，臣只因不是范增的使者，所以才受盡了屈辱，大王不可不防啊。」

項羽頭腦立時發熱，也不細想，馬上要找范增當面質問。左右隨從勸他冷靜，他仍忍不住破口大罵。剛巧，這會范增正好求見項羽，他不知有變，仍勸項羽儘快攻打滎陽，不給劉邦喘息之機。項羽怒形於色，他厲聲對范增道：「你的主意果然不錯。只怕滎陽還沒有攻下，我的性命就被你送掉了！」

范增又急又怒，心知項羽對己不再信任，索性告老還鄉。項羽也不挽留，任其而去。范增死於還鄉途中，項羽就這樣輕易失去了他唯一的謀士。

項伯是項羽的叔父，其實卻是劉邦的內奸。他早暗中和劉邦定了兒女親家，又和張良為友，鴻門宴時，他便幫了劉邦的大忙，使他免受傷害。對這樣一個身邊的敵人，項羽卻毫不察覺，每有大事必與他商量。

劉邦和項羽在廣武對峙之時，劉邦想施緩兵之計，提出講和的要求，並讓項羽放了他的父親和妻子。項羽猶豫不決，便把項伯找來商議此事。項伯惟恐項羽不答應，於是先是把項羽吹捧一通，直到項羽面露笑容，他才說到正題：「大王仁愛，一統天下，盡在此舉了。此議若成，大王得以美名不說，又可積蓄力量，休養生息。如此人心歸附，兵強馬壯，他日一戰定可功成。在此臣先向大王祝賀。」

項羽輕信項伯之言，答應講和，又放了劉邦的父親和妻子。劉邦沒有了後顧之憂，於是發動了對項羽的全面進攻。項羽中了韓信的「十面埋伏」，全軍覆滅，他本人也自刎而死。

原文

使視人若寇，待親如疏，接友逾仇，縱人之惡餘，而避其害，何損焉？

譯文

假如把天下人看得像強盜一樣，對待親人像陌生人一樣，招待朋友比對仇人更差，縱然人們厭惡我，卻能躲避禍害，又有什麼損失呢？

釋評

歷史上的奸惡之人，為人處事總有他們的藉口和原則。只要自己得利，他們是不惜付出任何代價的。實際上，所有人都是他們的利用對象，如若沒有這方面的價值，他們自會毫無猶豫地拋棄。

這種現象，在官場中尤為多見。官場中人重利重權，他們眼中的敵人和朋友，無不與此有關。對他們有利，便是朋友；對他們不利，即使是至親骨肉也成了敵人。

初涉官場之人，往往在此手軟敗下陣來，久而久之，作為一條不成文的定律，人們便奉行不輟了。至於人們說三道四，甚至千夫所指，只要不影響他們的官位升遷，利益所得，他們當然不會放在心上了。

事典

「大義滅親」的脫脫

元末，伯顏獨攬朝政大權。他爲了監視和控制元順帝，便讓他自幼教養的侄子脫脫住在宮中，擔任警衛，執掌御林軍的大權。

元順帝對伯顏的囂張和權勢十分擔心，爲了自保，他時時尋找可以信任之人，以便剷除伯顏，去此大患。

脫脫有次一晉見元順帝，出乎元順帝的預料，脫脫竟向他表白了忘家報國之意。元順帝深知伯顏和脫脫乃是至親，一時半信半疑，於是他試探著說：「伯顏勞苦功高，國家依靠他的事太多了，你對此有何看法？」

脫脫見皇上動問，馬上作答說：「這都是臣子應盡的本份，怎能居功自傲呢？皇上若有差遣，小臣萬死不辭。」

元順帝更感意外，他生怕這是個圈套，中了伯顏的詭計，於是他中止了談話，暗中卻派自己的心腹世傑班、阿魯二人和脫脫交遊，以驗眞僞。

原來，脫脫雖深受伯顏的大恩，但見皇上猜忌於他，他又過於張揚，於是有了自己的打算。他開誠布公地對他的父親馬札兒台說：「伯父驕橫，皇上有心除他，我們不能不爲自己考慮啊，如今皇上正是用人之際，如果我們現在投靠，皇上必心有感激，大受重用。這樣我們不但無禍，卻可永保感激，這才是聰明人幹的事呀，還有什麼讓人疑慮的呢？」

正因如此，脫脫才會向元順帝主動示好。

當世傑班、阿魯二人到來時，脫脫便心知其意了。他陪二人遊玩之時，暗表心意說：「我深受皇恩，才能享受這榮華富貴，伯顏卻以是他之功每每誇耀。若無皇上，皮之不存，毛將焉附？」

後來脫脫見時機成熟，索性直抒胸臆。世傑班、阿魯見其眞心倒戈，遂把他直接引見給元順帝。元順帝大喜過望，嘉勉有加，於是他們結爲一黨，伺機對伯顏下手。

伯顏萬想不到脫脫變節，即使有人向他反映脫脫可疑之處，他也一概不理，斥其荒謬。後來，正是這個他最信任的脫脫，趁他出城打獵的時機，和阿魯合謀，把京城城門的鑰匙收繳上來，又把城門衛士都換上了自己的心腹，讓他回城不得。同時，朝廷宣布伯顏的罪狀，把他貶往河南。伯顏至此大罵脫脫背叛了他，方有此禍。他後悔不迭，精神大受打擊，最後竟死於前往貶所的路上。

第六卷

固榮卷

榮寵有初，鮮有終者；吉凶無常，智者少禍。榮寵非命，謀之而後善；吉凶擇人，慎之方消愆。

君命無違，榮之本也，智者捨身亦存續。後不乏人，榮之方久，賢者自苦亦惠嗣。官無定主，百變以悅其君。君有幸臣，無由亦須結納。人孰無親，罪人慎察其宗。人有賢愚，任人勿求過己。

榮所眾羨，亦引眾怨。示上以足，示下以惠，怨自削減。大仇必去，小人勿輕，禍不可伏。喜怒無蹤，慎思及遠，人所難圖焉。

本卷精要

◎謀劃出富貴，知止保恆遠。

◎去舊納新，任用私人，最爲新主子所奉行。

◎討好君主固然重要，君主寵幸的人也必須交結。

◎官場中的關係網是無處不在的，如果就事論事，不把此中利害考慮在內，勢必會因此結怨他人，牽一髮而動全身。

◎榮寵帶來的危險和貧窮帶來的危險是同樣不可低估的。

原文

榮寵有初，鮮有終者，吉凶無常，智者少禍。

譯文

顯達和寵信有開始的時候，能保持到最後的就很少了；吉利和兇險沒有不變的，有智慧的人才能減少禍事。

釋評

俗話說富不過三代。審視歷史，那些大富大貴之家，縱是極盛一時，也不過是曇花一現，隨即湮滅。由此可見，人們所追求的長盛不衰，是多麼困難的事了。

創業之初，人們兢兢業業，捨生忘死，有著遠大的理想和目標；成功之後，人們的惰性，富貴的侵襲，權力腐蝕，一般人對此是難以抵禦的。他們往往變得驕狂、縱和失去理智，再無進取的動力和謹慎之心，行事自然不合時宜和有違法理。如此一來，走向事情的反面，天怨人棄，便是他們的必然結局。與之相反，有智慧的人能順應時勢的變化，能預知成功之後所面臨的種種風險，故而揚長避短，謹小慎微，防範在先。他們不遭禍事，也就絕非僥倖了。

梁孝王的醒悟

漢景帝在位時，對他的弟弟梁孝王劉武十分器重，曾不止一次地說將來要把皇位傳給他。竇太后更是偏愛梁孝王，對其要求無不應承。爲此，梁孝王漸漸驕狂起來，野心也日益膨脹。

吳楚之亂時，梁孝王抗拒叛軍有功。事後，他受朝廷重賞，更加得意忘形。他手下的兩個近臣公孫詭、羊勝便向梁孝王進言，公開向朝廷求取皇位繼承人的明諭。梁孝王雖沒有馬上答應，卻任其所爲，致使朝中大臣屢受公孫詭、羊勝的威脅，有的還因拒絕了他們的要求爲其所殺。朝廷重臣袁盎，便是因爲不肯向景帝建議立梁孝王爲皇位繼承人，他們就派刺客將他殺害。

景帝偵知此事，派人到梁國捉拿公孫詭、羊勝。梁孝王把二人藏匿府中，景帝使臣遍尋不見，此事陷於停頓。

梁國大夫韓安國於是求見梁孝王，流著眼淚對他說：「羊勝和公孫詭罪行累累，現在仍沒有捕獲，我眞替大王擔憂啊。都怪我辦事不利，請賜我一死。」

梁孝王一愣，忙道：「此事與你何干？你又爲我擔心什麼呢？」

韓安國說：「大王乃皇上親弟，又深得太后的寵愛，臣以爲這並不可恃。只怕榮華不保，富貴不在，就在眼前了。」

梁孝王臉上動怒，厲聲道：「你危言聳聽，可是爲朝廷當說客不成？」

韓安國流淚再道：「敢問大王，大王和皇上的關係，比當年高祖皇帝劉邦與太上皇（漢文帝）的關係如何？比皇上與臨江王（漢景帝長子）關係又怎樣？」

梁孝王沉吟片刻，只好道：「他們都是親父子，我自然不如了。」

韓安國說：「這就是了，可高祖皇帝當年卻說，打下天下的是他自己，太上皇也因此不能過問朝政。臨江王本爲太子，卻因大臣請立其母爲皇后而被廢。按理說他們都不該有此結果，可事實就是這樣，這就是治天下不能因私亂公的道理啊！」

梁孝王心中一震，韓安國見其動容，又進一步規勸道：「如今大王重用奸人，不遵法度，皇上看在太后的面子上才暫時容忍；一旦太后百年之後，大王又指望什麼保住富貴呢？何況天威難測，皇上若是眞的翻臉無情，不念兄弟情誼，太后又怎會保得住大王呢？所以說一切都要靠大王自己，大王聰明睿智，自不會爲了兩個身邊小人犯險吧？」

梁孝王久坐無言，臉色幾變。他最後走到韓安國的面前，動容說：「你說得對，本王險些走上了不歸路啊。」

梁孝王迷途知返，交出了公孫詭、羊勝。韓安國也因勸諫有功，受到了漢景帝的嘉勉。

原文

榮寵非命，謀之而後善；吉凶擇人，慎之方消愆。

譯文

顯達和寵信不是命裡就有的，先有謀劃後才有成；吉利和兇險是選擇人的，謹慎小心才能消災免禍。

釋評

榮華富貴、吉凶禍福，人們常常以天意來解釋在此的得失，其實，這只是人們自我安慰、推卸責任的一種方法，有頭腦的人是不會當真的。

好處人人想要，禍事人人想避，若想在此有所成就，沒有過人的心智和手段，實在是無法想像的。

歷史的經驗也證明了這一點，那些成大事者無一不是智謀超群的人物，他們不僅工於謀劃，獲得富貴，且能知止當止，小心保有富貴。他們總能戰勝人性的弱點，而不是隨波逐流，放任自己。而那些淺薄之人，卻不能做到這一點，他們不居安思危，得志便倡狂，禍事便由此滋生。直到禍不可解，一切也就化為烏有。

鄧綏的賢德

東漢和帝的皇后鄧綏，在歷史上是一代有名的賢后。她深受和帝寵信，爲大臣們敬重。還以皇太后的身份，先後輔助幼帝主持朝政二十餘年，天下人無不稱頌其賢德。

鄧綏初入宮時，只是漢和帝的貴人。因她是東漢開國功臣鄧禹的孫女，人又長得嬌美，善解人意，和帝便特別喜歡她。一次她有病在身，和帝便破例讓她的母親、兄弟入宮探視，並說不受時間限制。如此殊榮，鄧綏卻辭謝了，她對漢和帝說：「皇上寵信與我，賤妾更該潔身自愛。後宮乃朝廷禁地，外人是不能逗留長久的。」

鄧綏的兄弟對此不滿，他怨氣沖天地對姐姐說：「皇上既有明示，姐姐何必多此一舉呢？我們乃功臣之後，姐姐又深得皇上的寵愛，姐姐還怕什麼呢？」

鄧綏嘆息一聲，說：「你所說的，正是姐姐擔心之處啊。先輩求取富貴不易，我們保有這份榮譽，能不處處小心嗎？宮中向來多事，皇上又素喜猜忌，如果我們做事張狂，恃寵而驕，只能授人以柄，讓別人做爲攻擊我們的口實了。我們的富貴還能有嗎？再說，縱然皇上始終厚待於我，有朝一日，別人也會這樣待我們嗎？如果我們自己不早作安排，求取人望，終究是無法久長的。」

有此心智，鄧綏行事便與眾人不同。她小心侍奉當時的皇后陰氏；對待宮中的奴婢，她也從不苛責，加之以恩。平日她總是樸素無華，不著豔裝，更難得的是，即使陰皇后忌恨於她，她也不以爲怪。

鄧綏侍女說她過於軟弱，她一笑置之。別的妃嬪只當她軟弱可欺，她便處處躲讓。和帝爲此大爲感嘆，對她說：「你的賢德無人可及了，怎會這樣呢？」

鄧綏連稱不敢，小心回道：「賤臣深受皇上寵信，難道是無緣無故的嗎？皇上聖明，臣子才會賢達。若能不讓皇上分心他顧，賤妾就知足了。」和帝聽此，對她的寵愛更深。

與鄧綏相反，陰皇后卻處處爭鋒，即使對和帝，她也不知退讓。和帝對她忍無可忍，終把她廢掉，並要立鄧綏爲后。面對這別人夢寐以求的好事，鄧綏卻保持清醒的頭腦，她思之再三，不惜稱病以辭。

鄧綏的母親入宮勸鄧綏改變主意，鄧綏這才說出心意：「一旦爲后，可謂寵之極了，我是怕因我之故，連累了咱家的聲名。事實上，要想寵而不衰的，又有幾個呢？」

她的母親說：「你既知此中利害，又有什麼擔心的呢？我是怕你違逆了皇上，讓眾大臣失望啊。」

鄧綏接受了母親的勸告，但並沒有放鬆對自己的要求，又嚴禁兄弟子侄干政，聲譽越來越高。

原文

君命無違，榮之本也，智者捨身亦存續。

譯文

君主的命令不要違抗，這是顯達的根本，有智慧的人寧肯犧牲自己也要讓顯達延續下去。

釋評

君主專制時代，君主不僅支配著一個人的命運，他的生死也掌握在君主的手中。更讓臣子恐懼的是，自己一旦獲罪，家人也會不保，甚至會株連九族。這種殘酷的現實，讓每一個臣子都誠惶誠恐，誰還會對君主的命令有所違抗呢？

既便如此，榮華富貴也不一定保全。伴君如伴虎，虎性隨時可能無緣無故地發作，何況官場爭鬥，人們無不以陷害為事，這就更難保證誰不會出事了。有鑑於此，目光長遠的人便會對君主認定自己有罪的事，不爭不辯，縱是赴死也不抗拒；對別人誣陷難以澄清的事，他們甘於犧牲自己以圖保全家人。在他們眼中，只要保住榮華的種子，便不是最慘的結果，否則一損俱損，更是於事無補了。

事典

絕食而死的趙鼎

南宋初年，趙鼎身爲宰相，爲人剛直，頗有人望。高宗趙構一味對金人退讓，趙鼎看在眼裡，卻是不肯進諫。那些正義之士由此對他大加詆毀，他私下十分愁苦，每日長吁短嘆。

趙鼎的家人一日問他：「咱們衣食無憂，富貴罕有，爲何要嘆氣呢？」

趙鼎回答說：「這只是你眼上見到的啊，誰又能知道明天會發生什麼呢？如今皇上力主議和，我自知諫阻無益，誰知爲此頗遭非議，他們哪知我的苦處呢？我又不是僅爲自己惜身，我是爲咱們家族所慮啊。倘若皇上大怒，你們豈不也跟著我遭殃？這才是我最憂心的。」

秦檜當權後。對趙鼎極力打擊和排擠。趙鼎深知。皇上寵信於他，爲求自保，他處處退讓，只在賣國乞降上不肯附合。秦檜見趙鼎不爲己用，日夜謀劃要將他致於死地。

趙鼎迫於形勢，權衡之下，他找來家人，對他們說：「人生在世，榮華富貴固然重要，可若與身家性命相比，就只能有所割捨了。我決意辭職，也是爲你們著想啊。若不速決，退無可退，趙家子孫也無從保全，只要你們了解我的苦衷和用心，咱們趙家就不怕沒有出頭之日。」

趙鼎辭職之後，勢力小人群起攻之。秦檜把他一貶再貶，最後竟貶爲庶民，交由偏遠縣城的地方官看管，且每月向朝廷報告他的情況。

趙鼎對此坦然自若，不過他從秦檜此舉中看出他不會放過自己，便又把家人找來，宣布了他的驚人決定：「人終有一死，到了我這把年紀，我雖死無憾了。現在奸臣當道，必欲置我死地，我又奈他不得，死不過是早晚的事。我現在死了，你們才能免除禍患。」

家人大哭，苦苦相勸。趙鼎老淚縱橫，只是搖頭。他從此不肯進食，直至餓死。

秦檜得知他的死訊，這才出口長氣，再不以趙鼎的家人爲意。趙鼎付出如此代價，終保全了他的家人不受其害。

原文

後不乏人，榮之方久，賢者自苦亦惠嗣。

譯文

後代不缺乏人材，顯達才可持久，賢明的人情願自己吃苦也要惠及後人。

釋評

顯達及遠、富貴相傳，這是人人都盼望的。對那些身享富貴的人來說，這種願望就更強烈了。他們深知富貴的好處和獲取富貴的艱辛，自不願意自己的子孫把這一切葬送。

在此，每個人對兒女的教育都是不同的，其效果也有著顯著的差異。貪婪者以搜刮為能，以自私為訓，其子孫只會產生出一批紈褲子弟。賢明者知足常樂，以德育人，自甘其苦，言傳身教，這對子孫的影響就深刻多了，他們長大後才能獨當一面，真正擔得起重任，肩負起光耀門庭的責任，並發揚光大。

事典

岑文本的家教

唐太宗時，岑文本以一介書生的身份，憑其出眾的才華，步步升遷，最後被委以宰相的高位。上任之初，朝中大臣紛紛作賀，他家一時車馬不絕，門庭若市。

岑文本對此不喜反憂，他對前來作賀的人說：「我剛剛上任，一無政績，二無賢德，有什麼可以祝賀的呢？我今天只接受你們的警告，好聽的話就不要說了。」

岑文本的家人見眾人悻悻而去，都責怪他不近人情，岑文本便開導他們說：「他們雖是好心，卻也難免其中有勢利小人，藉此攀附。如若皇上藉此觀察於我，我如此聲張，還會有好結果嗎？你們要切記：一個人萬不可得意忘形，更不可失去應有的警惕；凡事取之實難，失去卻在一夜之間啊。」

岑文本的家人自覺門庭高了，便勸岑文本另置大屋，多購產業。岑文本的妻子為此反覆說過多次，岑文本就是不肯。他的妻子氣得一天不吃飯，還發牢騷說：「你得此高位，就是不為自己著想，也要為子孫謀劃啊。現在人人都是這樣，你自作清高，苦了自己，還要苦了孩子，遭人譏笑，這是何苦呢？」

岑文本把子女都招到妻子床前，苦口婆心道：「你所說的，都是俗人之見，近則有利，遠則有害。想我本是一個讀書人，兩手空空來到京師，本沒有想到得此高位。這固是皇上恩典，也是我勤勉不懈之果。由此可見，一個人出身並不重要，重要的是他勇於任事、才學爲本。我深知此中眞意，頗有心得，又怎會學那凡夫俗子之舉，廣置產業、富貴而驕呢？這只能讓你們養尊處優，無有憂患，安於現狀，不思進取，對你們的將來，這才是眞正的禍患，我怎忍心這樣做呢？還望你們明白此中道理，不要再怨怪我了。」

家人深受教育，妻子也理解他了。岑文本特別高興，他說：「我不置產業，是以子孫爲業，這才是最值得炫耀的。」

他這般清醒，唐太宗也對他另眼看待，寵信不衰。岑文本死後，朝廷又給他在帝陵陪葬的崇高榮譽，以示褒獎。到了唐睿宗時，他孫子一輩的人中，位居高位的達數十人之多，是當時最顯赫的家族之一，倍受世人的豔羨。

原文

官無定主，百變以悅其君。

譯文

官位沒有固定不變的主人，用機智多變取悅它的君主。

釋評

一朝天子一朝臣，在風雲變幻，複雜多事的官場，要想屹立不倒，保享榮華，幾乎是不可能的事。不同的君主和上司，他們的性格、愛好、主張都是不同的，何況去舊納新、任用私人、又最為新主子所奉行。如此難為之事，歷史上偏偏有「不倒翁」屢屢打破這一慣例，他們不僅沒因時代的變遷而被淘汰，卻每每更進一步，因禍得福，令人驚羨。

其實，此中的秘密也不難破解，那就是一個「變」字。他們沒有固定的政治立場，一切以私利的得失為自己的行事標準。對於是非善惡，他們是不加考慮的，無論誰當了他的主子，他都百般奉迎，竭盡討好。這在喜歡奉承，好大喜功的主子看來，他們如此乖順、善解人意，不喜歡他們都難了。

事典

榮寵不衰的叔孫通

秦始皇時，叔孫通以博士的頭銜爲秦朝效力。他見始皇帝殘忍暴戾，便事事不去爭先，惟恐風頭蓋過了自己的同僚。他的一位好友不以爲意，勸他說：「國家一統，我等博學之人，怎能不求上進，畏畏縮縮呢？再說，爭強好勝，不甘人下，始終是你的性格，你變得如此模樣，是爲何？」

叔孫通被逼無奈，方道：「始皇帝剛愎自用，自以爲能，我看他並不是眞正看重我們讀書人。如此一來，我又怎敢以博學炫耀呢？倘若有變，那註定是要遭殃的。」

他的好友認爲他膽小怕事，不堪爲友，便斷決了和他的往來。叔孫通嘆息過後，比先前更謹愼了，索性和別的朋友也少有交往。他的小心沒有白費，秦始皇搞焚書抗儒，坑的博士人數多達四百六十餘人，他卻倖免於難。

秦二世時，陳勝、吳廣造反，秦二世爲此召來叔孫通等一幫博士相商。那些博士七嘴八舌，紛紛勸說秦二世武力討伐，還各出奇計，互不相讓。

叔孫通冷眼旁觀，見秦二世眉頭緊鎖，越聽越是臉色陰沉。他略一思特，便知秦二世自欺欺人，他是不肯承認百姓會起兵反對他。他於是上前，故作高聲說：「有人造反，這純是謠傳，誰會相信呢？皇上聖明，恩澤惠及天下，官吏勤政，百姓人人自安。即使有些鼠竊狗偷之徒，當地的官吏也早將他們捕殺盡了，還用我們多此一舉嗎？」

此語正中秦二世的下懷，他怒喝著將說是造反的博士們押下法辦，掉過頭來，他笑臉重賞叔孫通，還讓他官升一級。

有人怪他不顧事實，只是獻媚，他長長一嘆說：「保全富貴，怎能無所變通呢？皇上昏庸，不喜眞言，我只好如此，豈是我的本意？」

他看出秦二世已不可救藥，便於當夜逃出咸陽，投奔陳勝、吳廣。陳勝、吳廣失敗後，他先後投奔過項梁、楚義帝、項羽，最後才投靠到劉邦的門下。由於他投機鑽營，隨機應變，這些完全不同的主子，他都能侍奉得周到如意，人人讚賞。他自己也撈得榮華不衰，富貴常在，一直到漢惠帝時仍是朝中重臣，榮寵不絕。

原文

君有幸臣，無由亦須結納。

譯文

君主都有寵信的臣子，沒有什麼原由也必須和他們結交來往。

釋評

官場中人，為了保住自己的權位，和各方面的關係都要搞好，這不僅是必要的，也是由官場複雜性所決定的。討好君主固然重要，君主寵信的人也必須交結。他們在君主面前說一不二，很有發言權，倘若把他們得罪了，他們日夜在君主面前進讒，即使君主再信任於你，日久也會動搖。何況君主寵信之人，大多是貪婪諂媚之徒，捨些錢財，就能把他們的嘴封住。他們縱是不說好話，只要不多加構陷，也會少生事端，免卻很多不必要的麻煩。這是固榮保寵防患於未然的方法，其效用是長遠的，不容忽視。

事典

行賄的杜預

杜預是西晉初年的名臣，他力主伐吳，又領兵攻克江陵，在西晉統一大業中居功至偉，深得晉武帝的寵信。他著有《春秋左氏經傳集解》，由於他文武全才，人稱「杜武庫」。

令人奇怪的是，似他這樣的權臣，每到逢年過節，總要親自打點禮品，給晉武帝身邊的寵臣送，去還附上他親書的慰問信，信中謙恭已極，不時有肉麻的吹捧。

杜預的家人大為不解，對他說：「大人位高權重，並不有求於他們，這般無由送禮，還無端致書，大人何必這樣呢？你莫非怕了他們不成？」

杜預厲聲斥責他們，並不作答，家人對他的怨怪越來越深。

一次杜預到外地辦事，他又採買了許多貴重的禮物，隨行的親信見他又要送禮於人，於是大著膽子說：「大人自貶身價，送禮給那些無用之人。我們都為大人不值啊。大人怎會幹這種吃虧的事呢？」

杜預哈哈一笑，他說：「在你們眼裡，難道只有皇上才有用，是不是？你們大錯特錯了。」

他隨後耐心解釋說：「我無求於他們，只是怕他們無端陷害我呀。他們雖官階不高，可他們深受皇上寵信，萬一說起我的壞話來，皇上能不信嗎？現在沒事的時候，我不與他們套交情，一旦他們認爲我不屑和他們來往，弄出事來，到那時我就是花上再多的錢財也無用了。」

杜預的隨從不禁嘆服說：「大人如此愼重，深謀遠慮，我們哪裡想得到呢？」

晉武帝后來耽於玩樂，日漸昏庸。有功之臣每每被人誣告，不勝其苦。他們見只有杜預平安無事，便向他請教此中學問。杜預不肯明說，只暗中指點道：「得罪人的事，那是不可避免的，只要皇上周圍的人爲我說好話，爲我爭辯，那麼皇上便只能聽到關於是我的好話了，我還會有什麼麻煩嗎？」

其他人受此啓發，照此辦理，果然風波很快平息。他們向杜預致謝，杜預只說：「我們得來富貴不易，凡事都要小心。否則因小失大，那才是最令人痛惜的。」

羅織經

原文

人孰無親，罪人慎察其宗。

譯文

人誰都有三親六故，懲罰人的時候一定要仔細審察他的家族。

釋評

俗話說，打狗看主人。在官場中，關係網是無處不在的。如果就事論事，不把此中厲害考慮在內，勢必會因此結怨他人，牽一髮而動全身。正所謂看人下菜碟，以不同的人，就得區別對待。他本人或不足慮，可他身後的背景就不能忽視。

許多人或是剛直不阿，或是失之考察，往往在此致禍。這是專制制度本身所固有的弊端，決不是幾個青天大老爺就能消除的。人們在此謹小慎微，有時故作糊塗，不僅出於無奈，也是出於對自身的維護和富貴的保全。

韓安國的判詞

漢武帝時，魏其侯竇嬰和丞相田蚡發生爭執，起因是為了要不要給灌夫將軍定罪。這本是小事一樁，只因雙方身份特殊，牽扯面廣，竟驚動漢武帝，決定將此事在朝堂上公開議處。

朝中大臣齊聚殿上，沒有搶先評判是非。他們知道，竇嬰是武帝的表舅，他的姑姑便是武帝的祖母竇太皇太后。田蚡也是個厲害角色，他是武帝的親舅舅，他的姐姐是武帝的母親王太后。他們都是皇親國戚，誰又能惹得起呢？只怕一言不慎，就要人頭落地了。

漢武帝見眾人無言，很是不快，鼓勵臣下說：「國有國法，你們盡可直抒胸臆，以法論斷是非。至於言語之間，有何不當，我一律不加怪罪。」

皇上雖有此說，眾大臣還是無人相信，只是沉默。漢武帝急了，他指名讓掌管監察，執法之事的御史大夫韓安國發言，還警告他說：「這是你的職責所在，別人不肯先說，你應該為人表率。此事若議不出個明確結果，惟你是問。」

漢武帝的苛責，聲色俱厲。韓安國上前叩首，心中卻是加緊盤算如何作答。他知道此案錯在田蚡，分明是他挾嫌報復，竇嬰並無過錯。可是如今太皇太后已死，竇嬰也失勢免官在家，若是據實以答，勢必得罪如日中天的田蚡，這是萬萬不能的。若是當面向著田蚡說話，也是不妥，誰知道竇嬰日後會不會東山再起呢？

韓安國左思右想，很快鎮定下來，他決定雙方都不得罪，於是說：「灌夫乃是一個武夫，竇大人和田丞相爲此爭執，臣下以爲太不值了。若是非要辯出個是非，那也只是灌夫一人的過錯。竇大人說灌夫爲國立有大功，只是酒後亂性，不必處死，這話是正確的。田丞相說灌夫素有劣跡，欺淩百姓，橫行無忌，這也是實情。皇上英明睿智，臣下不敢專斷；此事又關及皇上的至親，臣下以爲此乃皇上的家事，別人怎能過問呢？」

韓安國此言一出，眾大臣似被點醒，紛紛以皇上家事爲由，請皇上明斷。漢武帝自度此言有理，也就不難爲眾人了。

最後結果灌夫被處死，田蚡占盡了上風。不久竇嬰也被田蚡害死。而竇嬰死後次年，田蚡也因作惡多端，驚恐而亡。韓安國由於自己的「聰明」，不僅保住了富貴，毫髮無損，還受到了漢武帝的嘉獎，日後又屢有升遷，榮寵日隆。

原文

人有賢愚，任人勿求過己。

譯文

人有賢明和愚蠢之別，任用人不要要求他們的才能高過自己。

釋評

權力是榮華富貴的基石。沒有了權力，榮華富貴便無從談起；即使家財無數，也只能算個土財主，家財也沒有根本的保障。所以對掌權者而言，他們無不是為了永享富貴而力保權位不失的。

這其中，那些碌碌無能之輩，竊居高位，便不惜置國家的利益於不顧，在用人上故意選用那些無才無德的人，做為自己的助手和手下，以便易於駕馭，對自己無法構成威脅。在這些人眼裡，手下人如果高過自己，比自己還精明，自己便有被取而代之的危險，這是必須要防範的。

事典

孫近的意外升遷

宋高宗時，孫近在朝中只是個小人物。他才學不佳，爲人卑鄙，只有一副賤骨頭，所以人多不恥，正直之士更是屢屢上書，請求把他逐出朝廷。

孫近對此並不擔心，反而加緊了巴結當時的宰相秦檜。孫近的家人勸他不要癡心妄想，還對他說：「人人都看你不上，何況是宰相大人呢？你還是另想辦法吧。」

孫近別無所長，對秦檜的了解卻超出常人，他胸有成竹地說：「秦檜其人，任人唯親，嫉賢妒能，只要對他忠心報效，賣身投靠，他是無不歡迎的。如果我才能出眾，頗有人望，在他那裡，就不是什麼優點了。似我這般，他才是最放心的。」

孫近爲了討好秦檜，每逢秦檜的賣國主張遭到群臣的反對時，他總是第一個表示擁護，還多次和群臣爭辯，幾次竟被群臣打傷。有人說他是秦檜的死黨，他還矢口否認，只說：「秦丞相知謀高遠，豈是我等小輩所能體悟？他們不識大體，侮辱丞相，我實在看之不過，出於道義才仗義直言。如果秦丞相有什麼過失，我是一樣會指出來的。」

孫近的所作所爲，明眼人一眼便可看出他的眞實嘴臉，秦檜自不例外。好在有此人相幫，他倒少了許多麻煩，心中不禁看好他。爲了穩妥起見，秦檜在一次朝堂上故意羞辱於他。以看他是否絕對服從，安全可靠。秦檜先是嘲笑了孫近的相貌醜陋，接著陰聲怪氣地說：「孫大人如此模樣，縱有大才，也不配在朝伴君，孫大人何不速速請辭呢？」

滿朝文武俱是起哄附合，孫近察顏觀色，認定秦檜是在試探自己，爲表忠心，他當場就寫請辭書，親手交給了秦檜。

回到家中，孫近的家人無不埋怨於他，孫近卻不緊不慢地說：「我的官運來了，何來愁苦呢？秦丞相有此動作，想必青睞於我，又心有疑慮，故出此策。我不違於他，且在大庭廣眾，他定會再無顧慮了。」

過了幾日，沒有任何動靜，孫近也不免有些忐忑不安。這日上朝，孫近心事重重，忽聽皇上頒下聖旨，竟是宣布讓他當了副宰相。不僅孫近疑是聽錯，朝中大臣也不敢當眞，呆若木雞。此時秦檜便越眾上前，對眾人解釋說：「孫近爲官不求進，任事不求功，皇上念其忠心爲國，故有此旨。老夫得此強助，也是深感欣慰。」

秦檜說罷，心中很是快意。原來皇上曾提出幾個副宰相人選，秦檜都以爲他們才能卓越，生怕由此顯出自己的無能，更怕他們和己爭權，所以才把孫近推出，在皇上面前極盡美言。有了秦檜的堅持，皇上又依賴寵信於他，便只好答應了。倒是孫近撿了個大便宜。如此高位他想都沒有想到。秦檜的苦心卻也見效，孫近從此唯秦檜之命是從，奴顏婢膝，絕不爭權，秦檜大權獨攬，更無後顧之憂了。

原文

榮所眾羨，亦引眾怨。示上以足，示下以惠，怨自削減。

譯文

顯達爲眾人所羨慕，也能引發眾人的怨恨。對上司要表示心滿意足，對手下要施以恩惠，怨恨自然就會減少了。

釋評

榮寵帶來的付面作用是不可低估的。它一方面樹大招風，易招人陷；另一方面，會讓上司有所猜疑，動搖根本。這二方面解決不好，榮寵就會隨時失去，直至家破人亡。

有此原因，聰明的人便不會高枕無憂，他們會先是對上司表示再無進取之心，以打消上司尾大不掉的擔憂。後是廣結人緣，讓自己的手下也能得到一些好處和實惠，不讓他們因為忌恨自己而有非份之想。

這樣做是必須的，也是講究手段和方法的。榮寵取之於上，榮寵依賴於下，它決不是孤立的。同樣，好的手段和巧妙的方法，也不是直來直去就能相比的。它能使人在此不露行跡，直指人心，從而收到最佳的效果。

事典

以退爲進的韋世康

隋文帝時，韋世康在吏部任職，他性格沉穩，對上恭敬，對下禮遇，凡事從不造次，必深思熟慮方付諸行動，故而深得隋文帝和眾大臣的好評，朝中歷次大風波都沒有波及他。

更絕的是，韋世康每每在別人稱頌他時，常常會莫名其妙地遞上辭呈，且態度堅決，毫不戀棧。隋文帝十分信任他，堅決不許。一次，韋世康被皇上嘉獎之後，他又故技重施，遞上請辭書，隋文帝不解地問：「你屢次求退，可是我慢待於你嗎？」

韋世康連稱不敢，只道：「皇上寵信與我，小臣萬死不能相報。只是小臣榮寵在身，怕人有怨怪，無端進讒，到時皇上就要大傷腦筋，豈不是小臣的罪過？還不如早退的好。」

隋文帝見他說得一片摯誠，深爲感動，自是百般勸慰。

韋世康的兒子貪戀富貴，生怕父親眞的棄官不做，自取其苦，便對父親說：「人沒有甘受貧窮的，父親怎會屢屢請辭呢？就是眞的辭官不做，難道就會平安無事了嗎？只怕到時淪爲平民，更會任人宰割，禍事橫生了。」

韋世康聽之不語，良久方道：「爲官的學問，豈是你能知曉的？你只見富貴的好處，卻見不到富貴的壞處。我每進一步，官升一級，雖是風光，卻也離兇險近了。人們的忌恨也多了，這些都隱藏在人們的笑臉背後，看不到這些，日後必有禍患，我這是在盡力補救啊。」

韋世康的下屬，起初對他十分畏懼。韋世康不苟言笑的作風，使得他們心有所忌，難得以誠相見，韋世康在一次皇上獎賞之後，用全部賞金籌辦禮物，還設宴招待他們，他在宴會上說：「皇上獎賞於我，這不是我一個人的功勞，各位辦事盡力，榮譽應該屬於大家。禮物大夥分了，萬勿推辭；我們今天一醉方休，不醉不歸。」

他故意喝得酩酊大醉，和下屬不拘禮儀，盡情調笑。赴宴的人們感其恩惠，對他多了許多親近。以後辦起事來，不僅盡心盡力，還主動獻計獻策，為韋世康贏取了更多晉身的資本。

當時天下共設四大總管（并、揚、益、荊），隋文帝的三個兒子各領其一。荊州總管出現空缺，因為這個位置十分重要，一時朝中大臣人人欲得，爭奪得十分激烈。

最後，隋文帝選擇了韋世康擔此重任。他的理由倒也簡單，他在宣布此決定時，公開說：「韋世康屢屢求退，可見其毫無野心，值得信任。他不慕權勢，自會把心思全用在政事之上，又有誰像他這樣呢？你們若是不服，自可站出來一辯。」

當時群臣皆三呼萬歲，沒有人敢提出異議。他們暗中自比，也覺得自愧不如韋世康，更是沒有勇氣出頭了。

原文

大仇必去，小人勿輕，禍不可伏。

譯文

大的仇人一定要剷除，無恥小人不要輕視，就不會埋下禍患了。

釋評

榮寵之人，最易忘乎所以，放鬆警惕，從而讓別人有機可乘，藉以攻擊。這其中，他的仇人和那些小人最需小心防範。

仇人無時不想置其餘死地，榮寵日深，仇人愈是憤怒，愈是加快了復仇的步伐；也易給仇人抓住把柄，授人口實。小人更是難纏，他們忌恨心最強，也最沒有心肝，也許你不小心地一句話刺傷了他，他便會不顧一切地誣告你，陷害你，令人真假難辨，不得安寧。仇人不除終是禍患，輕視小人往往陰溝裡翻船，歷史上許多大人物命喪於此，這方面的教訓是深刻的。

事典

告發英布的小人

漢朝立國後，韓信、彭越先後被殺，淮南王英布大為恐慌。為防不測，他暗中布置軍隊又多方打探，惟求自保。

英布緊張忙碌之時，他寵愛的一個姬妾偏偏病了，便出宮就醫。不巧醫生家的對門就是英布的近臣賁赫的家，賁赫於是趁機對那位姬妾大獻殷勤，不僅多有饋贈，還留她在醫生家裡一同飲酒。

那位醫生對此生怕英布怪罪，遂勸阻賁赫說：「淮南王素是疑心極重，如今你不避嫌疑，和他姬妾來往，不是自找麻煩嗎？若是一旦有事，只怕我們都性命不保了。」

賁赫是個十足的小人，他早就貪戀那位姬妾的美貌，又自恃英布自顧不暇，遂威逼醫生不許多言，他還恐嚇醫生說：「如今淮南王軍務繁忙，不日內將有大事發生，此等小事，他都交付我來辦理。你若胡說八道，我第一個便拿你治罪。」

醫生畏懼他的權勢，只能聽之任之，不敢多說一句。

賁赫取悅姬妾，那位姬妾很覺受用，回去之後便在英布面前誇獎他。英布暗覺可疑，嘴上不說，卻暗中派人跟蹤她。這日他們又在醫生家飲酒，那位探子便回報了英布。

等到姬妾回來，英布立時發作起來，他罵姬妾不忠，更要派人逮捕賁赫。那位姬妾於是哭訴道：「我們之間，絕無苟合之事。我見他是大王的近臣，大王眼下又是用人之際，故而虛與委蛇，以爲大王收取人心。大王倘若橫生技節，不僅玷污了賤妾的清白，對大王聲譽有損，也會逼迫他狗急跳牆，幹出意想不到的事來，這對大王又有什麼好處呢？」

好說歹說，英布總算暫壓怒氣，沒有立即動手。賁赫得此訊息，他心中有鬼，便馬上逃了出來。爲了報復英布，他直奔劉邦那裡，告發英布謀反。英布一知此事，怒罵賁赫不止，無奈被迫起兵，最終慘敗身死。

原文

喜怒無蹤，慎思及遠，人所難圖焉。

譯文

高興和憤怒的心情不露蹤跡，謹慎思考、放眼遠處，是人們很難謀求到的。

釋評

榮寵不衰，始終是對智者的獎賞和對有心人的回報。無論此道成功者手段如何，他們有一點是共同的，那就是大處著眼，且不動聲色，人所難察。他們行事看似平平無奇，有的甚至遭來非議，可一旦顯出功效，眾人就只能嘆服了。他們這種「察往知來」的能力，非常人能有，他們的榮寵也就非常人能比了。

城府極深，也是必不可少的。凡事若是人人猜得，心事若是人人看透，他們的計謀就失去了價值；他們的用意毫無秘密可言，自會失去功效。

事典

文彥博的多慮

宋仁宗時，文彥博和劉沆同爲宰相。劉沆奸惡刻毒，他時刻想把文彥博扳倒，以便獨掌大權。

文彥博心知劉沆的爲人，表面上卻和劉沆稱兄道弟，甚爲親近，如同知心朋友一般，不明眞相的正直大臣，多次提醒他小心劉沆，文彥博不僅當面拒絕，說他們挑撥他和劉沆的關係，還故意將此事告之劉沆。劉沆暗中竊喜，自鳴得意。

晚年的宋仁宗精神錯亂，狂顚發作，人人緊張。這日文彥博留宿宮中，就是因爲仁宗發病，他要處理緊急事務，以防有變。文彥博高度緊張，不想還是半夜有人叩打宮門，來人竟是開封知府王素，說有要事求見。

文彥博思慮再三，爲防不測，還是拒絕馬上與之相見。第二天一早，他才向王素問明情由。原來昨天夜裡有一名禁卒告發禁軍頭目要謀反起事，王素不及細問便向文彥博稟報了。

文彥博考慮多時，不顧眾大臣的建議，堅持不輕意抓人。他對眾大臣說：「皇上有病在身，此時若是不辨眞僞，輕信他人，一旦事態失控，人人自危，便是大錯鑄成，無法挽回了。」

他找來禁軍總指揮許懷德，調查那個禁軍頭目的底細。許懷德深知那人爲人忠厚，決幹不出此事，便以人頭做保，保那人的清白。文彥博深信許懷德不會作假，爲了煞住誣告之風，安定人心，他建議將那告密的禁卒斬首。

眾人無有異議，劉沆更是極力贊成。文彥博於是簽署行刑命令，隨後又讓劉沆簽名。劉沆雙手一攤，推辭說：「文大人昨日當値，此事又是文大人一手經辦，我怎會和文大人搶功呢？這個名我是不能簽的。」

文彥博臉上作笑，連道：「你我同爲宰相，又情同兄弟，何分彼此？有功獨享，我是萬萬不能的。」

他連抓帶扯，直到讓劉沆簽了名才完事。

事後有人埋怨文彥博，說：「你太抬舉劉沆了，這是爲什麼呢？」

文彥博只以好言應付，卻不說出眞意。果然，文彥博的多慮派上了用場。不久，仁宗病情好轉，劉沆便誣告文彥博在皇上生病期間，擅自將告發謀反之人斬首。意在暗示文彥博縱容造反者，甚至是造反者的同謀。

仁宗皇帝十分震驚，特傳文彥博前來詢問。文彥博當日讓劉沆簽名，便是預料到會有今天了，他不慌不忙地拿出有劉沆簽名的行刑命令，請仁宗過目。仁宗看罷，這才打消疑慮，劉沆的圖謀也徹底落空了。

第七卷

保身卷

世之道，人不自害而人害也；人之道，人不怨己而自怨也。君子惜名，小人愛身。好名羈行，重利無虧。名德不昭，毀謗無損其身；義仁莫名，奸邪不以為患。陽以贊人，置其難堪而不覺；陰以行私，攻其諱處而自存。

庶人莫與官爭，貴人不結人怨。弱則保命，不可作強；強則斂翼，休求盡善。罪己宜苛，人憐不致大害。責人勿厲，小惠或有大得。

惡無定議，莫以惡為惡者顯；善無定評，勿以善為善者安。自憐人憐，自棄人棄。心無滯礙，害不侵矣。

本卷精要

◎君子惜名的個性，實是他們致禍的根源所在。

◎保身之道，重要的是不樹強敵，成爲眾矢之的。

◎軟刀子殺人往往最見奇效。

◎在無力抗辯的情況下，主動承認錯誤，甚至違心地認下罪名，不失爲擺脫厄運、獲得新生的一條途徑。

◎人不會永遠處於順境，有遠見的人會事事留有餘地。

原文

世之道，人不自害而人害也；人之道，人不恕己而自恕也。

譯文

世間的道理，人們不傷害自己卻遭到別人的傷害；做人的道理，別人不原諒自己而自己卻能原諒。

釋評

保身立命，不遭禍事，對天理人常、人情世故是不能不有所了解和體悟的。這是人們為人處事的理論基礎和行動指南，也是檢驗一個人是否真正成熟的標誌之一。它對人的影響是巨大的，每方面都可找到它的影子。

從這個意義上講，探求人們的保身之道，我們絕不可只見其行，停留在表面觀察；我們更要審視其行的內在原由，挖掘出其思想真諦。這樣，我們才能真正有所見識，進而為我所用，提升保身去禍的能力。

事典

有官不做的王惲

元朝初年，奸臣盧世榮為元世祖寵信，風光無限。盧世榮家每日都聚集著求見、巴結他的人們，有的人甚至以見過一面盧世榮為榮，四處誇耀。

王惲學識廣博，閒居在家。盧世榮不知從何處聽得王惲的大名，竟一反常態，這日親派自己的親信主動上門，拜見王惲。

王惲不知來者何意，招呼那人落座之後，他冷冷地說：「草民蒙盧大人厚愛，愧不敢當，如若有事，但請直言吧。」

來人先是一笑，後又恭喜王惲，口道：「先生大材之身，豈能埋沒鄉間呢？盧大人惜才重義，已向皇上保薦先生為左司郎中，先生即可馬上赴任了。」

他本想王惲必是感恩致謝，喜不自禁。待見王惲臉有不喜，眉頭頻皺，卻是暗自心驚。他沉吟片刻，又補充說：「盧大人位高權重，別人想見一面都是難事，那有先生這樣的幸運呢？先生若是和盧大人同朝為官，前程怎可限量？這是天大的好事，先生還猶豫什麼呢？」

王惲至此面上作笑，方說：「大人有所不知，草民浪得虛名，素喜不問世事。盧大人垂愛有加，草民感激不盡，無奈閒雲野鶴之身，如何受得了朝廷拘束？盧大人的美意，草民只能心領了。」

來人勸他多時，王惲就是不肯。來人走後，王惲的妻子兒女同聲埋怨他，說：「你平日口口聲聲說有志難酬，心有不甘，如今大好機會，你卻輕輕放過，眞是太可惜了。聰明人怎會幹這等傻事呢？」

王惲耐心解釋說：「天下之事，總有它的內在之理。好事臨近，若不冷靜對待，也會迷途失陷。人們只見利，不見害；只看表，不看實，因此招禍的事還少嗎？我不答應盧世榮之請，就是在此有所權衡，不想自身有失啊。」

王惲的家人非但不解，還反問他說：「盧世榮是皇上寵信的近臣，又是他主動上門相邀，又有什麼可擔心的呢？你怕這怕那，還會有出頭之日嗎？」

王惲聽此搖頭，他分析說：「能力不足而擔任大事，靠盤剝眾人而利自己的人，向來是不能保全的。盧世榮無才無德，獻媚討好是他的唯一本事，他雖竊取高位，可這豈能長久？我若依附於他，他日他倒臺之時，我豈不要倒大楣嗎？」

王惲態度堅決，家人見無法相勸，心中仍是暗暗著急。

盧世榮後來又多次派人相請，王惲都婉言謝絕。此事傳遍鄉野，人皆爲怪，更多人認爲他不識時務，太過瘋傻。王惲對此付之一笑，只說：「用不了多久，他們就會明白我的心思。」

過了不多長時間，盧世榮果然事敗被殺，依附他的人也一一獲罪。消息傳到王惲那裡，他不驚不怪；他的家人慶幸之餘，不由得佩服起王惲的遠見。

原文

君子惜名，小人愛身。好名羈行，重利無虧。

譯文

君子愛惜名譽，小人愛護自己。喜好名譽就會束縛人的行爲，重視利益就不會吃虧。

釋評

君子和小人，從保身的實際效果看，君子是不如小人的。撇開具體的好壞不談，小人無論在那裡，他們的處境似乎都比君子順暢，活得也比君子滋潤。君子害小人難，小人害君子易。

歷史上的小人，常常興風作浪，好事占盡，而君子卻屢遭陷害，黴運當頭。這一切，君子惜名的個性，實是他們致禍的根源所在。由於珍視名譽，他們才不同流合污、媚上邀寵、徇私枉法、不擇手段，如此一來，他們的行為都被束縛住了，什麼都變得堂堂正正、合情合法，這在專制時代怎能行得通呢？與之相反，小人之舉卻正合其道，凡事以不吃虧為前提，一切以保身為首要，這就難怪他們在此有成了。

事典

惹火上身的蓋寬饒

西漢宣帝時期，司隸校尉蓋寬饒是個難得的君子。他剛正耿直，惜名如金，不畏權貴，任何人犯在他的手裡，他也毫不通融，依法治罪。

司隸校尉負責糾察百官和懲治犯罪，他的前任們因循私舞弊，賣弄人情，都得以致富、官運亨通。這本是個肥差，也是晉升的階梯，蓋寬饒卻因結怨公卿顯貴，久不升遷，清貧依舊。他雖時有牢騷發作，卻不改君子之風，依然故我。

蓋寬饒的好朋友王生為此寫信與他，苦口婆心地對他說：「當個君子的難處，就在為世不容。官場之上，更容不得君子。君子百姓敬仰，小人卻怨恨入骨，何況官場中小人甚多，他們以你為敵，百姓又幫不了你，你的處境還好得了嗎？按理說你既身在官場，就該遵循為官之道，以明哲保身為要，不該妄求君子之名，可你一味固執，火中取栗，我真為你擔心啊。大丈夫立世應有所變通，切不可逆流而上。這是人人都該堅持的保身之道，你也不能例外。若再繼續下去，我難以想像你會有好結果。」

這封書信蓋寬饒反覆觀看，因為說到了痛處，他灑下了熱淚，大哭了一場，有心稍作變通，可一旦遇事，他嫉惡如仇的個性便又凸顯出來，令他不屑作那小人勾當。

他一次應皇后之父許廣漢的邀請，去他的新居赴宴。其間，他見前來捧場的滿朝公卿個個喝得東倒西歪，口出穢言，但覺十分厭惡。九卿之一的檀長卿更是醜態不堪入目，他竟學著猴狗相鬥之狀，逗人發笑。蓋寬饒忍無可忍，他舉目向上，目視屋頂，旁敲側擊地大聲說：「人生富貴，不過是過眼雲煙，難道眞的讓人失去理智，無所顧忌？你們諸君現在快樂已極，肆無忌憚，可要當心好景不長，樂極生悲呀！」

一語既出，眾人皆怒目而視，心中暗罵。蓋寬饒不辭而別，隨後又向皇上奏明此事，請求嚴辦檀長卿的無大臣禮儀之罪。許廣漢爲檀長卿說情，皇上沒有追究，滿朝文武聞知此事，更增添了對蓋寬饒的怨恨。

漢宣帝重用宦官，對他們言聽計從，人們雖有不滿，爲求自保，卻是無人進言。蓋寬饒與眾不同。他大膽上書，仗義直言，言辭頗有過激之處。漢宣帝被其激怒，說他誹謗朝廷，目無君主，將他逮捕。那些大臣們幸災樂禍，這會兒紛紛落井下石，竟誣稱他要謀權篡位，極力主張將他處死。可憐蓋寬饒的親戚朋友四處求人幫忙，竟是無人肯助，還譏諷說：「蓋寬饒常以君子自居，天下有謀反的君子嗎？他這個人早該有此報應，老天也不會救他的。」

蓋寬饒又悲又惱，只怪蒼天無眼；他放聲大哭，憤然自殺。

羅織經

原文

名德不昭，毀謗無損其身；義仁莫名，奸邪不以爲患。

譯文

不顯露名望和德行，誹謗就不能損害他本身的清譽；沒有義氣和仁德之名，奸詐邪惡的人就不會把他視爲禍患。

釋評

保身之道，重要的是不樹強敵，成為眾矢之的。此節往往為人忽視，遂在不經意之間，為自己埋下莫大的禍殃。

德高望眾，好仁重義，這本是人們追求和崇尚的良好美德，可是在小人的眼裡，便是格外刺眼，以之為仇。他們欲要成其好事，是必要陷害有此美德之人的。即使這人與他們無冤無仇，甚至素無瓜葛，心理使然，他們也照做不誤，以之為快。這就讓人無形之中多了許多敵人，卻是難以防範。所以保身有道者，不顯山，不露水，不刻意追求這些；有了大名也自我壓抑，自掩其美。

事典

顏眞卿之死

唐玄宗曾對顏眞卿有過高度的評價，說他忠貞第一，勇氣無雙。安史之亂時，河北二十餘郡紛紛投降，只有他誓死抗敵，堅守平原郡，給天下人作了最好的表率。到了德宗朝時，他已是三朝元老，德高望眾更是無人可比，名重天下。

其時奸相盧杞把持朝政，他任人唯親，橫行不法，欺上瞞下，可謂壞事作絕。顏眞卿年老多病，此刻也多不理事，何況他還是盧杞之父的好友，以常理推斷，盧杞不該陷害他了。事實卻恰好相反，盧杞見了他就不自在，總有自慚形穢的感覺；面子上還要對他敬重，做起事來惟恐讓他知曉。他自覺行奸不便，又怕顏眞卿壞了他的好事，便時刻想要把他除掉，一勞永逸，永絕後患。

此時藩鎭李希烈起兵反叛，聲勢浩大。德宗驚慌失措，問計於盧杞。盧杞趁此時機，竟推舉顏眞卿爲宣撫使臣，前去收服李希烈。他爲此詭辯說：「顏眞卿爲我朝重臣，人人敬仰，鬼神不侵，他若親往招撫，宣示陛下恩德，那是一定會成功的。如此不動刀兵，叛亂自息，自是上上之策了，請陛下速下旨意。」

這種毒計，昏庸的德宗毫無所察，隨即叫好。此命一出，朝中大臣人人震驚；有的人還上書德宗，請他收回成命，不要讓顏眞卿前去赴死，枉送性命。

盧杞對眾大臣極力打壓，他還一再暗示德宗，顏眞卿若是拒絕不去，定是和大臣們串通生事，置國家存亡於不顧。德宗聽信此言，更是下命顏眞卿速速成行，不得有誤。

如此形勢，顏眞卿只得從命。他對勸他莫往的大臣們說：「這是我的名望所累呀，小人害人眞是無所不致了。皇上既有此命，國家又實危急，縱是如此，我也義無反顧了。只恨我無法戳穿小人的奸計，卻要遂之所願！」

眾大臣泣不成聲，眼巴巴看他自送虎口，卻愛莫能助。

顏眞卿一入李希烈的大營，便被李希烈威逼利誘，極盡污辱。顏眞卿見其不可理喻，抱定必死的決心，怒罵聲聲，直斥其奸。李希烈收買不成，恐嚇無功，招法用盡之後，便殘忍地將他殺害。

原文

陽以贊人，置其難堪而不覺；陰以行私，攻其諱處而自存。

譯文

表面上讚美別人，讓他難以忍受卻不知眞意；背地裡爲達私利，攻擊他最忌諱的地方而保存自己。

釋評

軟刀子殺人往往最見奇效。它既可置敵於死，神不知鬼不能覺；又可不落惡名，讓自己得以保全。凡事都沒有無緣無故的，如果誇大其辭地讚美他人，故意拔高到人所不及的程度，實質上這只能讓他突顯缺處，正所謂捧得越高，摔得也越重。這種招法有很大的隱蔽性和欺騙性，其殺傷力也是驚人的，人們往往為其迷惑而中招。同樣，背地裡的一套，最能顯現一個人的真正面目。陽奉陰違的人，總是表裡不一，私下陰毒得很。他們挑出別人最忌諱的地方下手，集中火力，大肆汙衊，往往能擊中要害，效果立見。

事典

不進讒言的王夫人

漢景帝的妃子王夫人，是個很有心計的人。她生有兒子劉徹，只因栗姬之子劉榮是景帝的長子，立太子在先，她便爲此日夜憂慮不安，食不知味。

王夫人的家人一次進宮探望她，見她憔悴日甚，心事重重，驚慌地說：「娘娘可是病了嗎？若不如此，你養尊處優，怎會如此呢？」

王夫人對家人敞開心扉說：「我是爲我和兒子擔心啊，這是我的心病，外人怎會懂呢？」

家人細問之下，王夫人說：「我們母子時下不錯，可若不慮長遠，他日怕是性命難保。栗姬心胸狹窄，爲人刻薄，她母以子貴，一旦皇上百年之後，她能容得下我們母子嗎？再說宮廷向來鬥爭激烈，我兒如今居人之下，到頭來只能任人擺布，這更讓我擔心了。」

王夫人的家人聽此連連點頭，最後出主意說：「娘娘爲求自保，最好的辦法還是讓劉徹登上太子之位。不過此事頗費腦筋，娘娘何不向皇上狀告栗姬，只要她倒了，皇太子也就保不住了。」

王夫人思忖多時，卻說：「狀告栗姬，弄不好只能兩敗俱傷，自討沒趣。栗姬性情火爆，皇上又不喜妃子紛爭，我當另想他策。」

此後不久，景帝的姐姐長公主突然說有要事相請王夫人。王夫人來至長公主的府上，長公主對她十分熱情，對她說：「我的女兒今已長大成人，我本想把她許配太子，不想栗姬竟是一口回絕了。我思前想後，你家劉徹是最佳人選，你可願意答應這門親事嗎？」

王夫人一聽即喜，計上心來。她知景帝對長公主十分敬重，如今若是和她結親，以她爲援，再加上她對栗姬的怨恨，扳倒栗姬母子就不難了。她痛快地答應下婚事；以後有事無事也到她府中閒聊。如此下來，長公主對王夫人倍感親近，每每對景帝言及王夫人的好處，又不時說些栗姬的壞話。

景帝漸漸地對栗姬有了疑心，爲了考察她的品行，他一日借生病之機，對栗姬說：「人終有一死，我百年之後，我的那些兒女都要託付你了，你可要視同己出，妥善照顧他們啊。」

栗姬不明其意，她極端自私地說：「我兒自不待言，可別人就不一樣了。他們和我素不親近，我也沒有理由對他們好了。」

景帝心底涼透，深恨栗姬薄情寡義，出言斥責。栗姬偏不知好歹，回言頂撞。景帝於是對她懷恨在心，深感厭惡。

王夫人得知此事，暗喜不止。她本想藉機向皇上進讒，說些栗姬的壞話，以便趁熱打鐵，一舉把她除去。但考慮很久，最後還是放棄此念，反而暗中支使一位朝中大臣上書，請立栗姬爲皇后。在她的猜測中，此時說栗姬的壞話，以景帝的精明，只會讓自己暴露，分散他對栗姬的注意力。

如果趁其盛怒，反而大加誇讚。景帝必然怒上加怒，此時最易幹出沒有理智的事來，以泄其情。這無異於火上澆油，當可置栗姬於死地了。

果如王夫人所料，正在氣頭上的景帝一見那個請立栗姬為皇后的奏章，登時怒氣攻心，火往上撞。他怒不可遏地吼道：「如此賤人，偏有人把她說得賢慧至極，該當母儀天下，這豈不是天大的笑話！」

他衝動之下，不僅殺了那個上奏章的大臣，還立時傳命廢了劉榮的太子之位。栗姬得訊，哭嚎不止，竟是憤憤而死。

王夫人有此手段，不費多大周折，目的便達到了。最後，劉徹被立為太子，王夫人也被封為皇后。

原文

庶人莫與官爭，貴人不結人怨。

譯文

老百姓不要和官府爭鬥，富貴的人不要輕易和人結下怨仇。

釋評

人的地位和處境，直接決定著人們保身的方法和戒律。不同的人，由於他們面臨的危險和對象不同，因而對他們的要求自然有異。

老百姓身處下位，官府是他們的命運主宰者，無論老百姓有何道理，在官府那裡就是另一回事了。官府操持生殺大權，一切政策法規由其解釋和具體執行，和官府鬥，怎能有勝算呢？

同樣的，富貴之人雖有權有勢，在仇人的眼裡，他們對這些便不會畏懼了。一旦他們捨生忘死，拼起命來，誰都招架不住。狗急跳牆、人急走險，何況富貴無常，如果他失權失勢，仇人便會瘋狂報復；倘若再落入人手，他就只能是死路一條，且要付出百倍的代價。

事典

衛瓘的不幸

衛瓘是西晉初年有名的大臣，他性格剛直，處事無私，歷任司空、侍中、尚書令等高官顯位。

衛瓘由於頗受晉武帝司馬炎的信任，每每談話有些隨便。特別是司馬炎將他的愚笨兒子司馬衷立爲太子，衛瓘對此大爲憂心，屢屢勸諫司馬炎另立太子。

衛瓘的兒子衛恆，生怕父親在此結怨他人，於是對父親說：「父親不要多管閒事了。太子之位關係多人的利益，你勸皇上廢去太子，他們能不恨你嗎？此事是成是敗，父親都是不會得到任何好處，何必自找麻煩嗎？」

衛瓘以國家的大義教育兒子，仍是勸諫不止。爲此，太子的妃子賈南風對他恨之入骨，把此事牢牢記在心上。

衛瓘對上如此，對自己的屬下也公事公辦，從不徇私。一次，有個叫榮晦的人犯了過錯，衛瓘把他捆了起來，痛斥不已。榮晦苦苦哀求，衛瓘不依不饒，任憑多人爲他求情，還是將他痛打一頓，使其多日不能下床，顏面盡失。

衛恆聽聞此事，又對父親說：「榮晦又沒有太大的過錯，何必讓他增添對父親的忌恨呢？你這樣事無巨細，犯者必究，怨恨你的人多了，並不是件好事的。我請求父親爲了身後著想，再不可這樣了。」

衛瓘怒罵兒子不識大體，他說：「依你之言，我還向他賠禮不成？我行事無私，他縱是恨我，又能把我怎樣？」

衛恆不敢反駁，心中只是惶恐不安。

晉武帝死後，司馬衷繼位，賈南風爲太后。她早盼今日，一上來便對衛瓘開始報復。她誣陷衛瓘謀反，又派人前去搜捕衛瓘，查抄其家。

禍從天降，衛瓘只能自認倒楣，心還存有僥倖。當他見朝廷所派的領頭者竟是榮晦時，這才暗叫不好，驚恐得手搖體顫。

榮晦一見衛瓘，便陰聲怪氣地說：「衛大人能有今日，可謂不幸；偏偏又是我負責此事，可謂大不幸了。你當初得意之際，眞是威風八面，鐵面無私，哪裡想到會有今天呢？」

衛瓘無言以對，哀聲對兒子說：「悔不聽你當初之言，致有今日之禍，又要連累家小，看來我們是死定了。」

榮晦當場就殺了衛瓘的子孫九人，以泄私忿。衛瓘和衛恆被捕入獄，不久一同被殺。

原文

弱則保命，不可作強；強則斂翼，休求盡善。

譯文

身爲弱者要保全性命，不能逞強顯能；身爲強者要收斂羽翼，不可求取完美無缺。

釋評

對自己的定位和對形勢的判斷，只有做到準確和清醒，保身的效果才能達到。反之，定位不明，判斷有誤，常是致險招災的根苗。

人有強弱之分，強弱有轉換之時，不同的人群，不同的階段，所採取的策略都要對症下藥，不可偏執。弱者如果強出頭，硬逞能，無疑是雞蛋碰石頭，不但毀了自己，也失去了翻身的本錢，百害無一利。反觀強者，他們若是一味貪心，永不知足，不適當地約束自己，就會膽大妄為，以致冒天下之大不韙，做下天下許多蠢事、惡事。結果天理不容、人所共憤，他的強者地位也就不保，直至最後身死族滅。

事典 自命不凡的荀瑤

春秋時期，晉國的四大家族把持朝政，國君形同虛設。在荀家、韓家、趙家、魏家四大家族之中，以荀家勢力最強。

荀家的族長荀瑤是個極其貪婪之輩，他自恃兵強馬壯，便要吞併其他三家，獨霸晉國。荀瑤的謀士認爲時機未到，向他進言說：「我們現在的強大，還沒達到足以把他們三家一舉消滅的程度，如果眼下動手，他們聯合起來，我們反而勢弱了，自保都很難，不如暫緩此事，抓緊擴充實力，到時定可功成。」

荀瑤不聽其言，不耐煩地說：「我們最具實力，人所公認；他們三家若是日後強大起來，我們還有機會下手嗎？我不會安於現狀，坐失良機的。」

荀瑤於是向三家索取土地，韓、魏兩家忍氣吞聲，不敢有違，趙家卻堅決拒絕，不肯聽命。趙家族長趙襄子還對手下人說：「荀家欺人太甚，他們無理索要土地，沒有人會眞心奉獻。我們雖然弱小，只要有所堅持，韓、魏二家一旦態度有變，荀家就不足慮了。」

趙襄子的手下卻沒有他樂觀，其中一人勸他不要孤身犯險，他憂心如焚地說：「給荀家一點土地，禍患是將來的事；如果馬上回絕，禍患立時就會到了。我們現在保命要緊，否則硬打硬拼，我們就會喪失一切，再難圖存。」

趙襄子堅持己見，荀瑤不改初衷，於是荀瑤邀集韓、魏二家共同攻打趙襄子，約定滅掉趙家之後，三家瓜分趙家的土地。

趙襄子節節敗退，最後困守晉陽城。晉陽城堅固無比，易守難攻，三家聯軍圍了二年也沒有攻下。後來他們改用水攻，掘開汾水的堤防灌城，眼見大水就要淹過城牆的時候，趙襄子派人潛入韓、魏二家軍營，遊說他們反叛荀家。趙襄子的人對他們說：「荀瑤恃強凌弱，已非一日。你們恐遭禍患，方才無奈出兵相助。如此一來，倘若趙家滅亡，荀家的勢力更強了，你們豈不更會受其壓迫？荀瑤志在滅我等三家，退讓和忍耐都不是眞正的自保之道，與其日夜恐懼被他吞併，何如我們聯手，滅此大患呢？」

韓、魏二家被說中了心事，反覆思量比較之下，他們毅然倒戈，和趙家合力剿殺荀家。荀瑤不料有此突變，猝不及防，頓時亂作一團，招架不住，荀家兵團全軍覆滅，荀瑤滿門被殺，他的族人也無一倖免。

原文

罪己宜苛，人憐不致大害。

譯文

責備自己應該苛刻，使人憐憫就不會招致大的禍害。

釋評

處於逆境，被人陷害，這是人生中常有的現象，本不足為怪。遭遇如此挫折，聰明的人就要把精力放在大事化小，小事化無上。如果只是激憤難耐，不思補過，事情便會越鬧越大，損及根本。不管有罪無罪，整人者的目的是將人打倒，施以精神和肉體的雙重懲罰。在無力抗辯的情況下，主動承認錯誤，甚至違心地認罪名，不失為擺脫厄運，獲得新生的一條途徑。你認錯了，把自己罵得狗血噴頭，不僅證明你失敗了，也證明整人者整對了，事情也許就到此為止。否則，你死強硬辯，不肯低頭，在整人者的眼裡就是頑抗到底，毫無悔改，他們便會變本加厲，置人死地，再無絲毫手軟，後果也會更加嚴重。

事典

蘇軾的深刻檢討

宋代的大文豪蘇軾本是個十分倔強的人，他爲人剛烈，不附權貴，出言無忌，由於他反對王安石的變法主張，爲朝中新貴們所不容，被趕出朝廷，到外地爲官。

蘇軾本性不改，不時上書朝廷，流露出不滿情緒。他還在詩文之中，隱含譏諷，表達對國事的擔憂。蘇軾的舉動，新貴們自不能容忍。他們摘取蘇軾詩文中的隻言片語，附會歪曲，不惜上綱上線，說他誹謗朝廷，竟圖不軌，要將他陷於不赦的境地，殺一儆百。

蘇軾凜然不屈，寫好了絕命詩，只想捨生取義。蘇軾的朋友和家人見此惶急，他們勸說他不可輕生，不如暫時忍下屈辱，以待他日東山再起。蘇軾對此漠然一笑，說：「男子漢大丈夫，死有何懼？要我幹這種見不得的事，我寧願死去。」

蘇軾不肯低頭，一般人又勸說不住，所有人都認爲他太不識趣，必死無疑了。這時他的一個遠方朋友聽到此訊，特地快馬來見蘇軾，一見面便說：「聽說你要自尋死路，還自以爲榮，我深以爲恥，特來見你最後一面，和你絕交。」

蘇軾大驚，忙道：「你我交往多年，情同手足，你怎會也學那小人模樣，以致於此呢？」

他的朋友冷冷一笑，說：「你的行爲就是君子所爲嗎？君子求生，不念己欲，乃爲天下。小人求死，不過不忍屈辱，以求解脫。如今你遇小小挫折，便是自暴自棄，反讓小人不費手腳，便遂其願，如此之人，眞是枉讓天下看重了，你又怎配作我的朋友呢？」

蘇軾汗流浹背，立時清醒。他對朋友一躬到底，作謝說：「如沒你點醒，我可眞鑄成大錯了。有何妙法，還請你不吝賜教。」

他的朋友便說：「以你的名望和個性，只要認錯服罪，自責難當，陷害你的人也就滿足了。這一點他們萬想不到，也會引發他們的憐憫之心，不致對你下那毒手。不過他們是輕易不會相信你的，還需你暫棄臉面，拋開事實，只要不涉謀反，別的你盡可承認下來，表現出深刻自省的樣子，萬勿隨便敷衍應付了事。」

蘇軾雖覺難爲，可是爲了保存自己，他便依此行事。審訊他時，他不待人家開口，蘇軾就主動招認所有「罪行」了。爲了逼眞可信，蘇軾故意編造有關細節，還特別強調說：「我在朝廷多年，也未得到升遷，可那些年輕人卻比我升官快，撈的油水也比我多，我能沒有怨言嗎？我說他們壞話，目的就是爲了把他們壓下去；我寫詩文攻擊他們，也是爲了讓人同情我，自己好爬上高位，盡情享受榮華富貴的滋味。我現在什麼也沒撈到，反是小官也當不成了，這就是報應啊，也是罪有應得。我決心伏法，再不會知迷不悟了。」

他說得聲淚俱下，審訊他的人也不禁爲之動容，不便相強。朝中的新貴見蘇軾態度如此老實，都笑他原是個不堪一擊之人，不足爲患，便免他一死，只把他貶到黃州，交地方官監督。蘇軾終於逃過了大劫。

原文

責人勿厲，小惠或有大得。

譯文

責罰別人不要過於嚴厲，小的恩惠有的能帶來大的收穫。

釋評

三十年河西，三十年河東，事情總是變化的，人不會永遠處於順境。考慮到這個現實，有遠見的人便事事留有餘地，在得志時不妄自尊大，盛氣凌人，對人和藹可親；特別是犯有過失的下屬和身份不顯的小人物，他們也不會一棍子打死，極盡侮辱，相反還會小施恩惠，施以援手。這樣做其實一點不難，也不費其力，但在受惠者眼裡，它的影響卻是巨大的，永生難忘的，一有機會，他們便會誓死相報。對施恩者而言，他們往往靠此走出了看似無路的困境，擺脫了無法預料的厄運，與其說是幸運，不如說這是對施恩者最好的回報。

事典

袁盎的救星

西漢景帝時的重臣袁盎，早先在吳國劉濞處爲相。劉濞專橫跋扈，袁盎見勸諫無功，索性自得其樂，每日歡宴不止。

袁盎有個下屬，見袁盎不問政事，也就有了放縱之心。他見袁盎的婢女美貌過人，十分妖冶，便千方百計與之示好，最後二人竟是瞞過袁盎暗地私通。袁盎發現此事，不覺十分氣憤。他本想當面將他捉住，以治其罪，後又念那個下屬並無其他錯失，貪戀美色也只是年輕人的一時衝動，於是便饒恕了他們，此事只當未見。

過了不久，那個下屬聽別人說袁盎早就知道他所幹的醜事了，不禁感到萬分恐懼。他怕袁盎治罪於他，落荒而逃。袁盎知道後，要去親自找他回來，別人就勸阻他說：「你大人大量，不懲治他已是很難得了，那裡還有尋他的道理？他如此淫邪，傷天害理，這種不可教化，大人何必這般看重他呢？此事若是傳出，恐怕人人都會笑話大人過於仁慈迂腐之至了。」

袁盎對他們說：「一個人幹下荒唐之事，不能因此就把他看得一無是處。我是他的上司，此事也怪我教導不力，不可全怪他。一個人贏取功名實屬不易，我不想因我之故，毀了他一輩子的大好前程，讓他逃落他鄉。」

他不顧勸阻，親自揚鞭策馬，拼命追趕那個下屬。那個下屬已逃出城中，見袁盎追來，以為必死，索性跪在道旁，叩頭求饒。袁盎翻身下馬，把他扶起，口道：「那件事我並沒有放在心上，你何苦要逃呢？他鄉難捱，舉目無親，我怎會讓你受那淒苦呢？快跟我回去吧。」

那個下屬萬不想袁盎這般待他，感動得放聲大哭。袁盎不僅還讓他在自己手下任職，而且親自作媒，把那個婢女嫁給了他。有此恩德，那個下屬無時不在思量報答於他。

「七國之亂」時，晁錯被殺，袁盎以朝廷太常的身份，到吳國宣詔晁錯的死訊，讓吳王劉濞罷兵。劉濞的反心不改，派兵包圍袁盎的住處，意欲將他殺害。危急時，那個下屬恰好在這支軍隊裡當司馬。他為了救袁盎脫險，將所有衣服典當後換了兩石酒，把守衛西南方的士卒灌醉，他潛入袁盎住處，叫醒夢中的袁盎，急道：「吳王明天一早就要殺你，你趕快逃命去吧！」

袁盎還未睡醒，也未看清是誰，疑惑問：「我乃朝廷大臣，吳王怎敢殺我？你無故作此狂語，我憑什麼相信你呢？」

那個下屬抓住袁盎的雙手，激動地說：「先前蒙你大恩，又將婢女賜我為妻，我縱是肝腦塗地，也要報答大人啊。此事千眞萬確，大人切勿猶疑了。」

袁盎這才看清他是何人，連聲致謝。他深有感慨地說：「小小恩惠，不想卻救得我今日性命，老天爺眞是厚待我啊。」

那個下屬帶著袁盎，從醉酒後倒地不醒的士卒中穿過，逃出駐地。袁盎一路急奔，終於逃出了吳國的地界。

原文

惡無定議，莫以惡爲惡者顯；善無定評，勿以善爲善者安。

譯文

惡沒有固定的說法，不把惡當作惡的人顯達；善沒有固定的評判，不把善視爲善的人平安。

釋評

對惡與善的認識和運用，對人們為人處事，建功立業，保身去害，有著十分重要的作用。它直接決定著人們的所作所為，也直接影響著由此帶來的結果。人們的一切得失，都可從善惡關係中找到本質原因。不可否認，人們的善惡觀是不同的，事實上，由此帶來的差異反映在結果上也是大有分別的。

在惡人當道、善人遭殃的專制時代，那些顯達之輩雖然位高權重，可他們大多幹盡惡事；他們的成功，正是因為他們不以惡為惡，所以才能不擇手段行事。同樣，那些一生平安、保身有術之人，他們沒有沽名釣譽者的做作，一切發乎本心，不為虛名所惑，故而能從事情本身入手，務實謀劃，講究實效，他們不遭禍事，就由此而得。

事典

疏廣的見識

疏廣是西漢昭帝時的太子太傅，爲太子之師，廣受尊敬，朝野聞名。他的姪子疏受爲太子少傅，同樣是位高名重，榮冠一時。他們叔姪人以爲羨，可疏廣卻引爲不安，他對疏受憂心說：「我們叔姪榮光不少，你認爲這是好事還是壞事呢？」

疏受對答說：「好壞並無定論，關鍵是在於自我感受和體驗。依我之見，我們舉止無偏，名不巧得，功無貪求，當不是什麼壞事吧。」

疏廣很不滿意，他糾正說：「別人眼裡的好事，對我們也許就是壞事了，這和人的行爲是否光明正大並無太大的關係。對保身而言，我們現在身處是非之地，豈可久留？我想告老還鄉，你可願意隨我一同而去？」

疏受面有難色，他不敢當面反對，只強調說：「危難總有它的徵兆，我們現在一切安好，不如再等上幾年，再走不遲。」

疏廣幽長嘆息說：「只怕到時就悔之晚了，我意已決，你若不願，但可留下。」

疏受惶惶叩頭，連道：「叔父深謀遠慮，姪兒不及萬一。叔父既有安排，姪兒自當從命。」

他們叔姪稱病求去，人們皆爲惋惜，有人勸他們改變主意，一再說：「你們叔姪的高位，多少人都求之不得；有官不作，歸隱鄉間，有什麼好處呢？一旦後悔，那裡還會來得及呀。」

疏廣叔姪謝絕所有的勸說，堅請回鄉。皇上和皇太子挽留不住，各贈黃金二十斤和五十斤。他們離開長安時，送行的朝中大臣的車馬達數百輛之多，疏廣對疏受感嘆地說：「多少人在朝得勢，離去如喪家之犬，哪裡趕得上我們叔姪這般從容？人生在世，還有什麼比保身去禍更重要的嗎？俗人不明我心，日後自有見證。」

回鄉之後，疏廣用所賜之金，天天盛排酒宴，招待鄉親父老，可謂花錢如流水。疏受大爲疑惑，於是他對疏廣說：「我們並不富有，如此花法，只怕用不多久，我們就所剩無幾了。何不留些錢財，買些田產房屋，也好傳之子孫呀。」

疏廣自有他的道理，他解釋說：「富家子弟而不驕奢的，實在是太少了。錢財在別人看來是好事，可我卻視爲惡。我這樣的做並不是讓人看的，而是我知道它的害處，這才自然而然地躲避它啊。何況富有的人讓人嫉妒，萬一窮極之徒上門打劫，殺生害命，這就是自取災禍，我是決不會讓這種事發生的。」

疏受大受教益，再不多言了。他們從此不問世事，自得其樂。朝中的同僚多有致禍死難者，他們卻一生平安。

羅織經

原文

自憐人憐，自棄人棄。心無滯礙，害不侵矣。

譯文

自己憐惜自己別人才會憐惜，自己厭棄自己別人自會厭棄。思想沒有停滯阻礙，禍害就無法侵犯了。

釋評

保身之道特別重視思想的解放和自己的努力。那種因循守舊、不多思善想的人，就會跟不上形勢的變化，也不能很好地保全自己，不被時代所淘汰。

自己的努力同樣重要，若是凡事依靠別人，憑天由命，不主動採取行動，結果只能處處被動，手足無措，不能消災禍於無形。這方面，人的主觀作用往往起著不可替代的作用，有了這些，人們遇事才會理智對待，正確分析、謹慎處之，所有的難題也就不愁無解了。

事典

自作主張的陳平

陳平是漢高祖劉邦的重要謀士，他精於思考，善於謀略，特別是在漢朝建立後兇險四伏的情況下，他以其過人的智慧，得保平安，最見他的深謀遠慮。

劉邦病重之時，脾氣暴躁，頭腦不清。當他聽到樊噲要等他死後誅殺趙王劉如意的消息時，不加分辨就是怒火上沖，信以爲眞。召來陳平和周勃，簡單說明了情由，便下令說：「樊噲實屬可惡，不可不除啊。他現在領兵在外，萬一舉兵來攻，他的奸計就得逞了。你們馬上趕至樊噲營中，不要和他理論，立斬此賊的人頭。」

周勃還要替樊噲求情，陳平在旁卻暗示不可，周勃欲言遂止。從劉邦處出來，他埋怨陳平說：「樊噲謀反之說，我實難相信。如今皇上病重頭昏，萬一殺錯，我們豈不是有失臣子之責？你不讓我開口講話，眞是讓人難以猜測。」

陳平嘆道：「皇上如此大怒，你若不知進退，還有活命嗎？他眼下神志不清，樊噲他都捨得殺掉，我們又算得了什麼呢？」

周勃思之過後，也覺陳平之言有理。他們不敢怠慢，即時便出發了。一路上，周勃見陳平愁眉不展，一臉愁苦，遂勸他說：「這是皇上的私事，我們勸不能勸，只好從命了。也算樊噲當有此劫，你就不要胡思亂想了。」

陳平認眞地對周勃說：「將軍如此輕鬆，眞的感覺不到時下的兇險？」周勃一臉茫然，陳平接著說：「此事甚爲棘手。皇上之命，我們不能違抗；可若殺了樊噲，呂后必懷怨恨，日後她若掌權，我們必死無疑。」

周勃慌了，頓足連道：「這也不是，那也不行，我們就只能束手待斃了嗎？你快想個好法子，只要能救得了我們，你但講無妨！」

陳平早有了主意，只是需要周勃的配合。他見周勃說出此語，便沒有了顧忌，說出了他的打算：「我們將樊噲囚而不殺，押回長安，讓皇上親自發落。這樣，我們即使遭到皇上的怪罪，也好託詞說樊噲乃是一大功臣，不立斬於他，只怕皇上有悔。至於呂后，樊噲是他的妹夫，我們不殺樊噲，她只會心中感激，日後自不會虧待我們。」

周勃聽過，連稱妙計。後來樊噲被押回長安，其時劉邦已死；呂后執掌大權，立即赦免了樊噲。陳平和周勃不遭禍殃，心中自是無比慶幸。

第八卷 察奸卷

奸不自招，忠不自辯。奸者禍國，忠者禍身。無智無以成奸，其智陰也。有善無以為奸，其知存也。智不逾奸，伐之莫勝；知不至大，奸者難拒。忠奸堪易也。上所用者，奸亦為忠；上所棄者，忠亦為奸。

勢變而人非，時遷而奸異，其名難恃，惟上堪恃耳。好惡生奸也。人之敵，非奸亦奸；人之友，其奸亦忠。

道同方獲其利，道異惟受其害。奸有益，人皆可為奸；忠致禍，人難為忠。奸眾而忠寡，世之實也；言忠而惡奸，世之表也。

惟上惟己，去表求實，奸者自見矣。

本卷精要

◎統治者雖表面上鼓勵人人都當忠臣，可實際上，他們所採取的用人標準和處事作風，卻是處處不容於忠臣，而有利於奸臣。

◎不可否認，歷史上的奸臣明顯比忠臣幸運得多。

◎人們習慣陶醉於口誅筆伐奸臣，卻在行動上向奸臣的所爲靠攏。

◎惟上只是奸臣的一種手段，惟己才是他們的眞正目的。

原文

奸不自招，忠不自辯。奸者禍國，忠者禍身。

譯文

奸臣不會自己招認，忠臣不能自己辯解。奸臣損害國家，忠臣損害自身

釋評

忠奸的分辨，歷來是十分困難的。人們無不以忠臣自居，無不把敵人斥之為奸；但奸臣最會耍陰謀手段，把自己偽裝得比忠臣還像忠臣，這就更增加了此事的難度。

和奸臣相比，忠臣的處事藝術和為人手段就差多了，他們大多不會保護自己，更不屑巴結和討好君主，這就讓奸惡小人鑽了空子，也讓喜歡諂媚的君主不喜歡他們，所以忠臣被誣為奸臣的事便屢屢發生。

其實，分辨忠奸只要不懷私念，不聽其言而觀其行，不以個人的好惡行事，忠奸的區分就會變得簡單容易。問題是，人性的弱點很難克服，官場的黑暗本質無法改變，使得能做到這一點的人鳳毛麟角。也因此忠奸不分的現象才會持續不絕，人為的悲劇才會愈演愈烈。

事典

寇準失寵的原因

寇準是北宋有名的大臣，他一生忠烈，盡心國事，常常廢寢忘食。王欽若是寇準的同僚，他不學無術，爲人險詐，視寇準爲頭號敵人。他們一忠一奸，水火不容。

寇準的好友曾勸寇準說：「你爲人忠正，這是滿朝皆知的。王欽若奸詐爲惡，可是皇上卻喜歡他。你既扳他不倒，何不與之交好，免遭他的陷害呢？」

寇準大義凜然，一聽即怒，他恨恨地說：「忠奸不兩立，我常恨自己不能除奸去惡，猶自有愧，又怎能向他示弱，討好於他？一有機會，我自不會放過他的。」

之後遼國大舉南侵，宋朝人心浮動，舉國震驚。王欽若在朝堂之上，竟是主張放棄長江以北大片國地土，遷都金陵，他還爲此向眞宗皇帝解釋說：「國家危難之秋，方見忠奸之別。那些主張抵抗之人，貌似忠臣，實際上卻將皇上置於危險境地；而眞正的忠臣，卻不拘形式，不畏人言，只要對皇上有利的，即使人有怨怪，他也會大膽進言的。」

此說言下之意，分明把自己擺上了眞正忠臣的位置，卻暗中攻擊寇準主張的抵抗政策，將他推到了奸臣的一邊。但迫於形勢所逼，又加上寇準極力堅持，宋眞宗最終仍無奈御駕親征，在澶州勝了一仗，雙方又訂立了和約，危機解除了。對此，宋眞宗把功勞記在寇準身上，對之敬重有加；寇準退朝的時候，眞宗都是注目相送，以示禮遇。

王欽若惶恐不安，他的同黨陳彭年就獻上一計，他說：「寇準功高無比，皇上視他爲最大的忠臣，每每以他當初主張的抵抗政策作喻，言外之意，自是貶損我們主張的退卻政策爲奸了。這種情況如不改變，我們不但鬥不過寇準，只怕都難以立足。所以說，當務之急，應該把寇準的功說成是過。此事若成，我們的處境自會改變，那寇準就註定失寵。」王欽若深受啓發，擊掌叫好。

第二天上朝，王欽若一言不發，冷眼旁觀。退朝之後，他一個人留下，對眞宗說：「皇上視寇準有功，忠心不二，臣以爲大錯特錯了。」

眞宗皇帝不以爲然，只冷冷地道：「我若依你之議，只怕這會兒已在江南了，我還能站在這裡嗎？」

王欽若自稱有罪，卻道：「臣有不周，卻和寇準的奸險之心大有不同。城下之盟，本是一件可恥的事，古人都不屑於此，可寇準卻唆使皇上爲之。再說，寇準此舉，只將皇上作最後一筆賭注拋了出去，勝則有功，敗則皇上遭殃。眼下寇準只是僥倖賭贏了，皇上卻不識其奸，反以爲功，這只能說明寇準實是個隱藏很深、手法高明的大奸臣，皇上不可一誤再誤了。」

眞宗臉色頓變，默不作聲。許久才陰冷地一笑，對王欽若說：「此事不可對外人提及。」

從此，眞宗對寇準的看法頓變，恩遇立失。寇準摸不著頭腦，只有王欽若等人暗自高興不已。

原文

無智無以成奸，其智陰也。有善無以爲奸，其知存也。

譯文

沒有智謀不能成爲奸臣，他們的智謀都是陰險的。心存良善不會甘當奸臣，他們的良知沒有喪失。

釋評

凡是奸臣，都是有著兩個明顯的特徵，即善使陰謀詭計和沒有良心。他們為了達到自己的目的，不僅可以無所不用其極，手段用盡，更能六親不認，有違天理，無惡不作。這是奸臣最讓人膽寒之處，也是正直的人不敢想像和難以防範的。

當然，奸臣在表面上是善於偽裝的，在言語上也是故作正義的，在行動上更是極為隱蔽的。人們只要抓住奸臣行為的本質，就不會為其所惑了。

事典

劉瑾的手段

劉瑾作爲明朝出名的奸人，爲人唾棄，留有千古罵名。考察劉瑾的發跡史，可見此人並不只是一味行粗鬥狠之輩，他的智謀和心計雖然見不得人，陰險得很，卻是頗有奇效，他正是恃此才爬上高位，以行其奸的。

劉瑾六歲入宮，直到年近五十歲的時候，才撈到一個美差，被派去服侍年僅三歲的太子朱厚照。劉瑾的宦官朋友祝賀他說：「太子就是未來的皇上，你侍候太子，將來就有了出頭之日，到時可別忘了我們這些人啊。」

劉瑾一口應承說：「我先前只是苦於沒有機會，才致幾十年默默無聞。縱是有千條妙計，又有什麼辦法呢？這下好了，別說他是三歲的孩童，就是任何人只要讓我接近，他還跑得了嗎？」

劉瑾於是絞盡腦汁，想方設法逗弄朱厚照開心，用各種好玩、奇巧的事吸引他，甚至睡覺之前，劉瑾都讓朱厚照養成了必聽他講個故事的習慣，否則朱厚照就吵鬧著不能入睡。久而久之，朱厚照便特別喜歡他，也離不開他。

朱厚照十五歲當上皇帝之後，對劉瑾馬上重用，讓他做了鐘鼓司的司正。劉瑾沒有大意，對皇上的事更上心了。他從不過問皇上的政事，只是進獻好玩好看的鷹犬、百戲、雜技，他還廣選美女入宮，讓年輕的朱厚照迷戀聲色之中，只是盡情享樂。

劉瑾的宦官朋友見他如此，便問他說：「皇上天天玩樂，都是你一手操辦，你也該爲自己索取更大的官了，你爲何不對皇上明言呢？」

劉瑾對他們說：「現在還不是時候，不過我一點也不擔心此事啊。只要我把皇上侍候舒服了，讓他快樂已極，他自會授我權柄，還用得著我說？倘若我先行開口，皇上就會把我所做的事視爲故意討好於他，此中的效益便會大打折扣。」

朱厚照果然爲劉瑾玩弄於股掌之上，他見劉瑾無欲無求，只是忠心做事，凡事又爲他著想，於是不久又升他做了內宮掌印太監。內宮掌印太臨是個肥差，負責宮廷陵墓的修造、米鹽貯備、差遣採購等事宜。劉瑾的那些宦官朋友於是紛紛找上他，求他照顧，以便撈些錢財。劉瑾一口拒絕，他說：「你們要想多取實惠，就不該只顧眼前，盯著這麼一點利益。我初擔此任，必先奉公守法，不貪不占，才能贏得信任，謀取更高的職位。你們不要難爲我了，日後我必有厚報。」

那些人責怪他不念舊情，都有怨言；朱厚照聞知此事，對劉瑾更信任了，便讓他擔任了權力極大的司禮監掌印太監之職。

司禮監負責把所有大臣的奏本轉呈皇帝。爲了控制朝政，劉瑾故意趁朱厚照尋歡作樂的時候，才把奏本送上，讓他批示。朱厚照每到這時，便會心煩地讓劉瑾代他批閱，從而讓劉瑾的奸計得逞，使他得以用皇帝的名義裁決政事，迫害忠良，集天下大權於一身。

羅織經

原文

智不逾奸，伐之莫勝；知不至大，奸者難拒。

譯文

智謀不超過奸臣，討伐他就不能獲勝；良知不深遠廣大，對奸臣就難以抗拒。

釋評

和奸臣對抗，是充滿兇險的。不為奸臣所誘，也是十分困難的。奸臣往往以其位高權重，智計過人，令反對他的人被其陷害、死於非命。這就要求和奸臣對抗的人們，不能只憑一腔熱血，更要精於謀略，在智謀上超過奸臣，使其無法察覺，中我奇計，以智取勝。否則只會徒然犧牲，讓奸臣的氣焰更為囂張。

應該特別指出的是，正因為和奸臣相鬥兇險，所以只有良知廣大的人，才能挺身而出，拒絕奸臣的拉攏誘惑。他們的良知和正義感，給了他們捨生忘死的勇氣和力量，不計個人得失，不惜以卵擊石。這種浩然正氣和英勇行為，歷來為人欽敬，也為奸臣們所懼怕。

事典

有勇有謀的李膺

東漢桓帝時，宦官專權，爲害天下。野王縣令張朔，因有朝中極有權勢的宦官哥哥張讓撐腰，橫行不法，魚肉百姓，甚至連懷孕的婦女都被他殺害。

當時的司隸校尉李膺查知此事，傳命捉拿張朔，不想他的手下皆足懼色，不肯應命。李膺斥責之下，那些人說：「大人可知道張讓是誰嗎？」

李膺一愣，隨道：「一個宦官。」

那些人急了，搶著說：「張讓雖是個宦官，卻是極有勢力，甚得皇上寵信。張朔本不是懼，可他是張讓的親弟弟，這就難辦多了。打狗還要看主人，我們若是抓了張朔，張讓豈肯相讓？到時大人遭殃不說，我們也要倒楣。」

李膺手拍桌案，朗聲說：「你們以爲我不知此節嗎？恰恰相反，我正要藉此懲辦張朔，以警告張讓等宦官。他們恃寵不法，別人懼怕他們，我卻要和他們鬥鬥。若是人人都不主持正義，與之相抗，天下終會亡在這些奸賊手中！」

他堅持捉拿張朔，但有人走漏消息，張朔逃到京城，藏在張讓家的夾壁牆中。

張讓知道李膺剛直忠正，不好收買，可爲了弟弟，他還是派人攜帶重金，來到李膺府上爲其說情。來人講了一通利害之後，又拉攏李膺說：「人所爲官，無不爲興宗耀祖，自居顯位。我家大人深受皇上厚愛，他若替你美言幾句，這事便不難了。我家大人難得有言在先，若是你不肯追究張朔之罪，他馬上就保舉你擔當重任。」

李膺略一思忖，竟是出乎來人的預料，他不僅收下張讓的重金，還笑著對來人說：「有張讓大人提拔，這是許多人求之不得的好事，我怎會不識抬舉呢？」

來人走後，李膺暗中派人跟蹤，又多方打探，終於得知了張朔的下落。他馬上召集人手，衝進張讓的家中，把張朔從牆中抓出。張讓十分惱怒，指責李膺言而無信。李膺冷冷一笑，回答說：「我假意答應於你，只是爲了讓你放鬆戒備，以便搜尋張朔的所在。你陰險狡猾，我又怎能魯莽行事呢？」

李膺捉住了張朔，自知張讓會向皇上求助，到時就無法懲辦他，所以馬上便將張朔處死。

張讓怒上加怒，向桓帝狀告李膺不經請示便隨便殺人，李膺就此對桓帝說：「張朔罪證屬實，殺之無錯。如今惡人橫行，應當從重從快，方可令人震懾，維護天下的安定。如果皇上怪我辦事認眞，行動迅速，臣就只能不理政事，任惡人損害國體了。」

他說得義正辭嚴，桓帝雖有不快，卻念他忠於職守，不好當面指責，只得作罷。李膺從此威名遠播，以致那些宦官嚇得不敢走出宮門，惟恐遭到他的懲罰。

原文

忠奸堪易也。上所用者，奸亦為忠；上所棄者，忠亦爲奸。

譯文

忠臣和奸臣是可以變換的。君主任用信任的人，雖然是奸臣也被看做忠臣；君主拋棄不用的人，即使是忠臣也被視爲奸臣。

釋評

專制官場是任人唯親的，也是摧殘忠臣的。統治者雖表面上鼓勵人人都當忠臣，可實際上，他們所採取的用人標準和處事作風，卻是處處不容於忠臣，有利於奸臣。

官場的人情淡薄和世態炎涼，又使人們惟上是從，對得勢的人物極力吹捧和諂媚，而對君主不喜歡和排斥的人物，馬上拉下臉來，肆意攻擊和嘲笑。於是，在人們的說法裡，君主寵信的人，都被讚頌得忠貞無二；君主離棄的人，即使他們忠心可昭日月，也被誣指為奸佞。

他們這樣做固然是為了跟上形勢，保存自己，也不排除在君主專制思想的毒害下，人們變得愚忠至極，忠奸不分了。這是忠臣的悲哀，更是社會的悲哀。

事典

張放的兩種境遇

漢成帝時，富平侯張放甚爲得勢。他是漢成帝姑表兄弟，妻子是成帝皇后許氏的妹妹，漢成帝又和他素來親密，常在一起微服遊玩。有了這些關係，他便是漢成帝眼中的紅人，更爲朝中大臣們所豔羨。

張放倚仗皇上寵愛，常幹一些違法亂紀之事。有人把張放的惡行告到朝廷，那些朝中大臣無一人敢管，還爲此向張放買好說：「侯爺堂堂正正、天下敬仰，今竟有小人無端誣告侯爺，我們都爲之感到氣憤。我們怕侯爺心有不快，特來向侯爺宣慰。」

張放自不會把此事放在心上，他只對群臣一笑說：「這種小事，以後就不要告之我了。如何懲治那些誣告之徒，你們看著辦吧。」群臣唯唯諾諾，以後再遇此事，他們都對狀告之人嚴辦；一時人人恐懼，無人敢去告發張放。

張放洋洋得意之時，他的妻子卻很有遠見。一次，夫妻二人對坐之際，他的妻子說：「現在皇上關愛於你，朝中大臣才會諂媚有加。這種人見風使舵，見利忘義，侯爺怎可自己不行謹慎呢？萬一皇上態度有變，這種人會第一個挑出來指責你的，我們怎能輕信他們的吹捧呢？」

張放一聽即怒，他說：「我貴爲富平侯，犯些小事又算得了什麼？現在人人都是這樣，何況我呢？那些人說我好話，算是他們知趣；有皇上撐腰，我還怕他們不識時務？」

張放毫不收斂，只是在成帝身上多下功夫。他引導成帝淫樂遊玩，對朝政毫無建樹，可卻每每被群臣頌爲當世第一大忠臣，屢屢有人進表請求嘉獎於他。

對於這種現象，皇太后王政君家族的人感到了威脅。爲了爭權奪利，王政君家族的人便直接向皇太后告狀，說張放誘導皇上嬉戲淫邪，實爲一大奸臣，必得除掉。皇太后見漢成帝貪玩放縱，變得又黑又瘦，不禁大怒。她逼迫漢成帝放逐張放，成帝只好忍痛割愛，將張放貶到遠方邊境去當官小職卑的都尉。

張放驟然失勢，朝中大臣驚訝過後，竟是紛紛舉奏張放的惡行了。丞相薛宣、御史大夫翟方進等人，爲此更是虛張聲勢，堅請把張放處死，他們爲此上奏成帝說：「張放奸邪，我等已是忍耐多時了。此等惡人，我們與他勢不兩立。」

成帝冷冷地對他們說：「你們從前可不是這樣啊！怎麼同一個張放，前後有這樣大的變化呢？」

薛宣、翟方進等人啞口無言，許久方吞吞吐吐地說：「皇上英明無比，他既爲皇上所貶，自是奸臣無疑了，我們還會有所疑慮嗎？我們緊隨皇上，自要擁護皇上的一切決定。」

原文

勢變而人非，時遷而奸異，其名難恃，惟上堪恃耳。

譯文

時勢變了人就不同，時間變了奸臣就有分別，忠奸的名稱難以依賴，只有君主才可作爲倚仗。

釋評

忠奸之名向來為人所看重。忠臣為人欽敬，奸臣為人詬罵，所以即使無比奸惡之人，也要極力偽裝，以忠臣面目出現。不過，這只是表面的工夫，卻改變不了奸臣們為惡棄善的本心。他們為了實惠，根本不在乎忠奸之名，因為他們知道，奸的名聲並不能決定他們的升遷和命運，只有君主，才能做到這一點。這就是他們之所以一味媚上，而不顧輿論和民心的本質原因。

君主的變換和態度的不同，對忠奸的認知也會隨之改變；君主的昏庸和時間的推移，察驗忠奸的標準也會發生變化。忠臣往往把忠字看得太重，卻常常忽視君主對忠字的不同理解和詮釋，不僅讓他們大吃苦頭，也讓奸臣得以悟出此中竅要，反其道而行之，撿到了好處。

事典

久不升官的趙綽

隋文帝曾當面對大理少卿趙綽解釋不給他升官的秘密，他鄭重其事地說：「你執法嚴格，辦事勤勞，當是我朝的一大忠臣。我不升你的官職，並不是我對你有何意見，這只能怪你非富貴之相啊。」

趙綽心雖怨怪，嘴上卻連連稱是。

隋文帝有此一說，是有其原因的。趙綽所任的大理寺少卿，是一個負責司法的官職，他剛正無私，總以法律爲依據來審評案件，曾多次和隋文帝發生衝突。

一次，刑部侍郎辛亶穿著大紅褲子上朝，隋文帝頗爲震怒。喝問之下，辛亶說他這樣只想讓自己官運亨通，這個方法也是別人告訴他的。隋文帝不信，只以爲辛亶是用妖術詛咒自己，便判他死罪，讓趙綽來執刑。

趙綽不顧朝中眾大臣都在場旁觀，當面拒絕了隋文帝的命令，還振振有詞地說：「我執掌司法，自該秉公辦事。辛亶所犯之罪，按律不該處死，還請皇上收回成命。」

隋文帝勃然大怒，厲聲道：「你抗旨不遵，這可是死罪？你不識大體，竟敢託詞欺君，你還想活命嗎？」

他又傳命將趙綽斬首。趙綽凜然不懼，大聲說：「爲了維護法律，我何惜一死？只求皇上放了辛亶，不辱皇上的英明。」他當場解開衣服，等待受刑。

隋文帝並不昏庸，他怒氣稍緩，便又語氣有緩地說：「你這般倔強，雖是難得，可是要吃大虧的。」

趙綽回答說：「臣以忠爲本，問心無愧，自不會計較個人得失。」

隋文帝思之再三，也覺殺之無由，於理不合，便只把他囚禁了幾日，還讓他擔任原職。

此事過後，趙綽的家人仍是十分害怕，他們對趙綽說：「你依法辦事，皇上卻不以爲忠，你何必非要堅持呢？得罪了皇上，命都不保，忠又有什麼用？你要有所轉變，萬不可一味死硬、頂撞皇上了。」

趙綽笑著打斷家人的話，說：「皇上不是赦免了我嗎？誰又說忠無用呢？任何時候，我都在維護皇權，鞏固國本，這是我應盡的職責，豈可改變？」

不久，他果然又和隋文帝爭執起來。有兩個人以假幣兌換眞幣被抓，隋文帝命令將其斬首，趙綽卻說：「依法他們當被杖刑，何來死罪呢？這太重了。」

隋文帝擺擺手說：「這事不用你管了，還不行嗎？」

趙綽不依不饒地說：「皇上讓我執法，這事自該我管，除非皇上下旨免去臣的官職。」

有了趙綽的堅持，那兩個人雖沒被處死，隋文帝對趙綽的厭惡卻更增加了。終其一生，他也沒被升官職。

原文

好惡生奸也。人之敵，非奸亦奸；人之友，其奸亦忠。

譯文

喜歡和厭惡產生奸臣。人們的敵人，不是奸臣的也被視爲奸臣；人們的朋友，是奸臣的也被說成忠臣。

釋評

人們的私心和情緒，在察辨忠奸中起著不可忽視的作用。它可以顛倒黑白、置事實於不顧；又可以憑空捏造、無中生有地加人罪名。這種憑己所好、由人而定的鑒定忠奸方法，不可能是客觀和準確的，由此也可說明，在忠奸的區分上，人們不能人云亦云，輕易相信所謂的「明斷」和「定論」，還要從事實行為本身入手，用自己的頭腦來分析和判斷。只有這樣，人們才能拔開迷霧，不掩其真，發現真相。

事典

借頭示衆的曹操

曹操討伐私自稱帝的袁術時，袁術堅壁清野，閉門不戰。曹操大軍的糧食越來越少了，漸漸陷入了困境。曹操雖想了許多方法，只因大軍遠離後方，此地又水旱連年不斷，糧食無法籌集，一時連足智多謀的曹操都手足無措了。

這天，曹操正在爲此發愁，忽見主管糧食的倉官王垕進來請示說：「糧食將盡，丞相可有萬全之策？」

曹操看看王垕良久，方道：「你用小斗發放糧食，自可多維持幾日。」

王垕憂心道：「丞相這般欺瞞將士，明眼人自可看出。他們定會不滿生事，恐怕麻煩就更大了。」

曹操一笑說：「這個你不要擔心，有事我自會解決，你只管照作便是。」

王垕還要進言，見曹操再不理他，只好默默地退出，長吁短嘆。

王垕依命而行，果如王垕所料，將士們怨氣沖天，都暗怪曹操矇騙他們，軍心一時大爲動搖了。王垕急在心上，卻又無可奈何，連連頓足而嘆。

曹操見大事不妙，遂把王垕招至營中，沉沉地說：「如此形勢，危急萬分，你可有良策平息眾怨嗎？」

王垕叫苦連天，忙道：「沒有糧食，下官能有什麼好辦法呢？丞相不聽下官之言，確是考慮不周啊。」

曹操搖頭說：「你有所不知，只怪你太老實了。不過這不是你的錯。」

他隨後對王垕說要借他的頭一用，王垕大驚失色，急道：「我忠心耿耿，丞相所命，從不敢違，丞相爲何忠奸不辨，還要殺我呢？」

曹操至此才說出眞相，口道：「我讓你改用小斗發放糧食，本想暫時救急，以度難關。不料將士怨氣太盛，遠過我的想像。如今只好借你之頭，以息眾怒，否則亂象一生，你我都死無葬身之地了。」

王垕泣不成聲，痛道：「想不到我忠心聽命，卻是因此致禍，天下可有這樣的道理嗎？」

曹操心中憐惜王垕的忠義，嘴上卻說：「道理由人評說，忠奸也非你所能論定。你雖無罪，眼下也只好委屈你了，休要怪我！」

他不等王垕再言，便命刀斧手將他斬首。曹操還把他的人頭懸掛起來，並張貼榜文，說他苛扣軍糧，奸惡已極，故而殺之。

此事大快人心，將士們都把王垕視爲奸佞小人，無不放聲痛罵。他們不再怨怪曹操，反視他爲除奸去惡、主持正義的英明之主，一場即將發生的變亂也自平息。

原文

道同方獲其利，道異惟受其害。

譯文

目的相同才會獲得利益，目的不同就會受到欺害。

釋評

俗話說，物以類聚，人以群分。察辨忠奸，看其目標的異同、審其利害上的關係，不失為一個根本之法。

奸臣總是互相勾結、以利為上。他們互相利用、吹捧、扶持，表面上共為一體，實質上卻是各有打算，一旦分贓不均，他們也就拆幫散夥，互相攻擊了。

而真正的忠正之士，他們是不屑拉幫結夥的，有的只是相互敬慕、暗中提攜。他們不為私利，也不懼災害。所以說奸臣的道同是暫時的，是極端自私的；忠臣的道同是長遠的、是充滿正義的。忠臣和奸臣只能道異，他們之間的鬥爭永不會停止，有所損傷和犧牲也就不可避免。

事典

岳飛的被害

岳飛被害，秦檜固是元兇首惡，可秦檜的幫兇万俟卨，卻是第一個誣告岳飛謀反之人；他還直接負責審理岳飛一案，動用酷刑，大肆株連，充當了此事的急先鋒和劊子手。

万俟卨原在岳飛的防區湖北任職，他見岳飛兵強馬壯，很有勢力，便極力巴結岳飛。岳飛見他一臉奸猾，又聽聞他多行不法之事，爲人陰詐，也就不屑與他交往，故此万俟卨常常討了個沒趣。

万俟卨只想攀附岳飛，以謀私利，對岳飛的冷淡起初並不在意。他苦思多時，終想出了一個主意，便百般求見岳飛。岳飛最後勉強接見了他，一開始就不耐煩地說：「我軍務繁忙，如果沒有正事，你就不要多說了。」

万俟卨奸笑兩聲，口道：「岳元帥人人敬重，下官也是忠義之士，我們所談所好的共同點甚多，元帥何必拒人於千里之外呢？」

岳飛心中厭惡，只道：「惟今之計，當以空談爲戒，多殺敵報國爲眞。」

万俟卨不置可否，卻說：「元帥手握軍權，雄霸一方，這是元帥的根本。我爲元帥思前想後，自以爲元帥當廣招人馬，多聚糧草。如若趁亂擁兵自重，實力雄厚，朝廷也奈何不了元帥，何愁大事不成呢？元帥若是有所差遣，下官必當竭盡全力。」

万俟卨的話，無疑是勸岳飛和朝廷鬧獨立，岳飛自是一口拒絕，他嚴厲地說：「你不思報國愛民，卻出此見不得人的主意，你是找錯人了。若再胡說八道，別怪我不客氣了。」

万俟卨從此懷恨在心。爲了報復岳飛，他向秦檜誣告岳飛謀反。秦檜正愁無由陷害岳飛，於是馬上把万俟卨視爲知己，敞開心扉對他鼓勵說：「你是上天賜給我的人啊，我們算是想到一塊去了。岳飛一除，我一定要好好獎賞你。」

秦檜把他調到朝中，任其爲專管司法的監察御史。万俟卨視秦檜爲恩人，更加不遺餘力地陷害岳飛了。在他們的陰謀策劃下，岳飛終被害死，而万俟卨卻因作惡功高，被秦檜提拔重用，爬上了副宰相的高位。

原文

奸有益，人皆可爲奸；忠致禍，人難以爲忠。

譯文

當奸臣有好處，人們都可以成爲奸臣，當忠臣招致禍患，人們就很難做忠臣了。

釋評

統治者對忠奸的不同態度和忠奸的不同命運，對社會和人的影響是巨大的。它直接左右人們的價值取向和行為方式，從而對忠奸的取捨和滋生產生決定作用。

不可否認，歷史上的奸臣明顯比忠臣幸運得多，但這並不能說明，奸臣的邪惡本質有任何改變。恰恰相反，它只能昭示忠臣的可貴和君主專制的不可救藥，也暴露了人們由於自私和貪心，愛慕虛榮、不計實害、唯利是從的致命弱點。在此，人們必須要用長遠的眼光，理智地對待忠奸這個大是大非的問題，抗拒世俗的誘惑，進而做出正確的抉擇。

事典

求死的王權

王權是明太祖朱元璋的御史，他行事光明磊落，每以古時忠臣自比，任何人被他查出過錯，他都要據實上奏，嚴加彈劾。

朱元璋起初對他十分賞識，總誇他是難得的忠臣。王權快慰不已，總對別人說：「皇上英明，好忠厭奸，眞是天下蒼生之幸啊。」

熟知朱元璋性格的一位王權好友，私下爲王權擔憂。一次，二人閒聊之際，他便對王權說：「皇帝沒有一個說喜歡奸臣的，可事實上並不是這樣。自古以來，哪個忠臣不歷盡磨難、受盡了屈辱？你每以忠臣自居，這對你多有不利，何必天天掛在嘴頭，惹人在意？」

王權和他辯白說：「忠臣致禍，只不過沒遇上明主罷了。豈能爲此責怪忠臣呢？我無欲無求，自不屑獻媚邀寵，皇上還是照樣賞識我？所以說，皇上是眞正的英明之主，由此可見一斑了。」

王權的朋友長嘆聲聲，不便再言。

王權爲了國事，一次和朱元璋發生了爭執。朱元璋好說歹說，王權就是不肯讓步，朱元璋急了，怒吼著：「你不是自比古時的忠臣嗎？怎麼一再違逆我呢？」

王權不屈地答：「君主有錯，一味順從，這是奸臣所爲，臣若是這樣做了，還算得上忠臣嗎？皇上若不接受諫言，臣寧肯以死抗爭。」

朱元璋在群臣面前下不了臺，臉色幾變；他忍耐不住，冷笑道：「你陷君主於害忠之名，這便是最大的不忠了。我不殺你，怎可治理天下，以儆群臣？」

他傳命將王權推出斬首，兀自憤恨不已。群臣爲王權求情，其中一人說：「皇上萬不可殺王權，冷落了群臣之心。王權人以爲忠，人皆敬畏，皇上也常以之命群臣效仿，如今他既得死，豈不讓人對忠臣暗生畏恐，而自學奸嗎？這個風氣萬萬開不得呀。」

朱元璋氣頭之上，殺心才起。時間一長，他的怒氣漸消，又有些悔意。今聽那人一言，他心頭一振，遂又命人把王權押回，故作高聲說：「你若知錯就改，我就不會殺你。」

王權倔勁上來，不肯認錯，只說：「我本無過錯，何來改呢？皇上既然認爲我有過失，就應殺我。否則，無罪而無端辱我，教我違心認錯，這決不是忠臣所能忍受的。我不想讓皇上爲難，只求速死。」

朱元璋不想王權如此不可理喻，他失去理智，狂怒地大叫：「我就擔上枉殺忠臣之名，也要殺你無赦！」

他再不聽人諫言，王權終被無罪殺害。此事人人心寒，都把王權之死引以爲戒，一時人人學乖弄巧，奸邪之風充斥朝野。

原文

奸眾而忠寡，世之實也；言忠而惡奸，世之表也。

譯文

奸臣多而忠臣少，這是世間眞實的狀況。說自己是忠臣而厭惡奸臣，只是世間表面的現象罷了。

釋評

對社會的實際了解和對現實的深入觀察，我們不難發現，生活中的醜惡現象和社會的殘酷性，往往體現在人們崇尚其奸，不屑為忠和陰奉陽違上。

人們習慣陶醉於口誅筆伐奸臣，卻在行動上向奸臣的所為靠攏；人們堅不承認自己和奸臣有什麼關係，卻從不拒絕運用奸臣的手段為人處事。這種表裡不一、自欺欺人的狀況和世情，對人和社會的實際傷害是嚴重的，也是有損自身的。這種現象不改變，社會就很難發展，人與人之間的關係就難以淨化，由此造成的人間悲劇也會日益增多。

事典

羊舌赤的方略

春秋時期，晉國遭遇災荒、政令不修，一時天怒人怨，盜賊四起。晉國大臣荀林父爲此憂心忡忡，集中精力抓捕盜賊。

郤雍是個識賊能手，他能在人群之中，一眼便能看出誰是賊人。荀林父於是親自上門請他出山，就任抓賊的官員。郤雍痛快地答應了荀林父的請求，荀林父於是問他：「你是如何識別賊的呢？難道他們和普通人長得不一樣嗎？」

郤雍自得地說：「賊和普通人的長相並無二致，只是神情有異啊。賊看見市井之物便現貪婪之色，面對市井之人便生愧悔之情，遇上官差便顯恐懼之態。我細心觀察，於此便可斷定是否爲賊，從無差錯。」

郤雍走馬上任，果然抓賊不少，屢有收穫。令人擔憂的是，盜賊並未因此減少，反而越滅越多。荀林父愁苦不堪，於是他向大夫羊舌赤講明原委，十分怨恨地說：「人心不古，世情堪憂啊！人們現在不以作盜爲恥，群起仿效，我們還要加重懲罰，以爲震懾。」

羊舌赤搖頭道：「這哪裡是根本的解決之道呢？你一味高壓，我看是行不通的。你的那個抓賊能手郤雍，只怕還有性命之憂啊。」

荀林父很不高興，便打斷了羊舌赤的話。羊舌赤欲言又止，只好告辭。

幾天之後，郤雍果然被幾個盜賊殺害了。荀林父聽此消息，又驚又怒，竟是憂憤而死。

晉景公得知此事，把羊舌赤召進宮中，向他垂詢治盜之策，羊舌赤於是說：「沒有人願意當壞人，可世上的壞人卻很多，爲什麼會這樣呢？這是因爲世風日下，人們只重實惠而不知羞恥了。何況好人難做，壞人未必都得到懲罰，這更讓人棄善從惡之心日漸熾熱。長此以往，這不僅害了他們自己，更有損於國家的安定，危及大王的江山。如果大王能選賢授能，用忠去奸，真正讓忠臣受益，奸臣受懲，上行下效，誰還會甘心做壞人了呢？要改變不良的風氣，徹底消除賊患，必須首先從這件事做起啊！」

晉景公聽從了羊舌赤的建議，遠離奸佞，任人唯忠，廢除了緝盜之法，加強對人們的教化。不長時間，社會上的盜賊便少之又少，社會秩序得以穩定，國勢也日漸強盛。

原文

惟上惟己，去表求實，奸者自見矣。

譯文

只顧著君主，只在乎自己，去除其表面假象探求實質，奸臣的樣子自然就會顯現出來了。

釋評

分辨奸臣，不能為其表面的現象所迷惑；在探求其內在本質的過程中，惟上惟己，實是奸臣們所共有的明顯特徵，由此便可得出答案。

其實，惟上也只是奸臣們的一種手段，惟己才是他們的真正目的。如果這個「上」失勢或不能給他帶來私利，他們便會原形畢露，不惜犯上謀逆。對於奸臣的這種真實嘴臉和惡毒心態，狂妄自大，昏庸無能的統治者往往認識不足，疏於防範。他們只是滿足奸臣無比順從而不察其奸，只是樂於聽信奸臣的諂媚之言而不審其心。他們常以為利用了奸臣，卻不知自己更為奸臣所利用，甚至完全被愚弄，只作了他們弄權行奸的一件工具而已。

自以爲聰明的趙高

秦朝的一大奸臣趙高，詭計多端，善使陰謀，他害死扶蘇，扶秦二世上台，又置李斯於死。爲了大權獨攬，他對秦二世處處順從，還心懷鬼胎地對秦二世說：「皇上日理萬機，身繫國事，實在是件苦事，我眞爲皇上的身體擔心啊。」

秦二世見趙高對自己如此關心，深受感動地說：「滿朝文武，惟恐我片刻偷閒，只有你才會說出這番話啊。和你相比，那些自稱忠臣的人豈不汗顏嗎？」

趙高連稱不敢，又說：「皇上年紀尚輕，現在又天下安定，何必無事自苦？再說，皇上和群臣議事，若有不當，只會讓群臣小看了皇上，自曝其短，這太得不償失了。以臣愚見，皇上地位尊崇無比，當臣子的不該聽見你的聲音，這才能顯出皇上的天威。」

秦二世受其愚弄，從此竟眞的不見大臣，凡事只和趙高商議。如此一來，趙高得以大權獨掌，秦二世成了傀儡，空有其名。

趙高控制住了秦二世，又擔心群臣心有不服者，便搞了個「指鹿爲馬」的鬧劇，把不順從他的大臣殺掉。趙高至此高枕無憂，朝中上下也再無一人敢反對他。

劉邦帶兵逼近函谷關的時候，趙高驚恐不安，自感末日來臨。他爲了自保，忽想出一條毒計，遂把他的女婿閻樂找來，對他說：「天下大亂，兵賊已近函谷關，我們不能坐以待斃呀。我想反賊志在反秦，擒殺皇上，如果我們先行下手，獻上皇上的人頭，與之講和，不愁賊兵不去；我們的富貴也就保全了。」

閻樂聽之心驚，猶豫說：「皇上對我們不薄，又能爲我們所用，殺了他，是否妥當呢？」

趙高臉色一沉，斥責說：「今非昔比，皇上已是無用之物，留他作甚？此計於我有利，縱有差錯，也只能一試了，你不可心存仁念，壞我大事！」

閻樂滿口答應，遂率兵發動襲擊，佔領了皇宮，逼迫秦二世自盡。秦二世苦苦哀求，痛哭流涕地說：「我對趙高寵信無二，他怎會忍心殺我？我不問世事，他還不滿足嗎？」

閻樂不聽其言，厲聲威嚇。秦二世自知死不可免，只好自殺了。

趙高自以爲得計，卻不知他新立的秦王子嬰已對他恨之入骨。子嬰表面上對他言聽計從，暗中卻是布置人手，伺機除掉趙高。

閻樂有所察覺，便對趙高說：「子嬰乃皇室之後，他雖被立爲秦王，卻是暗含憂怨，眉宇間頗有不喜之色，我們不可不防啊。」

趙高弄權已久，自恃聰明，從沒把子嬰放在眼裡。他怪閻樂多事，不但不聽，還把閻樂痛罵一頓，讓他無須再言。子嬰麻痹了趙高，趁其不備，終於將他殺死。趙高得到了他應有的下場。

第九卷

謀劃卷

上不謀臣，下或不治；下不謀上，其身難晉；臣不謀僚，敵者勿去。官無恆友，禍存斯虛，勢之所然，智者弗怠焉。料敵以遠，須謀於今；去賊以盡，其謀無忌。欺君為大，加諸罪無可免；枉法不容，縱其為禍方懲。

上謀臣以勢，勢不濟者以術。下謀上以術，術有窮者以力。臣謀以智，智無及者以害。事貴密焉，不密禍己；行貴速焉，緩則人先。其功反罪，彌消其根；其言設繆，益增人厭。行之不輟，不亦無敵乎？

本卷精要

◎在利益至上的前提下，官場沒有永恆的朋友。

◎事情總是在朦朧的時候謀劃，並預見它的趨勢和結局；採取果斷的行動，才可獲取最大的利益。

◎謀劃的功效，常以出奇制勝、攻其不備、迅雷不及掩耳的方式實施，才能真正體現出來。

◎用智計害人於無形，固是妙法，可若此術不通，赤膊上陣，直接加以傷害，這是許多人的最後選擇。

原文

上不謀臣，下或不治；下不謀上，其身難晉；臣不謀僚，敵者勿去。

譯文

君主不用計謀統御臣子，下屬有的就無法治理；下屬不用計謀對君主，他們自身的官職就難以晉升；官員不用計謀對付同僚，他的敵人不能剷除。

釋評

官場要應對各種複雜的關係，而要處理好這些關係，沒有計謀是不行的。這固是因為官場不同於戰場，可以明刀明槍直來直去，也是因為官場兇險，官場中人又多有智慧。一旦有失，不僅禍事立招，且是難以翻身，無法挽回，在此謹慎和小心，實屬必要。

君主對臣子，若君主一味以勢相逼，不講謀略方法，臣子雖不敢公開反抗，但辦事的積極性和主動性就會大打折扣，忠誠心也會受影響。臣子對君主，人人都惟恐在取悅君主上落於人後，否則就難以贏得君主的賞識，得以升遷，自是需要謀劃和心計了。同僚之間，官場中人互視為對手，不把對方壓倒，自己也就顯現不出；若是謀劃得當，打倒對手，事情就會好辦得多，效果也最為顯著。

事典

宋太祖聯姻

宋太祖趙匡胤陳橋兵變，當上皇帝之後，天下並不太平。當時的宋朝有許多敵人，環伺周圍。西有蜀國，南有南漢，東南面有南唐、越國，北面有北漢，契丹人也窺視中原，虎視眈眈。

一次宋太祖和大臣議事，宋太祖說：「大敵不去，我寢食難安，你們可有安邦滅敵之策？」大臣們各抒己見，宋太祖卻都不滿意，他說：「打仗親兄弟，上陣父子兵。安邦滅敵，還得靠精兵猛將。精兵易得，猛將難求，而忠於自己主子的猛將就更難得了，這才是最最要緊之處。」

宋太祖有此想法，便極力對手下臣子多加拉攏。他想了很多主意和辦法，以便讓臣子心存感激，死心塌地地為他效力賣命。

高懷德在陳橋兵變中立有大功，他又統領大軍，能征善戰。宋太祖對他十分看重，便想進一步和他拉近關係，促其心無雜念，死命殺敵。他為此把高懷德召進宮中，嘉勉一番。後說：「將軍勞苦功高，若有所求，我無不應允，將軍可有話說？」

「皇上加恩於我，已然足矣。臣只想盡忠報國，別無所求。」

高懷德走後，宋太祖悵悵不樂，他對自己的妃子說：「高懷德別無所求，這才最是讓我擔心之處啊，我左思右想，眞不知該如何賞賜他了，故而心煩。」

宋太祖的妃子說：「可惜他不是皇親，要不還能讓皇上這麼費心嗎？」

一句話提醒了宋太祖。他頓覺釋懷，擊掌道：「你說的不錯，若是成了一家人，我還用擔心他嗎？不過此事也不爲難，我這就派人給他作媒。」

宋太祖有一妹妹，曾經嫁給米福德爲妻，後因米福德早死，她便年輕守寡。宋太祖想到了妹妹，決意把她嫁給高懷德爲妻，如此高懷德身爲妹婿，自是一家人了。

宋太祖將自己的想法告訴了杜太后，杜太后卻說：「身爲女人，最講貞操節烈，你讓公主再嫁，一則損其聲譽，二則傷及皇上威名，此事實不可行。」

宋太祖耐心解釋了初衷，最後說：「爲了皇權鞏固，使臣子盡忠，我也不能不多想辦法啊。爲了大事，何必拘於小節呢？此事未必對皇妹不好，還請太后以天下爲重，准予辦理。」

杜太后最終被說服，宋太祖的妹妹又不反對，宋太祖遂派趙普和竇儀爲媒，向高懷德提親。高懷德受此恩寵，滿心歡喜，一口答應，宋太祖於是命太史擇定吉日，爲其二人完婚。婚後第二天，宋太祖就命高懷德帶兵討敵；高懷德非但無有怨言，卻是激情萬丈地欣然而去。奮鬥殺敵，不畏艱辛，爲宋太祖立下了許多功勞。

原文

官無恆友，禍存斯須，勢之所然，智者弗怠焉。

譯文

官場上沒有永恆的朋友，禍患常在片刻之間，這是形勢的必然，有智慧的人對此不能鬆懈。

釋評

官場中的一切，都是以利益的得失，來左右人們對之評判的標準，地位變了，環境變了，時間變了，都可使官場中的人和事發生明顯的變化，從而促進人們改變看法，選擇取捨，重新確定敵友。這是官場的複雜之處，也是官場的殘酷之處，從根本上決定了在利益至上的前提下，官場沒有永恆的朋友這一現實。

那些以情為重、不計利害的性情中人，高潔志士，在這裡不但自討沒趣，處處碰壁，往往還因不合時宜，被人視為「害群之馬」群起攻之，四面受敵。掌握這一點，聰明的人就不會心存幻想，盲日為善，他們與人交往，為人處事也就處處設防，機智多變，若能進一步謀劃出眾，智計察往知來，就更能禍事不招、立於不敗之地了。

處變不驚的劉秀

劉秀和他的大哥劉縯舉兵造反之時，自感力量單薄，便和新市、平林的農民義軍王鳳、陳牧等人聯合，共同打擊王莽的新王朝。

起初，農民義軍王鳳、陳牧等人對劉秀兄弟十分親近，相處得如親兄弟一般。劉縯對他們更是無話不談，傾心結交。只有劉秀，他不僅和他們保持一定的距離，還爲此多次勸劉縯說：「王鳳、陳牧等人，人既粗魯，又多狡詐，我看他們對我們友好並不是發自內心，何況我們勢力壯大之後，必有權位利害之爭，到時哪會有所相讓呢？大哥切不可在此失察，毫不防範啊。」

劉縯性情耿直，爲人寬厚，他對弟弟反而責怪道：「我們聯合抗敵，若無誠意，只講機謀，那就人心渙散，自行瓦解了，何來將來的勝望？你這個人心計太多，猜忌太甚，我是不會這樣對人的。」

後來推舉皇帝。本來劉縯最有資格當選，可是王鳳、陳牧等人怕他不好駕馭，自己大權旁落，竟另立了能力平庸的更始將軍劉玄爲帝。劉縯心中感傷，常常對劉秀發牢騷說：「這些人眞是小人啊，我今天才算看透了。人說官場無友，不在此中廝混，又那能知道這裡的無情呢？」

劉秀每次都告誡哥哥說：「事已至此，哥哥就不該有所怨言了。若讓他們知曉，豈不引來殺身之禍？」

劉縯性格倔強，雖有劉秀勸告，可他還是忍不住對人訴苦。王鳳、陳牧等人心懷怨恨，便唆使劉玄把劉縯無端殺害。

劉秀當時不在劉縯身邊，他在指揮了那場著名的以少勝多的昆陽大戰後，回到宛城才得此兇信。面對如此劇變，劉秀心痛之際，卻沒有失去理智。他自知人陷敵手，若是衝動報復，那就只有死路一條。因此劉秀對劉玄自責說：「哥哥罪有應得，只恨我平日沒有勸導哥哥，讓皇上憂心了。臣實在有罪，還請皇上爲正法紀，莫予寬貸。」

王鳳、陳牧等人只想劉秀定會爲劉縯討個說法，那樣他們就會藉此把他也殺了，以除後患。眼見劉秀如此服貼，且又態度誠懇，似無虛假，他們反是無以加罪，不得不暫時放過了他。

劉秀草草葬過劉縯，裝作無事一樣。白天和人談笑風生，飲酒作樂，深夜卻是暗中哭泣，發誓報仇。如此夜不能寢，他消瘦了許多。他的手下馮異看破了他的心事，私下勸他說：「將軍忍辱負重，雖暫時避禍，卻不是根本之策啊。如若脫離牢籠，另尋發展，不是更好嗎？」

劉秀對馮異考察一番，確信他是一片眞心之後，才口吐眞言道：「我這般行事，正爲此故啊。眼下無此機會，自不可草率行事。」

他苦苦忍耐，直到劉玄想派人到河北發展勢力，劉秀才經人舉薦，藉此離開宛城。他以河北爲根據地，招兵買馬，搜羅賢士，廣攬人心，勢力一天天壯大，爲他建立東漢打下了堅實的基礎。

原文

料敵以遠，須謀於今；去賊以盡，其謀無忌。

譯文

對敵人預料要立足長遠，現在就得開始謀劃；剷除賊人要達到全殲，謀劃時就不能有所顧忌。

釋評

為了達到目的，謀劃向來是講究不擇手段、立足長遠、早作準備的，沒有了這些，謀劃就失去了功效，反而會弄巧成拙，作繭自縛。事情總是在朦朧的時候，有智慧的人便能預見它的發展趨勢和結局，從而採取相應的對策和謀略，這才顯得特別寶貴和高明；也才真正為人所不覺，克敵制勝。否則，事到臨頭，倉促應變，縱是再好的計策，也只能減少損失，無法周全。

同樣，要想盡善盡美，收取全功，人們並不在乎手段的卑劣和方法的惡毒，只要行之有效，盡可拿來一試。這是人們的功利心作怪，也是「勝者王侯敗者賊」的嚴酷事實。所催生出的絕情之舉和無奈之果。

事典

姚崇的遺策

大唐名相姚崇將死之時，把他的諸子叫到床前，對他們說：「我和張說素來不和，互以爲敵。張說現雖不在京城，在外爲官，我死之後，他必受重用，執掌大權。張說恨我入骨，到時報復起來只怕要連累你們了。」

姚崇的兒子們哭著道：「這是我們無法改變的事，父親就不要多慮了。我們縱是千辛萬苦，也決無怨言，請父親安心。」

姚崇喘息著說：「面對禍患，你們不思用智謀劃，卻要順其自然，這哪是智者所爲呢？我有一計，可消此災，你等務須謹記，不得有違。」

兒子們屏住呼吸，姚崇又說：「你們要在我靈座之前，放上珍玩寶器，張說弔奠之時，若對此視而不見，就可知他無法疏通，必須報復，你們必須馬上逃到鄉下，以避災禍，如果張說貪戀寶物，把玩不止，則可知他見利忘恨，盡可收買。於是你們便說我有遺命，求他寫一篇碑銘，以那些寶物爲謝。切記，你們請他要速速寫就，還要馬上刻在石上，速呈皇上過目。一切都在一個「快」字上，否則，張說有悔，不但前功盡棄，爾等也大禍臨頭，無可逃避了。」

姚崇死後，他的兒子們遍發訃告。剛好張說有事入京，聽聞此訊，便乘便到姚家祭奠。一見寶物，張說愛不釋手，連連嘆道：「這麼好的東西，可惜姚大人無法帶走，倒教我睹物思人了。」

姚崇的兒子趕緊上前，按照父親生前所囑，開口道：「大人乃當代奇才，文滿天下。我父早有囑託，他的碑文請大人寫就，他方心安。若大人應允，這些寶物權當致謝。」

張說一聽喜出望外，來不及多想，便馬上答應。他回到寓所即寫碑文，剛剛寫好姚家就把寶物送上門來，張說交出碑文，收下寶物，心中的狂喜自不待言。

姚家收到碑文，一見張說所寫滿是歌功頌德之詞，遂連夜雇人刻寫。他們又速將文稿呈獻玄宗皇帝，請其御覽。玄宗對文稿的文采和褒美之詞大加讚賞，說：「姚崇之賢，此文之美，可謂名至實歸、相映成趣了。」

聽到玄宗的誇獎，張說忽有所悟：自己與姚崇有仇，如今寫文說他的好話，以後就報復不了他的家人了。否則就是自相矛盾，皇上也會怪他表裡不一。他急忙派人向姚家討取原稿，姚家便說文稿皇上已然看過認可，石碑也已刻成。張說頓足後悔不迭，方知中了姚崇的圈套。以後張說果然又獲重用，返回朝廷，他雖有心報復姚家子弟，無奈他寫的碑文已傳遍天下，爲求和碑文口徑一致，他不僅不能加罪於姚家子弟，還不得不違心地對他們加以提拔。

原文

欺君爲大，加諸罪無可免；枉法不容，縱其爲禍方懲。

譯文

欺騙君主是大罪，把這個罪名強加在別人身上他就不能倖免。破壞法律不能寬容，放縱他至於到產生禍亂才加以懲罰。

釋評

謀劃的手法和謀劃的內容，是相輔相成的。內容的不同，決定著手法要有變化，針對性和實效性要強。

自古以來，欺騙君主都是大罪，用這個罪名做文章，對任何人都是極強的殺傷力。在此，如何讓罪名成立，便是決定性的問題了。

縱容別人惹下禍端，設下圈套讓別人造就事實。這是一種陰險的手法，也是不易被人察覺的手法。它看似為別人著想，又處處讓別人占點小便宜，孰不知正是在這種誤導和引誘下，別人積禍日大，為害日顯，已一步步走向深淵。一旦他罪名昭著，人所共知，不可回頭，謀劃者便可明正言順地加以討伐，一舉將地除掉，且能贏得人心，升官進爵。中其計者雖顯冤枉，卻也因事實俱在，無法辯解了。

事典

李瑗的「反字」

李瑗是唐高祖李淵之孫，自身無謀無能，只因身爲皇族宗室，李淵便賞他做了幽州都督。李瑗的副手叫王君廓，此人本是強盜，後來投降唐朝，立過不少戰功。他不但武功過人，心計也特多，李淵正是看中他的這一特長，才命他輔助李瑗的。

李瑗自知沒有本事，爲了維持局面，他便對王君廓另眼相看，以爲心腹，還把女兒嫁給他，所有大事無不找他商量。

李世民發動「玄武門事變」的消息傳來，李瑗不知如何應對，急忙召來王君廓，對他愁苦地說：「朝中有變，事關重大，我們該怎麼辦呢？萬一此事處置失當，我就大禍臨頭了。」

王君廓卻是不急於作答，心中只在思慮如何藉此變故整倒李瑗，邀功求進。許久，他才慢騰騰地說：「此等大事，大人不可草率行事。我們何不樂觀其變，再定不遲。」

李瑗以爲有理，聽從了他的建議。

王君廓派出人手，進京打探消息。當他得知李世民的地位已是不可動搖之後，心中馬上有了主意。不久朝廷有使臣前來，傳命召李瑗進京議事。李瑗不敢怠慢，整裝待發之時，不料王君廓卻攔下了李瑗，痛哭流涕地進言道：「大人此番前去，和送死有何分別？故太子、齊王乃是皇上的親生兒子，都被人殺了，何況是你呢？如今大人擁兵十萬，奉命守邊，眼下國家遭逢變亂，正該是大人討逆立功、重整朝綱的大好時機呀，怎麼能無所爲、自尋死路？若是大人振臂一呼，下官和全體將士定會竭力擁戴，萬死不辭。」

李瑗不知王君廓的險惡用心，卻把他當作了救命恩人，他抱住王君廓，感動得流下淚來，他哽咽地說：「你眞爲我的性命著想啊，若是沒你的良言相勸，大錯便無可挽救；只怕我死了，還讓天下人恥笑。」

李瑗於是傳命把朝廷來使拘押起來，又把北燕州刺史王詵召爲軍事參謀，準備起兵發難。

兵營參軍王利涉知事態嚴重，他趕緊面見李瑗，勸阻說：「大人擅自發兵，無有朝廷詔令，這明明是造反無疑呀！大人怎可如此行事呢？若是有人不聽號令，那可就危險之至了。」

李瑗爲王君廓所惑，堅持發兵。王利涉見勸之無果，便建議他聯絡突厥，召用竇建德的餘部，一起舉事。

王君廓得知此事，心中恐慌。他本想讓李瑗背上造反之名，他便要擒「賊」立功，奪取他的都督之位。他深知李瑗若是照王利涉所言行事，李瑗的勢力便會大增，自己也有偷雞不成失把米的風險，於是他對李瑗說：「王利涉不懂軍機，大人怎能聽他的鬼話呢？現在時間緊迫，我們必須搶佔先機，方能攻其不備。」

李瑗又一次深受感動，對王君廓說：「有你如此待我，我才沒有禍患啊，內外之兵，我都交付你了，一切任你行事。」

王君廓得到了調兵的印信，於是誘殺了王詵，放出朝廷來使，逮捕了李瑗。有此大功，他如願以償地取代了李瑗，當上幽州都督。只是那個不辨其計，上當受騙的李瑗，最後卻是落得個被廢為庶的下場；他的「反案」亦因鐵證如山，永不可翻案了。

原文

上謀臣以勢，勢不濟者以術。

譯文

君主憑藉權勢謀劃臣子，勢力衰弱的時候則要依靠權術。

釋評

權力場中，權勢是最能令人畏懼的東西。大權在手，縱是無能無謀之輩，也會一呼百應，無敢不從。

權勢也是變化的，君主也有徒有虛名的。在改變了強弱之勢的情況下，智謀的作用便顯得分外重要了。它可使弱者之君駕馭臣子，又可令他們躲避禍難，在特殊的情況下，它更有起死回生之效，教弱者之君剷除強臣，奪回已失的權柄。這又從反面提醒當權者不可一味恃勢胡為，不思謀劃，否則一旦強弱易手，禍事降臨，便是非大智慧者所能輕易扭轉的了。

事典

漢桓帝的最後一博

東漢的漢桓帝劉志，是奸臣梁冀爲了控制朝政才推他上臺的。他爲帝之時，只有十五歲，梁冀從沒有把他放在眼裡，他這個皇帝沒有實權，完全是個傀儡。

漢桓帝漸漸長大，對自己的處境日益憂心。他雖恨極了梁冀專權，無奈他的勢力已成，爪牙遍及朝野，甚至他身邊的宮衛近侍，也是梁冀所派來的私黨，對此他強自忍耐，不敢輕舉妄動。

漢桓帝二十八歲時，自覺再也無法忍受，便苦思奪權之計。一日，他對自己的心腹宦官唐衡說：「我身爲皇帝，卻是無兵無將，不得過問朝中大事，你以爲如何呢？」

唐衡不知其問何意，遂小心說：「皇上難得請閒自在，自可縱情享樂了，有什麼不好呢？此話若是讓梁冀知曉，他是要起疑心的，皇上以後不要亂說了。」

漢桓帝仰天一笑，苦聲說：「我視你爲自家之人，連你都不肯和我說此眞話，看來我這個皇帝眞是孤家寡人呀！既是如此，你何不向梁冀通風報信，以求其封賞呢？」

唐衡跪地說：「小人豈敢背叛皇上呢？若是皇上有心除賊，小人卻有一策。」

漢桓帝眼中一亮，遂馬上扶起唐衡，動情道：「我生不如死，自度與梁冀相較，兇險無比，可這也是沒辦法的事了。這是我的最後一博，你有話盡可道來。」

唐衡受寵若驚，顫聲說：「皇上勢不如人，不可力敵，只能智取。時下人見梁冀勢大，多是獻媚歸附，所以外人不可輕信。皇上身邊之人，單超、左悺、徐璜、具瑗，和梁冀有仇，他們自會別無二心。若是皇上親自相召，告之此事，他們當盡死力。如此再細心謀劃，小心準備，小人以爲必可剷除梁冀了。」

漢桓帝聽此，神情不覺一振。他命唐衡召來單超等人，果如唐衡所說，他們馬上就應承此事，表示不惜一死。漢桓帝爲了讓其盡心效命，竟和他們結下同盟，並許以重賞。

漢桓帝暗中行事，梁冀一無所知。梁冀專權日久，驕狂日甚，使他對一切事都視若無物。早有人對他有所勸諫，讓他對漢桓帝不能掉以輕心，他卻每每指責他們杞人憂天，高估了那個小皇帝。他曾嘻笑著說：「只有無權無勢之輩，才會弄些權謀智計的伎倆，我哪裡用得著呢？」

結果正是由於他的粗心和大意，讓漢桓帝得以從容行事。梁冀後被漢桓帝派人發動突然襲擊，包圍在其府中；他無奈自殺之後，梁氏家族也被消滅。

原文

下謀上以術，術有窮者以力

譯文

下屬依靠權術謀劃君主，權術窮盡的時候就憑藉實力。

釋評

權術作為一種政治手腕，是官場中人必須掌握和運用的，否則就難以立足、生存，發展和升遷更是無以談起。對下屬而言，由於君主的權威和喜怒無常，也由於爭寵獻媚的人為數眾多和各出奇計，權術不僅顯得重要，而且只有深通此道者才能超群拔眾，贏得君主的歡心，得到重用。

當然，權術也有窮盡的時候，或是權術被人識破，君主不賞，如此一來，聰明的人便會另闢蹊徑，在增強自身實力上多下功夫。有了實力這個依託，當權者為了自身考慮便會多了許多顧忌；有實力的人恃此也能增加自己說話的份量，讓當權者不得不做出讓步和倚重。

事典

張良的主意

劉邦稱帝後，立他和呂后所生的兒子劉盈爲太子。隨著時間的推移，他見劉盈性格柔弱，便心有不喜。他和戚夫人所生的兒子劉如意，聰穎乖巧，很像年少時的劉邦；再加上戚夫人日益得寵，她又每每懇求立自己的兒子爲太子，於是劉邦就有了廢立太子的打算。

一次，劉邦召集群臣，討論廢太子的事，他說：「劉盈軟弱，將來恐怕難當大任。趙王如意甚得我心，假以時日，必成大器。」

群臣深知此事關係非常，一時不知如何應對，四下無聲。御史大夫周昌心中有氣，暗怪劉邦受戚夫人慫恿，他忍耐不住，首先開口道：「太子廢立，關乎國體，皇上怎會如此輕率呢？太子無罪而廢，理有不該，人有不服，此事絕不可行！」

周昌言罷，群臣這才紛紛勸諫劉邦，反對廢掉劉盈的太子之位。劉邦見無人贊成，一時只好免議此事，卻想日後再謀求他法。

眼見兒子的地位岌岌可危，呂后萬分著急，十分懼怕。她爲此和劉邦大吵大鬧，又試著用其他方法勸劉邦回心轉意，無奈劉邦心向如意，呂后的所有努力都不見成效。

萬般無奈，呂后找到張良，請他出面勸說劉邦。張良拒絕了，他說：「我已隱退在家，自是不能過問政事，何況皇上態度有變，已非一日，我又怎能勸得了皇上呢？」

呂后見張良不肯，失望已極，她哭著對張良說：「戚夫人恃寵而驕，倘若如意又當上太子，我們母子就凶多吉少了。盈兒是你的學生，你眞的忍心不救嗎？」

張良長嘆一聲，後道：「我不便出面，皇后請恕老臣之罪，此事並非無解，我就出個主意吧。」

呂后頓時喜上眉梢，她知張良足智多謀，若有心相幫，此事就大有轉機。張良讓呂后的哥哥呂釋之出面，請「商山四皓」（指秦末隱士東園公、夏黃公、綺里季、甪里四人）扶保太子，他爲此強調說：「商山四皓，乃世外高人，皇上曾請他們出山，他們都婉言謝絕了，皇上對他們十分尊敬，若有他們替太子說話，太子的地位就無人撼動。」

呂后依計便行，當劉邦又要決定廢太子之時，商山四皓出現在劉邦的面前。劉邦見他們不請自來，又驚又喜，不料商山四皓卻對劉邦說：「皇上向來輕視士大夫，先前我們才違命不至。如今太子仁孝，威名遠播，我們願扶保太子。」

劉邦心中驚訝，自度劉盈羽翼已然豐滿，不可輕視。他自此打消了廢太子之念，劉盈的地位終得以保全。

原文

臣謀以智，智無及者以害

譯文

臣子用智計謀劃同僚，智計達不到的時候就用傷害。

釋評

官場同僚之間的爭鬥，向來是殘酷和激烈的。這不僅因為同僚之間存在著利害關係，此消彼長，也因為在君主面前，同僚為了爭寵，常常是以貶損、打擊別人手段藉以抬高自己，凸顯己能。

同時，君主為了駕馭群臣，也故意製造群臣不知，互相攻擊，從而分而制之，讓他們不能形成合力，便於君主的統治。有此諸多原因，同僚之間各逞其能，謀劃爭鬥便是難免的了。

用智計害人於無形，固是妙法，可若此術不通，赤膊上陣，直接加以傷害，就是許多人的最後選擇。這雖不是好的辦法，卻是善使計謀者難以想像和疏於防範的，不可等閒視之。

事典

被逼自殺的韓非

韓非和李斯同是荀子的學生，韓非口吃，短於遊說，而李斯卻口若懸河，辯才超群。荀子曾考究二人的才學，對他們說：「李斯才露於外，韓非才藏於內，將來官位顯貴者非李斯莫屬了。」

李斯十分得意。私下，荀子卻獨對韓非說：「得我眞學者，只有你了。論智論計，李斯絕不是你的對手，我不公開讚揚你，只是怕他對你心存忌恨，日後對你不利。」

荀子勸韓非以後不要和李斯共事，韓非似信非信，含糊地答應下來。

李斯後來到秦國遊說，以其出眾的辯才爲秦王嬴政常識，官至丞相。嬴政一天偶讀韓非的《孤憤》一文，擊節叫好；爲了得到韓非，嬴政不惜用重兵攻打韓國，索取韓非。

韓非無奈來秦之後，李斯頗爲緊張。他怕嬴政重用韓非，於是他以同學身份私下對韓非說：「秦王賞識於你，這只是表面現象，他只不過想藉此讓韓國失去一個人才罷了。我們乃同門好友，自不會見死不救；倘若你不願留此，我可安排讓你速速逃走。」

韓非至此方信老師之言無差。他識破了李斯的詭計，故作慨慷道：「我來秦國，非爲秦王所請，乃爲救韓應急。秦王大兵加韓，我豈能惜死害國？你的好意，我實在不敢受。」

李斯只想用計將韓非逼走，無奈韓非智高一籌，始終不上他的圈套，李斯把心一橫，索性要把他直接加害，於是他面見嬴政說：「韓非是韓國的公子，他心在韓國，對大王敢怒而不敢言，他怎會眞心爲大王效力呢？他確罕見的大才，可這樣的人若是爲韓國所用，對秦國就是莫大的禍患了。與其養虎爲患，不如馬上將他殺了。」

嬴政一時被說動了，遂下令將韓非打入死囚。韓非不明所以，求李斯代言求見嬴了政，李斯嘴上答應，暗中卻招來他的心腹手下，向他詢問說：「韓非雖被打入死囚牢，我怕大王有悔，故而遲疑難斷。你可有上上之策嗎？」

那人早知李斯心中所忌，爲了投其所好，他小聲道：「大人手握大權，自可把韓非斬殺。此事即使皇上知曉，因他有令在先，也怪不得大人擅殺無辜。」

李斯於是給韓非送去毒酒，逼令他自殺。韓非舉杯哀嘆說：「先師之言，今日果然應驗了。似你這無恥小人，無計可施，便害我致死，卻是非君子所能測度的了。」

韓非死後，嬴政果然心有悔，命人將他釋放，可是已然晚了。面對韓非已死的事實，嬴政悵然若失，卻無法改變。

原文

事貴密焉，不密禍己；行貴速焉，緩則人先。

譯文

事情貴在保守秘密，不能保守秘密，就禍及自身；行動貴在迅速快捷，緩慢拖拉就讓別人占了先機。

釋評

謀劃的功效，常以出奇制勝、攻其不備、迅雷不及掩耳等實際操作，才能真正體現出來。再好的謀劃，如果做不到這一點，就會失去效能，達不到謀劃的目的。

謀劃如果讓人得知，對手自會對症下藥，如此反被敵制，受害的只能是自己。行動不快，事情就有變化的可能；對手若是搶在前面，人們的謀劃就會都被打亂，同時也陷於被動。這是運用謀劃的戒律，也是謀劃成功的首要前提。

事典

劉歆政變的失敗

王莽建立新朝後，十分器重在朝爲官的經學大家劉歆。王莽酷好古禮，劉歆就依據「古文」經中的著名典籍《周禮》，設計了許多仿古制的大典，建造了眾多有《周禮》依據的祭祀場所。王莽論功行賞，封他爲侯。王莽改制造成混亂，天下一時義軍四起，新朝飄飄欲墜。如此形勢，朝中大臣個個自危，都在尋求自己的退路。大司馬董忠一次親至劉歆府上，閒談之時，董忠說：「我朝之亂，禍自一切好古，不合時宜，大人不認有罪嗎？」

劉歆不料董忠當面指責，只道：「皇上有命，誰敢不從？大人如此無禮，恕在下不能奉陪了。」

劉歆下了逐客令，卻見董忠自不爲怪，又說：「大人涉世太深，如若皇上將此罪盡推在大人身上，大人豈不禍在旦夕？大人就不思量自保之策嗎？」

劉歆心動，忙問其計。董忠見劉歆動問，這才道出眞意，他低聲說：「大人學問高深，見識自此常人爲高。眼下我朝大勢已去，我們何不起事誅逆，一可自保，二可再建王朝，永享富貴。」

劉歆爲董忠公開造反的言語震驚了，他嚇得臉色蒼白，許久說不出話來。董忠極力勸說之下，劉歆漸漸臉色平和下來，最後他說：「大人信任於我，我自不會告之他人，請大人放心。不過此事不宜草率，時下也不是時機，且待以後再議吧。」

劉歆沒有馬上和董忠聯手，董忠也暫將此事放下。不久，劉歆的兩個兒子因受甄豐和王莽抗爭的牽連，一起被殺；劉歆痛定思痛，遂和董忠謀劃政變事宜。董忠和他商議之後，總告誡劉歆說：「你爲人善良，此事萬不可泄啊。你書生氣太濃，不能隨便相信別人；一旦事情決定下來，我們便馬上動手，到時你不要藉故推辭才好。」

劉歆滿口應下，私下裡卻是不分對象，到處拉人入夥。有幾次事情都計畫好了，劉歆卻臨陣退縮，臨時取消了行動。董忠對此十分擔心，他和劉歆大吵了一架，劉歆卻說：「我們力量不足，自要多找援手；準備不周，焉能貿然動手？我讀書無數，這一點自比你善於策劃，請你相信我好了。」

劉歆的盲目自信和他的那番舉動，不僅讓他過於樂觀，而且終使消息走漏，喪失了行事的最好時機。王莽搶先下手，將劉歆和董忠等人一網打盡，劉歆自殺而死，董忠等人亦被一一殺害。

原文

其功反罪，彌消其根；其言設繆，益增人厭。

譯文

把人的功勞反而說成是罪過，這最能消除他的根本；設定一個荒謬的說法誣指是他說的，這最能增加人們的厭惡。

釋評

謀劃的水準高低、手段高下，其產生的作用和實際效果是大相徑庭的。從根本入手，讓人人喊打，這無異是謀劃者所追求的理想境界。它不僅打掉了對手，也讓對手遺臭萬年，卻能顯出自己的正確和無私，這樣的好事誰會拒絕呢？

把功勞說成罪過，把荒謬加諸彼身，這並不是一件特別難辦的事，重要的是要有此心機和主攻方向。在君主專制時代，在欲加之罪，何患無辭的小人眼中，這一切極易發生，做也簡單；而在正直之士看來，此舉不但喪盡天良、無恥之極，卻最能致人於難堪和不辯，當是最令人恐懼與憎恨的事。

事典

薛道衡的罪名

隋朝的薛道衡是文帝的老臣，在文壇享有盛名。隋煬帝登基後，他嫉妒薛道衡的才華，又不喜歡他的直言進諫，便有心將他除掉。

一日，隋煬帝心情鬱悶，偏偏又讀了薛道衡近日所寫的詩文，他見其文彩華美，意境深邃，感嘆之下，對他更加忌恨。他慍怒之下，隨口問服侍他的宦官，說：「薛道衡那個老匹夫恃才自傲，卻無太大的罪名，我該如何懲治他呢？」

那個宦官在隋煬帝身邊日久，向被其視為親信，他見隋煬帝有了殺機，便毫無顧忌地說出了自己的想法：「皇上有心治他的罪，何不從其才上下手？如此他恃無所恃，何愁出師無名呢？」

隋煬帝聽過即笑，連道：「不錯，這樣他就死得難看，也解了我的心頭恨。」

過了不長時間，隋煬帝收到薛道衡獻上的《高祖文皇帝頌》一文，內容歌頌隋文帝的文治武功，文筆也極盡優美華麗，隋煬帝看視良久，忽然發出一聲奸笑，他召來薛道衡，當面問他說：「你讚頌先帝，無所不至，眞是難為你了。你這般用心，可是為何？」

薛道衡見隋煬帝一臉和氣，面帶笑容，便朗聲說：「微臣久侍先帝，思念已極，藉此抒懷，亦讓天下人追思。」

隋煬帝默不作聲，他環視眾臣，許久才出言道：「薛道衡這番美意，你們以爲如何呢？」眾臣見隋煬帝臉有怪異之色，不明所以。出於常理，他們自度薛道衡讚頌文帝無錯，當是大功一件，於是紛紛表態說：「薛大人懷念先帝，心存至孝至仁，皇上當以嘉勉。」

隋煬帝越聽越是眉頭緊擰，他突然大喝一聲，拍案而起，厲聲道：「你們只見其表，不察其奸，還爲此賊美言，可是統統和我爲敵不成？他極力讚美前朝，分明是居心險惡，暗指我當朝失政，昏庸無能！」

此言駭人聽聞，眾臣聽之無不驚呆，不敢想像。薛道衡呆立當場，好久才愣過神來，連呼冤枉。

隋煬帝又怒指薛道衡，斥責道：「有人報我你早對當朝不滿，說什麼皇上無德，難堪大任；更荒謬的還是你竟說皇帝之位，當以賢者居之。你如此惡毒，我眞不知你是何心腸！」

隋煬帝所言，全是他信口編造，如今加在了薛道衡的身上，眾臣一聽就怒不可遏，同聲痛斥。隋煬帝見薛道衡狼狽不堪，群聲責罵之狀，心中狂喜，在無一人反對之下，隋煬帝判其有罪，交司法部門審理。如此罪名，自是死罪無疑了，隋煬帝遂明正言順地下令賜薛道衡自盡。薛道衡拒不認罪，猶自辯不已，最後終被勒死。

原文

行之不輟，不亦無敵乎？

譯文

如此謀劃下去，永不停止，不就沒有敵手了嗎？

釋評

歷來的成大事者都是十分重視謀劃和善於謀劃的。他們不會為一時智謀成功而自得，也不會為暫時的智計失敗而自棄。惟其如此，他們才會脫穎而出，成為最後的勝利者。反觀失敗者，謀劃方面的不足和失誤始終是他們失敗的重要原因，他們或是自負狂妄，恃強鬥狠；或是沒有遠見，貪圖小利；或是智不如人，謀人不成，反被人算。

如此種種，從反面警醒人們，謀劃不是可有可無的，也不是簡單行事就能奏效的。它是雙刃劍，運用得當、智計高超、久能為之，便是戰勝敵人的法寶；用之有偏，策略平庸、有始無終，就會把勝利拱手讓人，自吞苦果。

事典

老謀深算的徐階

明朝奸相嚴嵩當政二十多年，很多忠臣都被他害死，朝中官員升遷貶謫，全憑賄賂多少而定，正義之士深恨嚴嵩，一時卻無計可施。

徐階身為重臣之一，憂心如焚，他見形勢對嚴嵩有利。便採取韜光養晦之計，故意不問政事，卻和嚴嵩交往頗密。

一次，徐階和嚴嵩閒談，說到朝中大臣反對嚴嵩的人時，嚴嵩恨恨地對徐階說：「我為朝廷盡力，為皇上分憂，不想那幫小人不識大體，背地裡還說三道四，太可惡了，我想重重地懲罰他們。」

徐階深知嚴嵩狠毒，若是朝臣有骨氣都被他貶逐，那麼以後更無扳倒他的希望了。他念及此節，便故作驚訝地說：「大人受此冤枉，我除階第一個不能和他們善罷干休。不過按理說朝中當無這種不識時務之輩，大人可知他們為誰嗎？」

嚴嵩一一說出名姓，徐階倒吸口涼氣，表面上卻猶豫起來，故作哀聲。嚴嵩動問之下，徐階便說：「他們實在該死，可若將他們一一治罪，也不是上上之策啊。一來皇上恐有疑慮，二來把這些人一下揪出，也顯得大人為政無方，御人有失，這對大人的清譽十分有害。」

嚴嵩聽之在理，便問他有何良策，徐階這才故作低聲說：「我可替大人出面，對他們動之以情，曉之以理，如若他們不改弦更張，歸附大人，到時再治他們之罪不遲。若是他們投靠了大人，大人不僅去了強敵，更增添了大人的勢力，如此一舉兩得，豈不最好？」

嚴嵩稱善，徐階於是分別拜訪和嚴嵩作對的大臣們，對他們說：「嚴嵩現在如日中天，皇上又沉迷道事，與其打虎不成，反受其害，何若暫時忍耐，以待他日？你們爲國爲己，都該保此名位，留下性命，否則來日和嚴嵩對決，朝廷又依靠誰呢？」

那些大臣聽從了徐階的勸告，佯裝依附嚴嵩，且上門請罪。嚴嵩大悅，對徐階信任有加，以爲知己。徐階絲毫沒有放鬆戒備，他爲了進一步和嚴嵩拉上關係，徹底打消他的猜忌，意不惜把他的長子之女，嫁於嚴嵩之子嚴世蕃的兒子爲妻。

嘉靖四十年冬月，嘉靖皇帝居住的西苑永壽宮被火燒毀，在議論皇上該暫住何處時，嚴嵩向嘉靖皇帝提議應暫住南宮。徐階這會見有機可乘，便私下對嘉靖皇帝說：「南宮乃先皇英宗被景帝囚禁之地，這是大不吉利的所在。嚴嵩明知此節，卻偏偏出此主意，可見其居心叵測。從前多位大臣都曾上諫彈劾他，我還不敢相信，如今看來，他不僅下壓百官，更是大不敬陷害皇上，此賊不除，還有天理了嗎？」

嘉靖皇帝被觸到痛處，也下了決心。爲了徹底根除嚴嵩，徐階又利用嘉靖皇帝迷信道教的特點，僞造乩語，表明罷黜嚴嵩是神仙玉帝的旨意。這樣一來，嘉靖皇帝對嚴嵩再無半點顧惜，馬上傳令將嚴嵩罷官；其子嚴世蕃也被斬殺了。

第十卷 問罪卷

法之善惡，莫以文也，乃其行焉；刑之本哉，非罰罪也，乃明罪焉。

人皆可罪，罪人須定其人。罪不自招，密而舉之則顯。上不容罪，無諭則待，有諭則逮。人辯乃常，審之勿憫，刑之非輕，無不招也。或以拒死，畏罪釋耳。人無不黨，罪一人可舉其眾；供必無缺，善修之毋違其真。事至此也，罪可成矣。

人異而心異，擇其弱者以攻之，其神必潰。

身同而懼同，以其至畏而刑之，其人固屈。憐不可存，憐人者無證其忠。友宜重懲，援友者惟其害。

罪人或免人罪，難為亦為也。

本卷精要

◎刑法在確定犯罪方面，本是以事實爲根據的，離開了這一要旨，那麼如何處罰犯罪，便成了當權者對付民眾和政敵的一種手段了。

◎肉體的殘害，酷刑的無所不用，向來是酷吏的看家本領；但精神上的打擊是別的方法無法比擬的，也是最奏效的。

◎審案問罪最忌心有同情，不忍下手，這是酷吏和陰謀者的經驗之談。

◎在兇險四伏的官場之上，一個人如果沒有機心，不設心防，該是一件十分可怕的事。

羅織經

原文

法之善惡，莫以文也，乃其行焉；刑之本哉，非罰罪也，乃明罪焉。

譯文

法律的好壞，不在條文本身，而是它的執行；刑法的根本，不在如何處罰犯罪，而是如何確定犯罪。

釋評

法律的作用是懲惡揚善的。但在專制時代，由於極度的集權和缺乏人權觀念，人治大於法治，法律的作用便十分有限，甚至成了擺設，只是當權者對付平民百姓的工具，而當權者卻可胡作非為，置於法律之外。故此，專制時代的法律條文，雖看上去義正辭嚴，貌似公允，其實質卻是有名無實，欺善不罰惡，這一點，看其實際執行的情況最有說服力。

刑法在確定犯罪方面，本是以事實為根據的，離開了這一要旨，那麼如何處罰犯罪，便成了當權者對付民眾和政敵的一種手段了。它不僅使刑法的作用失去真正的意味，也反過來促使邪惡者為非作歹，令民眾遭受更大的傷害。這是專制社會固有的弊端，也是奸惡小人常常用以害人的擋箭牌和殺手鐧。

不識時務的鮑勳

鮑勳在擔任魏郡西部都尉之職時，負責鄴城西部的治安執法。鮑勳辦事無私，執法森嚴，人人都對他十分敬畏。

其時，曹操以丞相之名主持朝政，其子曹丕的夫人郭妃之弟，因違法獲罪，鮑勳將他拘捕。郭妃之弟在獄中破口大罵鮑勳，又十分狂妄地對鮑勳說：「我乃顯貴之人，豈是你一個小小的都尉就能抓我？若不把我放了，倒楣的一定是你。」

鮑勳臉色鐵青，氣得渾身亂顫，他痛打郭妃之弟兩個耳光，大聲說：「國家制定法律，我就要依法辦事。似你這等奸惡狂徒，還不該懲治嗎？我不管你是誰，到了我這休想討到便宜！」

鮑勳手下獄卒見之色變，他們拉開鮑勳，勸說道：「此人乃丞相世子的至親，大人怎可得罪呢？此人並不可懼，可懼的是他身後之人！大人依法行事，本無差錯，可這事發生在有權有勢者的身上，就另當別論了，大人怎可一味認眞呢？若是世子怪罪下來，大人又哪裡說得清楚？」

鮑勳並沒有聽從他們的勸告，反之堅持治之以罪。郭妃向曹丕求助，曹丕就親自出面向鮑勳求情說：「他一時糊塗，你就饒他一次吧。你執法有功，我日我必有重謝。」

曹丕以世子之尊，又當面懇求，不料鮑勳竟一口拒絕，他重聲說：「俗話說，王子犯法，與庶民同罪，何況是他？我既受命執法，若是因人而異，循私養奸，丞相想必也會怪我失職了。」

鮑勳搬出曹操作值，以法爲據，曹丕心中雖是惱怒，卻怕因小失大，也就不再逼迫鮑勳放人了。他將此事記掛在心，須臾未忘。

曹丕稱帝後，鮑勳在軍中任執法官。一次，鮑勳的朋友去軍營探視他，爲了方便，鮑勳的朋友從未建成的營壘中走了近道。有人以軍規中「軍營內不許走近道」爲據，要治鮑勳的朋友的罪，鮑勳以爲這是小事一樁，也就沒有追究。

曹丕知道此事後，他要藉此報復鮑勳了，於是命人將鮑勳逮捕，還小題大作地把他交到朝廷中的執法機關，讓他們嚴加治罪。

按理即使犯錯，也只是鮑勳的朋友；鮑勳的罪名，實在無法加之。執法官迫於曹丕的壓力，議來議去，也只能提出「罰金二斤」的處罰，上報曹丕。曹丕見之大怒，咬牙切齒說：「鮑勳知法犯法，罪加一等。他這個人常以執法嚴明自居，如此小人，表裡不一，我一定要殺了他。」

朝中大臣見曹丕判鮑勳死罪，皆呼鮑勳冤枉，罰之太重，他們紛紛爲其求情，主持司法的大臣高柔更是冒死進諫說：「皇上震怒，也不該逾法太過；鮑勳如此死法，讓人可視法爲無物了。如此有害國本之事，請恕臣不能執行。」

高柔拒不執行處斬鮑勳的命令，曹丕便將他軟禁起來，改派心腹使臣動手。殺了鮑勳之後，曹丕便將高柔釋放，還對他說：「你實在太迂腐了，你們制定法律，難道是讓你們拿它來對付我嗎？鮑勳不識時務，他是死有餘辜啊！」

原文

人皆可罪，罪人須定其人。罪不自昭，密而舉之則顯。

譯文

人都是可以定罪的，加罪於人必須先確定人選。罪行不會自動暴露，密告並檢舉他就會讓罪行顯現。

釋評

來俊臣、萬國俊之流，害人有一套完備的理論和方法，先確定人選，再由特務們向有關部門告密和寫檢舉信件，這便是他們害人的第一步驟。對象的確定是有學問的，他們不喜歡的人和皇上要排斥的人，自是對象之一；他們認為妨礙自己前途和有可能成為自己的對手的人，又是對象之二；至於那些德高望重和正直忠義的人，即使和他們無怨無仇，由於立場不同，自也是對象之三。如此只要他們能想像出來，任何人都可成為他們陷害的對象。

害人總要有些藉口，誣告和無中生有地揭發罪行，便為他們抓人作了很好的鋪墊。罪行屬實與否並不重要，只要是人落其手，他們便掌握了主動；只要人有了嫌疑，他們就有機可乘。這是輿論上的造勢，冤獄常便始於此處。

事典

狄仁傑的冤案

武則天當上女皇之後，重用武氏家族的人，以武承嗣爲首的武姓宗戚一時人人顯貴，橫行朝野。宰相狄仁傑不肯諂媚他們，有時還頂撞武承嗣於朝堂之上，於是成了武承嗣等人的眼中釘，他們便思量陷害狄仁傑的毒計。

武承嗣找來來俊臣、萬國俊等酷吏商議此事，武承嗣先是罵了一頓狄仁傑，後說：「你們主管司法，明日便將他抓了，以解我心頭之氣。」

來俊臣不慌不忙地說：「大人此舉，怕是不妥。」

武承嗣把眼一橫，怒道：「你是爲狄仁傑說情嗎？」

來俊臣忙道不敢，他諂媚說：「下官是爲大人著想啊。那狄仁傑非比常人，皇上信賴於他，此人又頗有名望，如果沒有適當的罪名便貿然動手，皇上那裡都交待不了，又怎能置他於死地呢？依下官之見，我們還要廣造輿論，令其背上罪名，這樣下手就方便多了，皇上也不會再說什麼。」

武承嗣目現猶疑，萬國俊便在旁補充道：「來大人所言甚是。下官這就安排人手，告密、檢舉狄仁傑意圖謀反，大人再據此上奏皇上，這般雙管齊下，狄仁傑自是在劫難逃，大人也可不露痕跡了。」

武承嗣首肯此事，來俊臣、萬國俊便讓人到官府告密，給御史寫檢舉信。武承嗣拿著這些信件，上奏武則天。武則天將信將疑之下，便讓來俊臣、萬國俊等人審訊此案。

狄仁傑深知來俊臣等人的陰毒，爲了麻痹他們，爲自己贏得向武則天表白的時間，他竟在審訊時一口認下罪名，沒有一絲辯解。來俊臣等人十分驚訝，卻由此不再對他動用酷刑，只將他關在牢中，嚴加看管。

狄仁傑在獄中用血寫成鳴冤的表章，把它暗藏在棉衣裡面，讓獄吏送回家清洗。獄吏見是一件棉衣，沒有在意，便讓人送至其家。狄仁傑的兒子狄光遠，心知父親此刻送衣回家，必有緣故，他仔細拆開查看，於是拿出血書，直接上告到武則天那裡。武則天命人把狄仁傑押到她的面前，對他說：「你已招供，今又令子傳書，可是爲何？」

狄仁傑連呼冤枉，口道：「當時酷吏在側，如我不招，必被其打死，又怎能面聖陳冤呢？他們造謠陷我，還請皇上明察。」

狄仁傑藉此又將酷吏的惡行講述一遍，武則天不置一詞；但因她憐惜狄仁傑之才，又有事倚重於他，這才將他釋放。

原文

上不容罪，無諭則待，有諭則逮。人辯乃常，審之勿憫，刑之非輕，無不招也。

譯文

君主不會容忍犯罪，沒有諭旨就耐心等待，有諭旨就馬上逮捕。人們自辯無罪是正常的，審訊他們不要心存憐憫，刑罰他們不能出手輕微，這樣做他們就沒有不招認的。

釋評

嚴刑逼供歷來是冤案得以造就的一個直接原因。在滅絕人性的酷刑之下，人們生不如死，屈打成招的事便應運而生。酷吏們以此為能，把它當作法寶屢屢祭出，這固能說明酷吏的殘酷惡毒，亦可昭示統治者任用酷吏的陰險用心，更能顯示在集權制度下的法律規章的虛設和無助，人們若對此抱有幻想，終會受其愚弄和殘害。

酷吏在這方面，不能否認他們是很有心機和手段的，整人的智慧，他們從不缺乏，對此，善良的人們絕不可小視。否則，即便是智慧超群者，也會栽在他們的手上。

事典

陽球的殘暴

東漢靈帝時，陽球以司隸校尉的身份，彈劾宦官王甫父子、太尉段熲相互勾結，圖謀造反。靈帝不及細察，立時大怒，命陽球審訊他們，以求實證。

王甫和他的兒子王萌，拒不認罪，他們對陽球央告說：「先前大人爲小官時，你常出入我家，我們也給你許多照顧，你當是最了解我們了，求你向皇上說明此事，還我們清白。」

陽球聽後不語，臉上卻無動於衷。王甫父子說的也是實情，他們被捕之前，王甫身爲宦官頭目，權勢極盛；王萌也曾當過司隸校尉之職，人人畏懼。當時陽球身爲小吏，爲了爬上高位，他便置辦許多禮物巴結他們父子。王甫初次接見他的時候，他竟由於緊張，說話也結巴了。王甫多次對陽球說：「你爲了求取富貴，現在不惜如此投靠於我，日後我若有所差遣，你是怎樣，我就不敢猜測了。」

陽球見王甫對己有所顧慮，爲表忠心，他連叩響頭，額頭都磕破了，血流滿地。

王萌那時擔任司隸校尉，主管刑獄司法，陽球爲了討他歡心，便故意向他求問審案之法。每到這時，王萌誇耀地說：「別人以嚴刑逼供迫人招認伏法，而我卻從不如此行事。我把各種酷刑械具擺放出來，人們就嚇得魂飛天外了，哪裡還有不招的道理呢?自不用動刑費事了。」

陽球聽到此處，總是陪笑恭維一番，還建議王萌用更殘酷的刑罰之法。爲了此事，他絞盡腦汁想那鬼點子，一有所得便馬上報知王萌，王萌對他十分賞識了。

有了王甫父子的提拔，陽球官運亨通，青雲直上，直到他當上了司隸校尉，自恃羽翼豐滿，便不把王甫父子放在眼裡了。當時朝中宦官和士大夫鬥爭十分激烈，陽球見士大夫得勢，他爲了謀求更大的官位，便無端陷害王甫父子和段熲謀反。

如今，陽球面對王甫父子的求告，他心中暗笑，良久方道：「你們如此頑固，當眞是不可教化了。眼下我是重臣，你們是要犯，我們有什麼交情可攀呢？此時非彼時，恕我不能因私廢公，循情枉法。」

陽球傳命用刑，手段極酷。王甫父子慘聲哀嚎，昏迷多次。陽球最後惱羞成怒，他親自動手，用鐵鞭鞭打他們二人的雙腿，竟將腿骨擊碎。

王甫父子受刑不過，只得違心承認謀反的罪名。不料陽球見他們招認，出於報復心理，還是重刑責打。王甫父子哀聲說：「我們所以招認，只求少受皮肉之苦，你的目的既已達到，又何必如此相迫？萬一我們被打死，你就有辦事不力之嫌，爲了你自己著想，就不勞你親自動手了。」

這般苦求，陽球仍是不肯罷手，他惡恨恨地對他們說：「你們先前不可一世，我見了你們心多恐懼，此中滋味，當眞比死還要難受。今日落到我的手裡，你們生死在我，這份快意自是你們想像不到的。」

王甫父子絕望已極，忍不住出聲痛罵，陽球用土塞住了他們的嘴，直到將他們活活打死。

原文

或以拒死，畏罪釋耳。

譯文

有的人因爲拒不認罪被責打致死，這種情況可用畏罪自殺來解釋。

釋評

古今之事，這種「畏罪自殺」說並不少見。這既是陰謀者惡毒和酷吏狡詐的具體體現，也從反面印證了法制如果不存，對人的傷害該是多麼的淒慘。

歷來搞陰謀的人，都是善於無中生有製造罪名的，他們草菅人命，信口雌黃，憑的就是這樣的本事。這固和他們滅絕人性的冷酷有關，同時，統治者的縱容和法制的殘缺也是造成這種悲劇的元兇，是難辭其咎的。透過此中現實，人們不難發現：在專制制度下，這種慘劇之所以綿延不斷，無法根除，不僅是人為的因素在作怪，更是制度本身的缺陷使然。

事典

來俊臣的「傑作」

來俊臣被武則天任用後，殺人如麻，人多畏懼，他恃此也不把朝中大臣放在眼中，爲了斂財，他竟每每向他們索賄，少有不從者。

朝中左衛大將軍泉獻誠，爲人正直，性格剛烈，當他聽說來俊臣竟敢勒索朝中大臣這件事後，十分氣憤，他爲此向那些服屈於來俊臣的人說：「我們乃國家重臣，怎能向一個小小的來俊臣獻媚呢？這太不成體統了。」

那些人皆笑泉獻誠不知深淺，對他說：「我們並不是怕來俊臣這個人，而是怕他手中的權力啊！皇上信任他，他可以胡亂抓人，能夠捨些錢財得保平安，我們哪會在乎自己的身份呢？」

泉獻誠不以爲意，不時痛罵來俊臣幾句，他的朋友爲他擔心，便加以規勸說：「朝中大臣們自不比將軍愚鈍，他們都那麼做了，自有其玄奧。你不但不隨波逐流，且是不避人言，結怨小人，這是取禍之事啊，怎可不改呢？」

泉獻誠正色說：「我行事無偏，嚴守忠義，奸惡小人又能奈我如何？他們濫殺無辜，囂張已極，倘若人人只求自保，天下豈不毀於他們之手？我倒要看看，他們有何手段能治我的罪。」

泉獻誠的言行被人告之來俊臣，他先是一愣，繼而哈哈一笑。來俊臣的手下不明所以，來俊臣笑過之後，忽地殺氣騰騰，出語如冰，他重聲說：「泉獻誠狂妄無禮，無非自恃手握兵權，若將此人除了，我還有何事不成？」

手下人獻計說：「對付此等武夫，何勞大人動手，只要大人開口，自可加他個謀反之罪，我們自會將他擒拿。」

來俊臣為使別人更加懾服他的威勢，並沒有馬上動手。他先派一人做為他的代表，上泉獻誠家索取金錢，且數額甚巨，須立即交付。泉獻誠勃然大怒，將那人亂棍打出。來俊臣見那人回轉時的狼狽狀，笑著安慰他說：「讓你受苦了，他日查抄泉獻誠的家產，我一定讓你主持其事。」

來俊臣連夜指使手下誣告泉獻誠謀反，武則天對掌兵大將疑慮最多，她遂即命來俊臣審理此案。來俊臣將泉獻誠關入大牢，對他嘲笑地說：「你自不量力，這個下場如何？我雖官位遠在你之下，卻是掌握你的生死，你現在還想和我鬥嗎？」

泉獻誠自不屈服，大罵不止。用刑之下，他也堅不認罪。來俊臣撞上如此硬漢，怒火更旺，索性命人把他用繩索勒死，以泄其忿。來俊臣對他的手下說：「此人頑抗到底，結不了案，皇上怪罪不說，弄不好他說出真相，對我們就更不利了。此等情況，可依此例辦理，我們上報說其畏罪自殺，一來此案可結，無有後患，二來可掩我失，死無對證。他日若有人查尋此事，你們這樣說就行了。」

此案轟動一時，知道眞相的人們無不痛恨來俊臣的兇惡陰毒，武則天卻認來俊臣破案有功，對他嘉勉有加。

羅織經

原文

人無不黨，罪一人可舉其眾；供必無缺，善修之毋違其眞。事至此也，罪可成矣。

譯文

人沒有不結黨成群的，給一人定罪便可揭發出他的同夥；供狀必須沒有破綻，把被告供狀編撰修補，但又不違反眞實的部分。事情做到這樣，罪名就可以成立了。

釋評

製造冤案、陷害無辜，酷吏們的手段不可不察。這裡既有他們的行事理論和思想，更有具體的實施方法和操作細節。認識了這些人們不僅從此看清了他們的本來面目，更重要的還是知己知彼，預防在先，以免受其害。許多人正是由於自恃身正無私，低估了酷吏興風作浪的能力才致禍的。更有人不識酷吏的「巧妙」手法和「瞞天」之術，往往在不知不覺中便被他們做成了「鐵案」，欺世盜名。

酷吏們借題發揮，把自己要打擊的人，硬是拉進一件與他們毫不相關的罪案中；然後又弄虛作假，讓所謂的口供完全合乎犯罪的邏輯和真實。如此一來，人證物證俱在，被陷害的人便在法律程式完備的情況下，被名正言順地定罪了。

事典

長孫無忌的誘供

長孫無忌是唐太宗李世民的妻舅，深得李世民的信任。太子李承乾被廢後，李世民認爲晉王李治懦弱寡斷，並不想立他爲太子。李世民先是欲立魏王李泰，後因長孫無忌反對作罷；他一心想立吳王李恪，也因長孫無忌苦諫未果。爲此，長孫無忌和二位王子都結下了仇怨，彼此爲敵。

晉王李治後來登基即位，是爲唐高宗。不久，魏王李泰去世，長孫無忌鬆了一口氣，便把目光集中在吳王李恪身上。他怕李恪一旦得勢，便會向他發洩不能成爲太子和皇帝的怨恨，所以總想找機會把他除掉。

名相房玄齡之子房遺愛謀反案暴露後，長孫無忌負責審訊。他心中竊喜，信誓旦旦地對唐高宗說：「皇上所託，老臣決不辱命。以臣看來，房遺愛官小職微，恐不是眞正的幕後元兇；如若審出要犯，事關皇上至親，還請皇上莫要仁慈，嚴加治罪，否則，老臣的命就不保了。」

高宗皇帝猜想這是長孫無忌或是爲了行事方便，才會有如此要求，於是不假思索地便答應下來。長孫無忌暗中得意，他之所以有此一說，原是早爲他以後陷害吳王李恪打下伏筆，到時好讓高宗皇帝不以爲驚，也可以堅持治他的罪，不使高宗皇帝有所偏袒。

房遺愛沒有其父的謀略和見識，他之所以心生反意，完全是受他那身爲公主的夫人所惑。他的夫人淫蕩成性，廣招面首，後來醜事廣傳，夫人怕事發獲罪，於是鼓動房遺愛謀反。

長孫無忌接手此案，他先是對房遺愛動用重刑，後又對房遺愛說：「到了這個地步，你何必受皮肉之苦呢？你若招認，我也許還能幫你，求皇上法外施恩，免你一死。」

房遺愛受刑不住，又對長孫無忌心存幻想，便把同謀之人一一招出，不再抵賴。長孫無忌聽完，把臉一沉，厲聲喝道：「我如此對你，你卻不思立功贖罪，存心包庇奸臣，難道你眞不想活了嗎？」

房遺愛連稱冤枉，他苦聲說：「大人關愛，罪人感激不盡，哪敢欺騙大人呢？就這些了，決無隱瞞。」

長孫無忌沉吟片刻，忽作一笑，他拍打了一下房遺愛的肩膀，低聲說：「你是個聰明人，自不會爲別人開脫抵罪，自誤終生吧。吳王李恪一向自恃狂妄，他要當皇帝的野心日久，難道他就和此事無關？我勸你還是老實招認，有了幕後主謀，在皇上面前我才好爲你說話呀。」

受此暗示，房遺愛爲了自保脫罪，便信口胡說自己乃是受了吳王李恪的指使，他又東拉西扯，故意把事情編得有頭有尾。長孫無忌錄下口供，又反覆修改補充，直到此事編造得別人看不出虛假，他這才讓房遺愛簽字畫押，然後直接呈送給了高宗皇帝。

面對鐵證，高宗皇帝雖心有狐疑，卻不由得不信。結果此案中人皆被處死，吳王李恪卻是無罪冤死。長孫無忌見李恪已除，索性又把吳王的親信和他不滿的人，都牽進房遺愛的謀反案中，把他們統統發配嶺南。

原文

人異而心異，擇其弱者以攻之，其神必潰。

譯文

人不同，思想就有差異，選擇他們的薄弱之處加以攻擊，他們的精神一定會崩潰。

釋評

人都有自身的弱點，抓住每個人的弱點，集中火力在此攻擊，對其精神的打擊是別的方法無法比擬的，也是最奏效的。精神一倒，整個人的意志和韌性便沒了，頭腦便不在清醒，貪生怕死的心理就會佔據上風。由此酷吏們才能利用此節，打開缺口，為他們製造冤案、逼人就範大行其便。

這種對人的心理的研究和弱點的認定，不能不說是酷吏們的「高明」之處，許多人或許不懼他們的淫威和暴虐，但往往屈服於他們的攻心戰，做了精神的俘虜，讓他們的陰謀得逞。這未必就是屈服者的恥辱，卻可見證酷吏的無恥之極，實已到了無孔不入的地步。

事典

郭猗的攻心戰

南北朝時，北漢的宦官郭猗爲了巴結相國劉粲，同時陷害他的仇人劉乂，便於一天深夜求見劉粲，故作神情緊張地告密說：「皇太弟劉乂與大將密謀造反，他們第一個便是要將你除掉。我冒死前來，只想讓相國早作準備，以防此禍。」

當時北漢皇帝劉聰在位，他不立長子劉粲爲皇太子，卻把自己的弟弟劉乂作爲帝位的繼承人，立爲皇太弟。後來劉乂失寵，劉粲以相國之位掌管大權，郭猗正是看中這一點才如此行事的。

劉粲聽此兇信，頓時心有恐慌，手足無措。他雖不敢肯定此事，卻猜想劉乂或有此心，自己只是未察覺罷了。他目光不定，郭猗見劉粲還有猶疑，便直問道：「相國雖位高權重，可那劉乂終還竊據皇太弟之位，他若冒險動手，相國的處境就不妙了。只要相國有心除賊，一來可去禍患，二來可取太子之位，如此美事，相國爲何不爲呢？若是相國不信劉乂謀反，自可親問那將軍手下的屬官王皮、劉惇，只要相國允許他們改過自新，不治其死罪，想必他們定會說出眞情。」

郭猗隨後搶在劉粲前面，先行找到王皮、劉惇，他將二人拉至密室，驚慌地說：「你們的將軍謀反，皇太弟是其主謀，此事皇上和相國都已知曉，你們也參與了嗎？」

王皮、劉惇大驚失色，忙道不知，郭猗見他們魂不附體之狀，於是哄騙他們說：「這是死罪，你們即使眞的不知，誰又會相信呢？到時只能落得拒不認罪的結果，罪上加罪，你們的親戚家人都要遭殃。依我之見，倘若相國問起此事，你們盡可招認，只說怕是相國不信，反治我們以誣告，這才不敢檢舉他們。相國一旦開恩，你們便有救了。」

郭猗句句擊中二人的要害，他們反覆思量之下，只好應承。劉粲把他們招去，不待動問，二人便依郭猗所教，將所謂的事實供出，還煞有介事地虛構了許多細節，並不停地央求劉粲饒命。

劉粲確信無疑，馬上面見父皇。劉聰見罪證確鑿，急命大肆收捕。劉乂遂以謀反罪被誅，連他所屬將士一萬五千餘人也被坑殺。郭猗得償心願，從此倍受劉粲寵信。

原文

身同而懼同，以甚其畏而刑之，其人固屈。

譯文

人的身體相同，害怕的責罰也相同，用人最畏懼的東西動刑，人就一定會屈服。

釋評

肉體的殘害，酷刑的無所不用，向來是酷吏們的看家本領，也是陰謀家和暴君賴以行私和統治的手段之一。他們不顧人的尊嚴和生命的寶貴，動輒斥之暴力，迫人就範，一方面暴露了他們的蠻橫和兇殘，另一方面也顯示了他們內心的恐懼和本質的虛弱。在真理和正義面前，他們是不敢正視的；在事實和良知面前，他們是自感無理和渺小的。自卑和狂妄，懦弱與殘忍，是他們典型的心理特徵，使他們有別於常人，表現出極端的獸性。

事典

迫害狂魏忠賢

明熹宗時期，宦官魏忠賢勢焰熏天，被稱「九千歲」，國家的軍政大權，全都控制在他的手裡，無惡不作。

魏忠賢的倒行逆施，自是遭到了正義之士的反對，對此，魏忠賢一方面網羅黨羽，組成「閹黨」；另一方面，他利用手中掌握的東廠、西廠特務機構，對正義之士、朝中大臣進行殘酷的迫害。

有次右副都御史楊漣彈劾魏忠賢二十四大罪，御史黃尊素等人又相繼上疏，國子祭酒蔡毅中率師生千餘人請究魏忠賢罪。一時，討伐魏忠賢的聲勢頗爲浩大。魏忠賢初時惶恐無措，他求懇熹宗皇帝庇護。熹宗皇帝下旨切責了眾人，此事暫時平息。

此時，因贓被革職在家的崔呈秀卻看見了自己復官的希望。他把賭注押在魏忠身上，私下對魏忠賢說：「大人權傾天下，如此小事何必請示皇上呢？那些人只被斥責，處罰得太輕了，只怕人人都會效仿他們，這如何得了？大人宜當酷刑待之，讓人心有畏懼。」

恰在這時，工部郎中萬燝又上書彈劾魏忠賢，魏忠賢便把崔呈秀找來，對他說：「你說的不錯，這些人得寸進尺，我是決心嚴加責罰了，依你之見，我該治他什麼罪名呢？」

崔呈秀主意甚多，此刻卻一概不用，他只對魏忠賢說：「沒有人是不怕死的，大人盡可將他杖斃，以讓天下人知懼。那些人個個都是飽學之士，大人何須和他們妄動唇舌？」魏忠賢自認崔呈秀言之有理，便把萬燝收進監牢，問也不問，便將他打死。此事傳出，果然人人又恨又懼，膽小者再也不敢彈劾魏忠賢了。

崔呈秀因進言有功，魏忠賢將他官復原職，仍擔任御史。他爲了向魏忠賢獻媚邀功，又給魏忠賢出主意說：「眼下楊漣等人，心懷怨恨，他們一日不除，對大人終是隱患。他們現在暗使韜光養晦之計，這怎能瞞得了我呢？」

魏忠賢早對他們恨之入骨，有了崔呈秀的進言，他遂興大獄，把楊漣、左光斗、魏大中等人全部拘捕。審訊他們時，魏忠賢理屈詞窮，被他們駁得一句也回答不上，可他卻冷笑著說：「你們乃大儒也，說說講講我自不如你們。你們乃大忠也，浩然正氣我都有些欽敬。不過你們也許不知，這才是你們惹禍的原因啊！和我作對，我本一個鄉間無賴，我管得了這麼多嗎？你們讀書人就是皮癢找罪，我對付你們的就是一個『刑』字；在我這裡，你們那一套卻是毫無用處了。」

在魏忠賢的酷刑之下，楊漣、左光斗、魏大中先後死去。

魏忠賢對朝中大臣如此，對反對他的皇后、妃嬪也不放過。張皇后因在皇上面前說過魏忠賢的壞話，他便使詭計讓她流產；對他不滿的馮貴人，在他的威逼和陷害下，最後自殺而亡。他還恩將仇報，竟將有大恩於他的宦官魏朝和王安一一害死，且是死狀極慘，魏朝被他勒死，王安被他放惡狗咬死。

原文

憐不可存，憐人者無證其忠。

譯文

憐惜不可以存有，憐惜別人的人並不能以此證明他的忠正。

釋評

審案問罪最忌心有同情，不忍下手，這是酷吏和陰謀者的經驗之談。他們製造冤案，憑的就是不要良心，顛倒黑白，若是良心發現，心有側隱，他們自是失去了晉身之本，又何以成事呢？

事實的殘酷性也讓正義之士心寒，那些富有愛心的仁人君子，只因他們不容於小人，不工於諂媚，常常是不得志的；統治者全憑自己的好惡來辨別忠奸，只因仁義之舉非其所好，便被其排斥於忠正之外，甚至反指為奸。這不僅鼓動了小人、酷吏行惡，正義之士有所變通，更助長了社會的冷漠之風。

事典

趙普的狠心

趙普在宋太祖時期，身爲宰相，深得信任。宋太宗趙光義上臺後，盧多遜當政，他爲排擠趙普這個先朝元老，便在宋太宗面前詆毀他，致使他雖名爲太子太保，卻是有名無權。趙普爲此心懷鬱悶，常常獨坐嘆息。

趙普的朋友見此動情，對他說：「盧多遜小人得志，你怎會容忍呢？你這樣不抗不辯，他豈不是氣焰愈發囂張？到得那時，只怕你受害不說，也要連累你的家人和朋友啊。」

趙普黯然一嘆道：「物換人非，這是常有的事啊，我雖心有不悅，卻不想多生枝節了。人生在世，何必處處鬥狠要強呢？」

盧多遜見趙普如此軟弱，更加施展了毒手。他用權將趙普的妹夫侯仁寶調出朝中，到偏遠的南嶺外邕州去做知州；又用計瞞騙皇上，借用皇上的名義讓他和敵交戰，使其戰死沙場。

妹夫之死，令趙普改變了想法，他要以牙還牙，報復盧多遜。他深知盧多遜之所以得寵，一個重要的原因，便是他和秦王趙廷美關係密切，如果要扳倒盧多遜，必須先扳倒他的靠山趙廷美。在此，趙普猶豫了。他和秦王無怨無仇，平日裡也是素有來往，相交甚好，他實在不忍心向他下手。他把此事埋在心底，一日不小心卻向家人流露了出來，家人於是出言說：「皇上對你不再信任，都怪你對人太好，心太善良了。盧多遜害死我們家人，多行不法，他得到報應了嗎？你不忍加害秦王，不這樣就無法懲治盧多遜，更無法報仇，還顧得上這麼多嗎？秦王做他的靠山，你又何必憐憫他呢？再這樣，說不上我們還遭多少禍呢。」

趙普被家人說動，不覺也少了顧忌，他等待機會，對秦王的一舉一動都十分留意。

忽有一日，秦王府的舊僚柴禹錫、趙鎔、楊守一等人竟向太宗皇帝密告秦王謀反，又說盧多遜和秦王交往甚密，也許也參與此事。太宗皇帝命趙普調查此事，趙普心中狂喜，認爲報仇的機會終於等到了。

其實，那些人只是誣告秦王。趙普在調查中得知，秦王趙廷美胸無大志，只是在平日說了幾句無關痛癢的牢騷話而已。至於那個盧多遜，雖和他交往頻繁，所談論的多是私事，卻無一事與朝政有關。趙普苦思一夜，還是狠下心來，他第二天密報太宗皇帝說：「秦王和盧多遜，相互勾結，圖謀不軌，已非一日。幸賴皇上英明，慧眼識奸，否則禍不可知。眼下有驚無險，爲防有變，皇上請速下決斷吧。」

宋太宗暗自慶幸，臉上卻是冒出了冷汗。他勒令秦王回歸私第，子女封爵全部除去；盧多遜發配人煙荒蕪的崖州，即日便行。兩年之後，盧多遜便病死在那裡。

羅織經

原文

友宜重懲，援友者惟招其害。

譯文

朋友應該從重懲處，幫助朋友只會給自己招來禍害。

釋評

對朋友的態度，可見一個人的道德品質和心地本性。酷吏和陰謀者這種置友情於不顧，且要置其重罰，以此邀功求賞，保全自己的行徑，可見其無情的嘴臉。

其實，他們眼裡的朋友，也只是官場上逢場作戲、互相利用的酒肉朋友而已，他們壞事做絕，又何嘗有什麼真正的交情可言呢？即使如此，亦可看出在兇險四伏的官場之上，一個人如果沒有機心，沒有設防，該是一件多麼可怕的事。一旦有了風吹草動，那些所謂的朋友不僅會出賣他，還會落井下石，翻臉無情地加重處治他，更別指望他們有所救助了。

事典

周興的哀嘆

武則天任用的酷吏之中，周興發跡最早，人也最爲機敏狡詐，可謂酷吏之首。他靠羅織他人罪名，擔任秋官侍郎之職後，豢養了數百名無賴，專門從事告密活動，以爲鷹犬。他常教訓他們說：「我們只求爲皇上盡忠，就是親爹老子也要勇於揭發，別的更不能心存善念。特別對朋友，不但要和他們劃界限，還得更加嚴厲；不這樣做就顯示不出你的清白和忠貞了，到頭來自找麻煩，這不是聰明人幹的事呀。」

周興害人無數，自是仇家眾多。有人對他行刺，只因他身邊護衛眾多，防範嚴密，他才沒被殺死，來俊臣一向以周興的朋友自居，於是他對周興說：「大人爲國除奸盡忠，也該慮及自身的安危。國家視你爲棟樑，你不爲自己著想，也要爲天下蒼生惜身啊。」

周興聽之受用，他連連說：「還是你關心我啊，以後有事，我一定幫你的，你放心好了。」

來俊臣巴結周興，無非是著眼於周興的地位和權勢。爲了和他搞好關係，來俊臣常拉他飲酒玩樂；在外人眼裡，他們無異是最要好的朋友。

周興的仇人見刺殺不成，遂以其人之道，還治其人之身，也密告他串通謀反。武則天讓來俊臣審理此案，來俊臣一時變得愁眉不展，他的手下便問他說：「大人和周興乃爲至友，大人可是爲周興憂心？」

來俊臣苦笑搖頭說：「朋友之誼，只在同道之間，如今周興已爲嫌犯，我們何誼之有？我只擔心他過於狡詐，這個案子實難落實。」來俊臣手下大感意外，倒吸涼氣。

來俊臣想好計謀後，便派人請來周興飲酒言歡。他先是極盡恭維周興乃第一辦案高手，無人能及，接著便故作愁煩地說：「有一囚犯極其狡猾，我各種刑具都用過了，還是不能讓他招認，大人可有妙法教我呢？」

周興飄然之間，不僅得意地賣弄說：「囚犯抵賴，全在用刑不酷。我新近想得一法，保管無人能受，自會乖乖招認。」

來俊臣忙著給周興敬酒，周興更加興奮，他比劃著接著說：「拿一大甕，把犯人裝入其中，在甕的四周架上炭火；犯人如不招供，他就會被烤熟烤焦了，你還怕他不就範嗎？」

來俊臣聽過即笑，命人搬來大甕，四周架上炭火，後道：「我奉皇上諭旨，特來審你謀反一案，請君入甕吧。」

周興腦袋轟響，連忙爬在地上，不住地叩頭說：「大人與我乃是至交，此事純屬誣陷，還請大人爲我伸冤。」

來俊臣冷聲說：「你我相交乃出於公義，何來私情？若再胡言亂語，決不輕饒！」

周興癱倒於地，只好把來俊臣所需要的口供招認了。事後周興頓足哀嘆說：「我自詡有識人之能，卻是栽在來俊臣的手裡，我原是有眼無珠啊！」

原文

罪人或免人罪，難爲亦爲也。

譯文

加罪於人或許能避免被人加罪，此事雖不容易也要去做。

釋評

陷人於罪，行事者總有很多的藉口和理由，其中，這樣做能避免被人加罪，便為很多人所信奉。他們害人卻說是為了免受人害，是先下手為強的自保之策，這在專制時代，或許有他的道理；但從人性的角度和社會公理的層面看，這無異是極端兇殘與有違天理的行為，不僅自私，也荒謬絕倫，完全是站不住腳的欺人之談。

酷吏和陰謀家於此的騙人之能，使人往往誤以為他們也是迫不得以，被動行事，這就使他們的罪行披上了一件合法的外衣，令人難察其本來面目。事實上，瘋狂製造冤獄，陷害無辜，六親不認，只有大奸臣惡，喪失人性的人才可能真正做到，善良的人無論如何也是做不到如此絕情的。

事典

檀道濟的憤怒

南北朝時期，宋國的大將檀道濟能征善戰，屢立戰功，深富眾望。檀道濟有此威名，朝中近臣深爲忌恨，想方設法要把他除掉。

檀道濟在朝爲官的一位摯友得此訊息，連忙給他寫信說：「你身爲大將，執掌兵權，手下又多驍勇善戰的將領，你的幾個兒子也在軍中任職，這一切雖是你的榮耀，也是你讓人忌恨的原由啊。現在朝中有人進讒，對你不利，你應自請辭職，上表謝罪。」

檀道濟閱罷書信，心中憤怒，他對幾個兒子說：「我在沙場爲國殺敵，豈是朝中小人所想像的那般無恥？我不是爲己之榮，亦不是謀取私利，此心天日可鑒。」

他的幾個兒子惶恐不安地說：「父親功高震主，歷來又多有冤死的忠臣，我們何必堅持呢？不如卸甲歸田，少卻許多麻煩。」

檀道濟長嘆一聲，他對兒子們說：「時下國家危急，戰事頻繁，我身爲大將，爲了免禍而棄國，大丈夫不能爲也。只望皇上英明，知我此心。」

彭城王劉義康對檀道濟心中賞識，卻也怕他無人能制，或有反意。那些近臣遂多次找上劉義康，力勸劉義康出面抓捕檀道濟，他們對劉義康說：「大王爲皇上至親，當爲皇上分憂啊。檀道濟文武兼備，手握重兵，只怕有一天造起反來，那就無人能敵了。現在你不加罪於他，有一天他就會加罪於你，與其讓他佔先，又怎如我們馬上就動手呢？這是無可選擇的事，大王切不可心存僥倖啊。」

劉義康把心一橫，口道：「不是你死，就是我亡，檀道濟你休怪我無情了。」

不久宋文帝得了重病，劉義康便擬了一道詔書，傳召檀道濟進京議事。檀道濟急欲上路，他的妻子便說：「此事來得突然，你爲人又過於善良，這般輕去，我眞爲你擔心。」

檀道濟卻安慰妻子說：「朝廷召見，必爲戰事，這有什麼好奇怪的呢？我沒有什麼過錯，有什麼可怕的？我速去速回，你放心好了。」

他趕至京城建康，進宮見過皇上，問過安之後，就要起程返回。彭城王極力挽留，且故作親熱地說：「將軍一路勞頓，趁此正好歇息數日，也讓小王代皇上慰問將軍。」

檀道濟無法拒絕，強忍著留下。劉義康暗中把一切安排好了之後，便於一日再召檀道濟入宮，把他收捕；同時宣讀詔書，指控他謀反。檀道濟遭此重擊，立時怒不可遏地說：「你們這是自毀長城！」

身陷人手，檀道濟的任何言詞都是多餘的；他被殺害之後，不明眞相的人，還爲除去了一大禍患而慶幸不已呢。

第十一卷

刑罰卷

致人於死，莫逾構其反也；誘人以服，非刑之無得焉。刑有術，罰尚變，無所不施，人皆授首矣。

智者畏禍，愚者懼刑；言以誅人，刑之極也。明者識時，頑者辯理；勢以待人，罰之肇也。

死之能受，痛之難忍，刑人取其不堪。士不耐辱，人患株親，罰人伐其不甘。人不言罪，加其罪逾彼；證不可得，僞其證率真。刑有不及，陷無不至；不患罪無名，患上不疑也。

人刑者非人也，罰人者非罰也。非人乃賤，非罰乃貴。賤則魚肉，貴則生死。人之取捨，無乃得此乎？

本卷精要

◎陰謀者的招法和酷吏的伎倆，因爲針對性強，切入點準，威懾力大，所以常常是致命的，也是非一般人所能忍受的。

◎在酷吏和陰謀者的整人手法中，不能忽視他們言語恐嚇的殺傷力。

◎專橫和高壓，使得人們不得不隨波逐流，逆來順受，也給酷吏的惡行找到了藉口。

◎懲罰人針對他們不情願的地方，就會給他們帶來最大的痛苦。

◎只要掌有權力，只要把持輿論武器，受害者就無法抗辯鳴冤，世人也難知事情的眞相。

羅織經

原文

致人於死，莫逾構其反也；誘人以服，非刑之無得焉。

譯文

讓人達到死亡的境地，沒有比構陷他謀反更能奏效的事了；誘導人們做到服從，不刑罰他們就達不到目的。

釋評

古往今來，陰謀者都善使誣人謀反之計；歷朝歷代，嚴刑逼供這一手段都為酷吏們推崇。

統治者怕人造反的心理是共同的，他們對此極為敏感和疑心，懲處的結果也是極酷和不赦，這就為那些陰謀者打擊政敵、消滅異己提供了絕好的機會和藉口。

人們大都畏懼肉體的懲罰，酷刑之下很少有人能堅持到最後，這就使酷吏們抓住了人的這個弱點，以此來逼迫人們服從他們的意志，肆無忌憚地製造冤案。陰謀者的招法和酷吏們的伎倆，因為針對性強、切入點準、威懾力大，所以常常是致命的，也是非一般人所能忍受的。

事典

遭人陷害的楊秀

楊秀是隋文帝楊堅的第三個兒子，被封蜀王。楊廣以陰謀手段將楊勇扳倒，自己當上太子後，爲了地位永固，他便把楊秀視爲潛在的敵手，一心將他剷除。他爲此事把投靠他的權臣楊素找來，對他說：「楊秀不除，我的心始終不踏實，你能想個主意嗎？」

楊素微微一笑，說：「他爲人寬厚，生性淡薄，找他的過錯很不容易啊。」

楊廣臉上惶急，不悅道：「你素來足智多謀，難道是你心有不忍，對他留情不成？」

楊素連連擺手，正色說：「太子誤會了。老臣在想，若要治他於死，徹底扳倒，只有告他謀反之罪才成，可皇上哪會輕易相信呢？更何況以他的爲人和平日所爲，朝中上下更不會相信他會謀反。此事既勢在必行，且容老臣三思，周密策劃。」

從此，楊素便在楊堅面前常說楊秀的壞話，爲了讓楊堅相信，他還故作神秘地對楊堅謊報說：「楊秀自謂他有天子之相，陛下以爲如何呢？」

楊堅自是對此反感。時間一長，楊素的百般讒言終使楊堅怒火上竄，他把楊秀召進京來，命楊素審問楊秀。

楊素得此方便，自是不肯放過楊秀，他勸誘楊秀自認謀反不成後，馬上殺氣騰騰地對楊秀吼道：「你雖貴爲皇子，現下卻是我手中的欽犯，我這酷刑無數，你就一樣一樣品嘗吧。」

酷刑之下，養優處尊的楊秀連發慘嚎，楊素如若未見，只催促獄卒用刑加力。過不多時，楊秀遂即昏厥，楊素將他弄醒之後，楊秀如見魔鬼，渾身顫抖，他連說招認，自認詛咒皇上，盼他早死，準備謀反。

有了口供，楊素急忙面見楊廣報告喜訊，楊廣開心之下，卻對楊素說：「他雖招認，可是少了證據，以父皇的精明，他也未必深信，這該如何是好？」

楊素略一思索，即道：「巫蠱害人，古已有之，太子何不令楊秀有此罪名？」

「巫蠱」是一種迷信的害人手法，即刻一木偶，寫上欲害之人的姓名和咒語，在偶人身上遍插釘子，埋於地下，輔以在神前禱告，以置人於死。楊廣於是命人作了兩個木偶，分別寫上父皇楊堅和四弟漢王楊諒的名字，又寫上咒其速死的咒語，將它們埋在華山腳下。一切安排妥當，楊素這才進宮面見楊堅，將楊秀的口供呈上，又將「巫蠱」之事合盤託出。楊堅看罷口供，連聲怒罵楊秀該死；一待楊素親至華山腳下把那木偶挖出，呈給楊堅看時，楊堅氣得七竅生煙，口道：「楊秀如此惡毒，眞是遠過我的想像啊！」

他堅持要把楊秀斬首，眾大臣苦勸之下，他才免其一死。結果楊秀被廢爲庶人囚禁起來。

原文

刑有術，罰尚變，無所不施，人皆授首矣。

譯文

刑訊是講究方法的，責罰貴在有所變化，施行的手段沒有限制，人們就都會伏法認罪了。

釋評

在迫人認罪方面，刑罪手段的適時運用和花樣翻新，目的只有一個，那就是讓人不能承受，產生極大的恐懼，從而不再頑抗，低頭認罪。

在此，冤獄的製造者不惜絞盡腦汁，想出一系列令人為之魂飛色變的酷刑招法，強化對人的迫害力道和精神恐嚇，最大限度地逼人盡快招供，進而省卻不少氣力，花費最短的時間來了結此案。應該指出的是，那些喪失人性的施刑者，他們以此為樂，以殘害他人為榮，這不僅反映了他們的變態心理和極端冷酷，而且由此折射出了在專制時代下，人的一切都被扭曲，甚至人類引以為傲的智慧也被引上歧途，成了殺人害命的幫兇。

酷吏們的發明

據不完全統計，來俊臣審訊被告時所用的酷刑，僅只「枷」一項，就有十個使人心裂膽喪的名號，它們是「定百脈」、「喘不得」、「突地吼」、「著即承」、「失魂膽」、「實同反」、「反是實」、「死豬愁」、「求即死」、「求破家」。這些枷刑，輕則令人手殘肢斷，重則教人當場喪命。更令人恐懼的是，來俊臣在審訊疑犯之前，總是先將一無辜人犯當場施刑，令疑犯在旁觀看，且不得閉上雙目。伴隨著那撕心裂肺的慘嚎和血淋淋的畫面，疑犯有的當場就嚇昏了，有的更是嚇出了瘋癲，精神錯亂。致使許多案子，不待給疑犯用刑，他便老實招認。

朝中大臣曾對來俊臣的辦案能力大表懷疑，他們曾向武則天進言說：「一個人若是自認謀反，他不僅自己被殺，且要連累全族被屠，這樣的罪名，他們怎會輕易地承認呢？我們懷疑來俊臣是在弄虛作假，有意欺瞞皇上啊。」

武則天也覺好奇，詢問之下，來俊臣便解釋說：「這確是難事，可正因如此，才能顯出臣的手段。本來他們早作好了死頑抗的準備，甚至有的試圖自殺，不過臣的酷刑，讓他求生不得，求死不能，遠比死亡還讓他們痛楚；他們痛不可忍，爲了過關，自是如實招供。」

武則天不置可否。她以女性之身篡奪李姓政權，在那個時代自是遭到了大多數人的反對。她為了保護自己的王朝，極端地採取了任用酷吏的政策，目的就是要作大規模但表面合法的屠殺。

有了武則天的支持，酷吏們大批湧現，為了邀功示能，他們便在酷刑上出奇出新；為求得到重用，他們所製造的冤案越來越大，而這一切竟全得力於他們「發明」的酷刑上。

來俊臣的酷刑有的有著十分動聽的名字，在這方面的想像力，來俊臣可謂做到了極致。和它們所擁有的美麗名稱相反，這些酷刑是極其殘忍和惡毒的。「鳳凰展翅」，是把被告綁上短木，像扭絞繩索一樣地扭絞雙臂，痛徹難當，不須多時，被告的雙臂就會被絞斷。「驢駒拔撅」，是把被告綁在柱子上，用繩子繫住頸項，向前拉扯，如不馬上招認，脖子就會被拉斷，氣絕身亡。「仙人獻果」，是讓被告光著身子跪在碎瓦礫上，雙手捧枷，舉過頭頂，須臾之間，膝蓋就會痛疼入骨，血流當場。「玉女登梯」，是逼使被告爬上高梯，用繩子栓住脖子，向背後拉拽，如不招供，用力之下，人會窒息而死，不馬上死的也會跌下摔死。

索元禮也是酷吏中很有名的一位，他的發明也有其獨到之處。他讓被告將頭伸進一特製的鐵籠之中，鐵籠裡面釘滿鐵針，如不立招，籠子裡的鐵針便會伸縮暴長，直將被告的頭顱刺穿。他曾把被告倒懸掛起，在其頭部繫上石頭，被告若是反抗，他便會加大石塊的重量。索元禮最有名的一招，便是用鐵圈套在被告的頭上，在縫隙中打入木楔，如不招認，他便會用力拍擊木楔，讓被告腦漿崩裂而死。

侯思止是一個文盲酷吏，他雖沒有什麼特別花樣，只有一招便讓人膽寒心碎。他常將被告雙足縛住，在地上倒拖不止，被告不招，身子腦袋都會拖爛磨破，其中的痛苦自是難以言喻了。

原文

智者畏禍，愚者懼刑；言以誅人，刑之極也。

譯文

有智慧的人畏懼禍事，愚笨的人害怕刑罰；用言語來殺人，這是刑罰中最高明的。

釋評

在酷吏和陰謀者的偵訊手法中，不能忽視他們言語恐嚇的殺傷力。「不戰而屈人之兵」，他們對此也特別看重。如能不費氣力，讓被告痛快招認，他們何嘗不希望如此呢？問題是能做到這一點的人實在不多，這不僅需要過人的智力，還得對被告有深入的了解，如此方能攻入其心，徹底解除被告的武裝。

在此，智者和愚者的態度和弱點是不同的，智者害怕禍患，曉之以理，讓他們知道後果的嚴重，他們有的便會不再死硬到底；愚直的人不撞南牆不回頭，他們不遭受刑罰的痛苦，就始終存有僥倖之心。酷吏和陰謀者正是掌握了他們的這種行為特徵，偵訊上才會有所區別。在這一點上，他們不愧是「整人高手」，也可算是「心理大師」了。

事典

盧杞的暗算

唐德宗時，盧杞和楊炎同任宰相，互相攻訐，勢同水火。盧杞幾次想把楊炎排擠出朝廷，只因楊炎善於理財，文才亦好，德宗皇帝一時離不開他，所以盧杞的圖謀屢屢受挫，爲此他十分心焦。

一次，盧杞把心中的愁苦對他的心腹手下說了，那人便給他出了個主意，說：「皇上此刻信任楊炎，你卻每每說他的壞話，長此以往，皇上對你的用心都會產生懷疑，只怕扳不到他，你反而卻惹禍上身。依我之見，你盡可找準機會，明裡不說其惡，卻暗藏殺招，使皇上容易接受，楊炎也不會發覺，這不是更好的方法嗎？」

盧杞深受啓發，便尋機下手。不久，藩鎮梁崇義發動叛亂，德宗皇帝欲命另一藩鎮李希烈前去討伐，楊炎卻再三阻止說：「李希烈狼子野心，和梁崇義本是一路貨色，若是讓他立了此功，他更會恃功自傲，藐視朝廷，豈不爲患更大？」

德宗皇帝不聽，楊炎卻極力反對，德宗皇帝對他十分不滿，便直接下命李希烈出兵。不巧，天降大雨，李希烈苦於準備不足，又兼道路泥濘難行，出兵便延緩下來。盧杞趁機就對德宗皇帝說：「楊炎他冒犯陛下不說，這會李希烈也因怪他說自己的壞話拒不出兵，楊炎實不該這樣誤事啊。平叛不可一日延誤，陛下何不暫時免去楊炎的宰相之位，好讓李希烈釋懷發兵呢？待到平叛功成，到時再讓楊炎復官，也不算對他有什麼傷害。」

盧杞這話說得不露痕跡，表面上也沒有攻擊楊炎之詞，德宗皇帝急於平叛，馬上就答應了。楊炎被免除了宰相之位，盧杞獨掌大權，自不會讓楊炎有東山再起的機會，遂趁熱打鐵，又誣陷他有反篡之心，圖謀作亂。

德宗皇帝對盧杞的無端指責開始並不相信，他說：「楊炎這個人，我還是了解的，他聰明過人，行事穩重，說他不軌，你又無憑無據，這事讓人萬難相信。」

盧杞碰了釘子，可他並不氣餒。命人四下收集可為所用的楊炎情報，希望從中牽強附會，以為證據。結果楊炎在長安曲江池邊為祖先建了一座祠廟之事，被盧杞看中了，他就此向德宗皇帝歪曲說：「楊炎存心謀反行篡，這件事就非比尋常。那裡有帝王之氣，人人皆知，朝廷向來不准在此築屋。先前玄宗就曾命宰相蕭嵩，遷出他建在那裡的家廟，如今楊炎明知故犯，其險惡用心不是昭然若揭嗎？」

德宗皇帝這會已聽得心驚肉跳，他馬上傳旨把楊炎貶至崖州。後經盧杞再三挑拔，德宗皇帝又將他殺死。

原文

明者識時，頑者辯理；勢以待人，罰之肇也。

譯文

聰明的人能認清當前的客觀形勢，愚頑的人卻一味辯說有理與無理；按照形勢的要求對待他人，這是責罰人的出發點。

釋評

俗話說，識時務者為俊傑。在酷吏和陰謀者的眼裡，與他們抗爭，拒不認罪的人，便是不識時務。這既說明了他們的狂妄和自大，也顯示了是非顛倒、酷刑成風的專制社會下的真實狀態。

在這種黑暗現實下，公理被廢棄了，正義被扼殺了，凡事無理可講，強權和暴行讓人只能按照當權者的意志行事，否則便是叛逆，便要殘酷懲罰。如此專橫和高壓，使得人們不得不隨波逐流、逆來順受，而統治者懲罰的重點和初衷，也會變本加厲，根據形勢的變化，隨意打擊和誣陷他們心中的不服從者和不合作者，給人上綱上線，羅織罪名。這是酷吏政治產生的根本所在，也是專制社會世風日下、道德淪喪的本質原因。

事典

張敞的把柄

漢宣帝時，張敞被朝廷從膠東召到京師，擔任京兆尹之職。初來乍到，便有好心人提醒張敞說：「這裡非比他地，因爲有了當朝權貴的庇護，不但盜賊猖獗，且是無人敢管。你不要魯莽行事，睜一隻眼閉一隻眼算了。」

張敞嫉惡如仇，對此反駁道：「我身爲京師長官，豈能任賊橫行，尸位素餐呢？長此以往，官匪勾結、正義不張，朝廷當是不攻自破了。我幸得此位，自要鋤奸除惡，爲國盡忠。」

張敞決心除賊，他先是向長安父老了解情況，打探盜賊們的詳細住處，後是精心安排人手，制定行動方案。這時有人建議說：「這裡賊多勢眾，與其力敵，不如智取。大人若依小人之計，盡可讓所有盜賊無一漏網，少費周折。」

張敞聽從了那人的建議，於是將那些強盜頭目都一一尋來，或動之以刑，或曉之以法，待他們伏罪之後，張敞便封他們都做了官府的小官。此舉令許多人頗感驚詫，他們對張敞責怪說：「不懲治他們，也就是了，這般委以官職，太過離譜，怎能服人呢？」

張敞無動於衷，堅持己見。那些強盜頭目的手下一見他們的頭目得官，於是從四面八方趕來表示祝賀。強盜頭目便依張敞的吩咐把手下一一灌醉，並用紅土在他們衣服後面標上記號。一待酒席散去，守候在外面的捕盜官員便依據標記，將出門的強盜抓捕歸案。如此炮製，張敞沒有多長時間，便將盜賊一掃而光，首都長安變得一片安寧。

如此大得人心之舉，那些朝中的權貴卻恨在心上。他們不能公開爲盜賊們辯護，便千方百計找尋張敞的錯處，只想藉此對他打擊報復。難得張敞並無劣跡，小的過失也遍尋不著，權貴們急了，他們聽說張敞經常給妻子描眉，便以此做爲把柄，向皇帝告狀說：「張敞毫無大臣之禮，行爲下賤，舉止不端，這樣輕佻的人是不能立足於朝廷的，請皇上嚴肅法紀，罷斥此人。」

群情洶洶，討伐張敞的人越來越多，他們所言其中的害處也越來越大，漢宣帝於是把張敞召來，當面向他問訊說：「他們所言之事可是實情呢？」

張敞心中憤怒，卻是強忍著點了點頭，口道：「此乃閨房私事，與他人何干？與朝政何干？他們小題大作，乃是別有用心，請皇上爲我作主。」

漢宣帝一時啞口無言，後道：「話雖如此，你也要自重啊。」

張敞日後多有建樹，漢宣帝卻從不重用他。朝中的權貴仍抓住這個把柄不放，對張敞的攻擊和責難始終也沒有停息。

原文

死之能受，痛之難忍，刑人取其不堪。

譯文

死亡可以接受，痛苦難以忍耐，給人動刑選取他們不能忍受的。

釋評

死亡的痛苦是一時的，肉體的折磨和摧殘卻會讓人有生不如死的感覺，這種活生生的痛苦，常使人只求速死，對死亡卻不以為懼了。

酷吏和陰謀者自是掌握人們的這種心態，他們要的就是人們不能忍受酷刑時的屈服，於是他們故意不讓受刑者死去，而百般折磨，甚至在肉體懲罰的同時，加以精神污辱和名譽攻擊；只要打擊有效，他們都會毫不猶豫地實行。應該說人的意志力和承受力終是有限的，在這種不擇手段的摧殘面前，酷吏和陰謀者往往會奸計得逞。當他們舉杯而賀、彈冠相慶的時候，他們的醜行也被釘在了歷史的恥辱柱上，留下無盡的罵名。

事典

周興的本事

周興初爲酷吏之時，由於其手段殘忍、善窺上意、破案迅速，武則天對他十分賞識。當時的宰相魏玄同一次卻對武則天說：「周興肆意濫殺，爲人狡詐，陛下不可對之信任太過。他這個人膽子太大，我眞怕他有一天做出極端的事來，讓陛下難堪啊。」

此事讓周興知道後，他便把下一個陷害目標鎖定在魏玄同身上，日夜琢磨如何將他治罪。大將黑齒常戰功卓著，他對魏玄同十分敬重，二人平日多有來往。周興一次見他們二人一同遊玩，車馬隨從眾多，不禁心生一計，遂馬上求見武則天，奏告說：「朝中大臣和領兵大將素來親密，形影不離，陛下以爲這是正常的事嗎？眼下魏玄同和大將黑齒常交往可疑，又有人告其將要謀反，今日我見他們出行在道，護衛甲兵頗多，招搖於市，特來報與陛下知曉。」

武則天遂命周興徹查此事，周興於是把魏玄同、黑齒常抓捕審問。開始，周興讓手下人具體辦理此案，可是幾天過後，他的手下人卻向他彙報說：「魏玄同、黑齒常二人軟硬不吃，堅不認罪，看來只好請大人出面審理了。」

周興心中暗驚，面上卻冷笑道：「還是你們無能啊，讓老子出山，這不是給他們的面子嗎？」

手下人於是眾口恭維周興本事超群，無人能比。周興被其吹捧得洋洋得意，他自負地對他們說：「碰上這樣的硬漢，你們不行，那就看我周興的本事了。幹我們這一行的，沒有這個本事怎麼成呢？別說他們謀反有疑，就是完全冤枉，也得讓他們俯首認罪。做不到這一點，我們還能混下去嗎？」

周興於是親自審訊二人。魏玄同、黑齒常一見周興，遂即破口大罵，周興卻陰冷一笑，口中說：「你們這般行事，無非求死，免遭苦罪，我周興豈能上你們的當呢？實話和你們說，若是你們老實低頭，如實交待，我自會求請皇上饒了你們的家人。如若不然，你們必死不說，且要多受酷刑，連累你們的家人一同被誅，這個結果就損失慘重了，你們眞想如此收場嗎？」

一言未盡，魏玄同和黑齒常已是冷汗直冒，臉色盡變。他們相視之下，不覺都低頭重嘆，魏玄同首先開口說：「我等蒙此奇冤，爲了家人，卻不敢向大人叫屈了，望大人手下留情，我等雖死亦是値了。」

周興連聲應允，魏玄同、黑齒常泣淚認罪，武則天遂傳命將他們處死。事後，周興的手下問他此事的訣竅，周興奸笑著回答說：「他們一個是宰相，一個是大將，尋常的那一套既不中用，想必他們已是不惜自身，只能改攻他處。身爲人父，沒有人不顧念自己子孫的，我以此要脅，果然一擊而中。因爲我知道，這是人之常情啊。」

原文

士不耐辱，人患株親，罰人伐其不甘。

譯文

讀書人忍耐不了屈辱，人們都擔心株連自己的親人，懲罰人要攻取他們不情願之處。

釋評

懲罰人針對他們不情願的地方，就會給他們帶來最大的痛苦，也會令他們心有顧忌、痛不能捨，這就佔據了主動，把人掌握在自己的手中。

酷吏和陰謀者懲罰人的這種方略，一則給他們帶來極大的變態快感，二則以此要脅和刺激之下，剛強之人也難免棄械投降，放棄抵抗。這固然是陰險之術，也不可否認，這也許正是酷吏和陰謀者每每得逞的奧秘所在。

他們深通人性，善於針對不同的人而採取不同的策略。同時，讀書人的不堪忍辱，正直人的情感太重，這本是人性中優點的性格特徵，在這裡也顯現出了它有弊的一面。結果讓小人鑽了空子，利用此節，為他們達成陰謀了。

事典

孫嘉淦的巨變

清朝雍正皇帝上臺不久，翰林院的孫嘉淦就上疏論「親骨肉」等敏感的政治問題，暗中斥責雍正薄情寡恩，苛待兄弟，嚴對大臣。雍正本想殺他，卻念自己剛剛繼位，孫嘉淦又頗有名望，所以強忍憤怒，只將他逐出翰林院了事。

經此兇險，孫嘉淦卻不以爲意，他對勸誡自己小心改過的人說：「我乃進士出身，飽讀詩書，豈能學那媚上之輩，搖尾乞憐，不進忠言呢？縱是有殺身之禍，我也決不做有辱讀書人的事。」

勸他的人嘆息說：「你以無辱爲上，不肯迎合皇上，這怎能在官場立足呢？你不要以不受辱爲榮，在我看來，這不僅不是你的優點，反是你致命的缺處了。如此下去，禍患不遠。」孫嘉淦和他辱槍舌劍，斥他明哲保身；自己卻一如前狀，仍是屢屢上書進言，言詞激烈，日甚一日。

雍正皇帝終於無法忍耐，將他逮捕入獄。審訊他的官吏無才無學，藉此便嘲笑他說：「你才高八斗，有個屁用？老子只知效忠，大字不識幾個，卻是能對你訊問，打罰由我，你可服嗎？」孫嘉淦自是心頭火起，對他痛罵不止。那個官吏見他氣得臉色失青，渾身亂抖，冷冷一笑說：「你眞是個書呆子，我還沒有打你，你便受不住了，似你這樣，還能在朝爲官？你瞧我不起，今個我偏偏要重重地治你，讓你也有個記性。」

他傳命獄卒把孫嘉淦按倒在地，由他親自動手，杖打孫嘉淦的屁股；他又把孫嘉淦拎起，左右開弓，打了他幾十個耳光。一番污辱和折磨之後，那個官吏再將狼狽不堪的孫嘉淦揪到自己的面前，嘻笑著說：「你還不服嗎？」

孫嘉淦眼冒金星，體痛難支，他血氣上湧，又喃喃罵了幾聲。那個官吏一腳將他踢翻，掄拳暴打他的腦袋；孫嘉淦昏迷之後，那個官吏又在他身上撒尿洩憤。

孫嘉淦的朋友探監之時，見孫嘉淦被折磨得不成人形，問過情由，他憐惜地對孫嘉淦勸說道：「你上了他們的當了。他們故意污辱你，目的就是激怒你，他們好藉此責罰，置你死地。再說，我們讀書人以救國天平下爲己任，你又何必和小人結怨而誤大事呢？」

孫嘉淦此時神情灰敗，再無先前的倔傲之氣，他痛聲說：「獄吏之貴，今日我才知道啊。你說得對，我不能不明不白地死在這裡。否則，我枉死不說，更要株連我的家人。都怪我太意氣用事了，結果親者痛仇者快。」

孫嘉淦至此性情大變。他出獄後，再無先前的鋒芒，處事圓溜多變，對上更爲乖巧恭順，成了一個十足的政治奴才。

羅織經

原文

人不言罪，加其罪逾彼；證不可得，僞其證率眞。

譯文

人們不承認有罪，就把他的罪名加得比原來的罪名還大；證據無法得到，就僞造證據，且造得跟眞的一樣。

釋評

酷吏和陰謀者在製造冤獄時，總會碰到受害者死不認罪的情況，面對如此強硬的對手，也難不倒他們。他們採取的辦法，一是罪上加罪，以示威嚇和脅迫；二是偽造證據，以便欺上瞞下。這些卑鄙的辦法在專制時代是十分流行的，君主極權和缺少法制註定會滋生出這個惡果。只要掌有權力，只要把持輿論武器，受害者就無門抗辯鳴冤，世人也難知事情的真相；酷吏和陰謀者有恃無恐，自能為所欲為了。

事典

慘死的任圜

五代十國時期，任圜是後唐明宗朝的宰相。任圜文武全才，爲人剛烈，爲此，樞密使安重誨忌恨於他，處處和他作對。

任圜的家人和朋友深知安重誨深得明宗寵信，於是多次勸任圜和安重誨結交釋怨，他們說：「安重誨是個典型的小人，什麼事都會幹出來的。你雖貴爲宰相，可他執掌兵權，你既奈何不了他，又何必得罪他呢？」

任圜打心眼裡瞧不起安重誨，他一聽即怒，拍案道：「他算什麼東西！若不是皇上寵信，我第一個就彈劾他。讓我和這種人和好，除非太陽從西邊出來。」

任圜的家人見他執意不從，爲了不惹禍端，他們便悄悄派人備上重禮送與安重誨，謊說是任圜所託。安重誨十分得意，第二天上朝時他便對任圜道：「你我同心，這是都有好處的事，大人既知悔悟，我也不計較了。」

任圜心中驚怪，回家問詢之下，他才知送禮之事，不禁暴跳如雷，竟親自操起棍棒責打家人。然後，他親自直闖安重誨府弟，直接索回所送之禮，竟是當街發給了眾人。

安重誨恨死了任圜，從此便在明宗面前屢進讒言。爲了搞垮他，安重誨還勾結黨羽，脅迫大臣連番上表，無中生有地揭發任圜的罪行。有的人爲了討好安重誨，竟在朝堂之上對明宗皇帝說：「任圜不去，此賊不除，我就絕食抗議。皇上不聽忠言，我只能以死進諫。」

迫於形勢，明宗皇帝只好將任圜的宰相之職罷免。任圜不服，卻也無可奈何。

安重誨對任圜的去職並不滿意，他生怕有一天明宗會回心轉意，就想伺機將他害死。過了不久，宣武節度使朱守殷起兵造反，任圜於是誣陷任圜和朱守殷勾結，稟告明宗說：「任圜失去相位，心懷不滿，這才會和朱守殷聯手。朱守殷若是有了他這個內應，內外夾攻之下，皇上的江山就兇險了。」

明宗一聽果然害怕，便命安重誨審問任圜。任圜死不認罪，還痛罵安重誨說：「大敵當前，你以個人私怨害我，將皇上置於何地？我定奏明皇上，讓你這個奸臣賊子現出原形。」

安重誨惱怒之下，惡恨恨地說：「你拒不認罪，這就是欺君大罪了；欺君當死，你還想活著見皇上嗎？」

他命人將任圜亂棍打死，隨後又僞造了一份任圜招供認罪的口供，拖過已身死的任圜，印上他的手印。明宗皇帝見證據確鑿，也沒怪罪安重誨擅殺，只喃喃道：「任圜這麼兇惡，先前我怎會不識其奸呢？」

原文

刑有不及，陷無不至；不患罪無名，患上不疑也。

譯文

刑罰有做不到的地方，誣陷卻什麼都可以做到；不擔心給其加罪沒有名義，擔心的是君主對其沒有疑心。

釋評

君主的猜疑之心，是每個君主都共有的，也是他們的顯著特徵。如果這種猜疑加諸在某個人身上，這個人的麻煩便由此產生了。歸根結底，這是一切冤案產生的根源，也是酷吏和陰謀者最能利用君主之處。

刑罰的作用終是有限的，起碼對仁人志士來說，它的作用就微不足道。誣陷栽贓就不同了，小人可以任意誹謗，凡事可以虛構牽連，人證物證又可以做假，縱是人寧死不認，在所謂的事實面前這只能算頑抗到底，並不能阻礙給人定罪。

於是，酷吏和陰謀者便把害人的重點，放在誣陷和讓君主猜疑上，有了這些，害人就不是件難事，他們的目的也會輕而易舉地達到。

事典

李孝逸的災難

西元六八四年，武則天立武氏七廟，準備稱帝。徐敬業讓駱賓王起草討武檄文，在揚州起兵造反。武則天命李孝逸受命統兵抗敵，兩軍對壘之際，徐敬業派人策反李孝逸說：「你是李氏子孫，又是文武全才，怎能放棄祖宗的江山，卻要爲武氏賣力效命呢？如若我們合兵一處，我家將軍可使大人爲三軍主帥，如此兵強馬壯，人心在我，何愁大人沒有享不盡的富貴？」李孝逸依附武則天決心已定，他不僅未接受勸告，反把來使痛打一頓，斥之說：「順天行事，乃君子之道，我心可鑒，誓死效忠武氏。徐敬業起兵犯上，若不投降，他只有死路一條。」

李孝逸放回徐敬業的來使傳話，遂精心準備戰事。幾場大戰過後，九月起兵的徐敬業，到了十一月便被李孝逸攻破江都，徐敬業大敗身死，一場禍亂遂消於無形。

有此奇功一件，武則天對李孝逸封賞有加，引爲倚重。李孝逸以之爲傲，行事也不像從前那麼謹愼小心。一次，他竟對朝中顯貴、武則天的侄子武承嗣誇耀其功說：「大人文有韜略，我武有智謀，還望大人不要以爲天下從此就太平無事了，指望我的地方還多著呢。」

李孝逸說者無心，武承嗣卻聽者有意，以爲他譏諷自己，再加上他本來就對李孝逸立有大功心懷嫉妒，於是他雖臉上作笑，心中卻有了害他之意。

一待落實此事，武承嗣竟犯難了：李孝逸所立的大功無法抹殺，武則天對他又十分器重，該從何處下手呢？他心中煩燥，不停地在桌案上比劃李孝逸的名字，許久過後，當他把目光定在那個「逸」字之上時，忽有所悟，繼而眉開眼笑。

一日朝罷，武承嗣一人留下，他對武則天奏報說：「李孝逸竟欲謀反，陛下知道嗎？」

武則天心驚肉跳，面上卻十分鎮定，她慢聲細語地說：「他要謀反，你如何得知的呢？」

武承嗣瞎編一通，最後說：「他手握軍權，又是李氏宗親，如今又騙得陛下賞識，此人實爲我朝的大患。最能顯示其不軌之心的是，他居然說自己名字中的『逸』字，中有一『兔』，兔是月亮上的神物，高高在上，所以他才當有天下。」

如此拙劣謊言，在武則天聽來竟有了效力。她篡唐建周，心中有鬼，便對別人處處猜忌，惟恐有人造反生事；對手有重兵的大將，她的疑心就更重了。她稍有遲疑，早就摸透了她心思的武承嗣又連番進言，力勸她不可姑息弄奸。最後，還是寧可信其有、不可信其無的心理占了上風，武則天下旨將李孝逸流放海南。李孝逸不久就死在了那裡，臨死還在喊冤。

羅織經

原文

人刑者非人也，罰人者非罰也。非人乃賤，非罰乃貴。

譯文

被人用刑的人會受到非人的待遇，懲罰別人的人自己就會避免被懲罰。遭受非人的待遇就低賤，不受懲罰就高貴。

釋評

酷吏和陰謀者陷害無辜、殘害忠良，說穿了他們無不是想藉此向統治者邀功賣好，作為求取富貴、向上爬的階梯。

在他們眼中，不把別人置於死地，自己就會被別人暗害；自己先動手懲罰別人，自己就能佔據主動，不會受制於人，被別人懲罰了。這種狹隘心胸和變態心理，促使他們不顧正義和良心的遣責，不僅以製造冤案為榮，更以折磨人為樂。他們把個人的榮華富貴，寄託在剝奪別人的自由和生命上，完全喪失了人性。

他們如此兇殘，統治者對他們也會心生畏懼和充滿戒心，一旦他們失去利用價值或招來無怨人怒，統治者總會毫不猶豫地把他們拋出，做為替罪羊無情宰殺。

事典

武則天的高明

武則天向以重用酷吏聞名，她手下的酷吏之多，酷吏之惡，可謂亙古少有。一個周興，他一人便殺無辜數千人；來俊臣更是殘暴，他滅絕的忠良達千餘家。

對酷吏們的窮凶極惡，武則天是頗爲欣賞的，她曾對來俊臣嘉勉說：「我的江山，有你們很大的功勞。反對我的人太多了，沒有你們的極力絞殺，眞不知道會出多少亂子。你們大可便宜從事，爲朝廷剷除奸黨。」

來俊臣等人受寵若驚，更加死心塌地爲武則天賣命。他們自以爲有了皇帝撐腰，就可永保富貴，來俊臣曾囂張地對自己手下人說：「我們乃是奉皇上旨意行事，縱是千錯萬錯，那也和我們無關，你們何必畏手畏腳呢？捅出天大的麻煩，只要皇上不怪罪，那就是小事一樁，你們完全不必介意啊。」

酷吏們的暴行，朝中大臣、天下百姓無不對之恨之入骨，他們敢怒不敢言，仇恨卻在積聚，隨時有暴發之勢。

武則天的心腹大臣爲此憂心，他委婉地勸諫武則天說：「酷吏膽大妄爲，惡名昭著，這會影響陛下的名聲啊，陛下何不下一道旨意，讓他們有所收斂呢？」

武則天冷笑幾聲，後說：「現在乃非常時期，免不了有非常之事。此事日後再議，我自有主意。」

武則天其實更爲此事擔心，如果天下人都被酷吏逼反，她這個皇帝也當不成了。只是眼下對手還沒盡除，只要等到對手消滅殆盡，皇位穩固，到那時再殺酷吏不遲。

有此打算，武則天從此對所有上書反對酷吏的人一概斥責，有的甚至打入監牢，讓酷吏們自行處置。酷吏們越發不可一世，他們辦起事來也更加賣力。

當武則天的對手和潛在敵人，被酷吏們收拾得幾乎已盡的時候，武則天見酷吏已無多大用處，加上爲了收買人心，於是便突然變臉，先是殺了索元禮、丘神勣、周興，最後，她還親自下令處死來俊臣，且頒發詔書，向天下人公布來俊臣的罪惡，詔書中說：「來俊臣濫用刑罰，有法不遵，欺君惑眾，此賊完全是一人作惡，危害國家和百姓，不殺之不足以明法紀、平民憤。來俊臣爲禍甚烈，他的家族也應全部屠滅，以慰天下。」

如此一來，武則天把罪責都推給了酷吏們不說，她自己也成了爲百姓報仇雪恨的大好人了。史書上說她：「殺人以慰人望，手段中謂高明。」

原文

賤則魚肉，貴則生死。人之取捨，無乃得此乎？

譯文

低賤的人就任人宰割，高貴的人就主宰別人的生死命運。人們的選擇態度和行爲，恐怕是源出於此吧？

釋評

不可否認，酷吏政治下的人們，在高壓和淫威下，他們的人生選擇和行事方式會有極大的轉變。這種轉變是被迫的，也是無可奈何的，只有少數投機者才會對此心甘情願，愉悅之至。

靠出賣良心、殺人害命得來的富貴，正直的人是不屑的，他們迫於形勢，隨機應變，只不過是為了躲避災難，保全自己。這和那些利慾薰心、死心賣命的人有著本質的不同。利慾薰心之輩，死心賣命之流，他們往往在這個時候搖身一變，目的只在求取功名，賺得好處，至於由此帶來的災害，他們只要事不關己，便懶得去問了。不管怎樣，酷吏政治對人的影響都是巨大的，由此產生的惡果也是觸目驚心、醜態百出。

事典

蘇味道的軟骨病

蘇味道是武則天時期的宰相，在這個酷吏橫行的兇險時代，許多大臣都慘遭毒手，家破人亡，蘇味道卻毫髮無損，官運亨通。有人向他求教此中道理，他便常對人說：「人得因時而變啊，不變就行不通了。時下酷吏受寵，我敢得罪他們嗎？如今直言獲罪，我敢講眞話嗎？現在人人自危，我敢大意嗎？既是不敢之處太多，最好的方法就是辦任何事情都不能有太明確的態度，對國家大事不要提任何主張，對所有人都不要去得罪。」

正因他如此行事，人們便給他起了個外號叫「蘇模稜」，「模稜兩可」的成語便由此而來。蘇味道這般圓滑和小心，他的一個朋友還覺得他做的不夠，他提醒蘇味道說：「你凡事躲避，置身事外，這雖能保身一時，卻不是永固之道啊。如今皇上最喜祥瑞之事，尋常百姓都有所呈報，你身爲宰相卻無此功，怎樣得通呢？萬一皇上怪你肉眼凡胎，不配相位；酷吏告你有意隱匿不報，心存不軌，你該如何應對呢？」

蘇味道渾身涼透，跺足道：「此中疏漏，可謂大矣，我眞是罪該萬死了！」

蘇味道從此命人遍尋祥瑞之物，只因此物實在難尋，他一時無有所獲，竟是夜不成寐，惶惶不可終日。

這年三月，長安城卻突降大雪，實屬反常。在人們的驚怪聲中，蘇味道卻靈機一動，他對百官說：「時值暮春，本該天降雨水，這會大雪紛飛，當是祥瑞之象，各位可隨我入宮面聖，賀喜皇上。」

百官隨聲附合，獨有殿中侍御史王求禮反對說：「眼下草木正榮，大雪落下，勢必成災，這哪裡算得上祥瑞呢？」

蘇味道厲聲斥責王求禮胡說，於是親率百官入宮。在武則天面前，王求禮仍是堅持己見，力勸她不可接受稱賀。武則天亦覺此事有害無益，說什麼也算不上祥瑞，她便沒有接受稱賀。既便如此，她也沒有嘉許王求禮一句，說他直言可勉；對蘇味道的諂媚胡謅，武則天反是心中暗喜，沒有半句的責備。

第十二卷 瓜蔓卷

事不至大，無以驚人。案不及眾，功之匪顯。上以求安，下以邀寵，其冤固有，未可免也。

榮以榮人者榮，禍以禍人者禍。榮非己莫恃，禍惟他勿縱。罪無實者，他罪可代；惡無彰者，人惡以附。心之患者，置敵一黨；情之怨者，陷其奸邪。

官之友，民之敵；親之友，仇之敵，敵者無常也。榮之友，敗之敵；賤之友，貴之敵，友者有時也。是以權不可廢，廢則失本，情不可濫，濫則人忌；人不可密，密則疑生；心不可託，託則禍伏。智者不招己害，能者尋隙求功。餌之以逮，事無悖矣。

本卷精要

◎每一件大的冤案、錯案，統治者都有不可推卸的責任，甚至是眞正的元兇。

◎在淫威強權之下，縱是智慧再高，有時也是全然無用。

◎在人際關係中，保持一定的距離對誰都有好處。

◎在朋友眼裡看來無妨的東西，在小人的眼中就大有文章可做了。

◎多數的冤案，表面上人證物證俱在，看似合理合法，挑不出什麼毛病，這正是冤案製造者的狡猾之處。

原文

事不至大，無以驚人。案不及眾，功之匪顯。

譯文

事情不是很大，就不能讓人震驚。案件不是牽扯人多，功勞就不能顯現。

釋評

整人者之所以害人，關鍵在於一件驚天巨案的靠破，統治者視以為功，總是要加以重賞和加官晉爵的。這一巨大利益的推動，整人者往往把它視為升官發財的捷徑；而那些原本品質不壞的人，受此誘惑和啟發，漸漸地會加入到整人者的行列。至於那些被整的人，或出於報復，或因刺激神情大變，也會倒戈一擊，以其人之道還治其人之身。

由此而形成的整人成風、涉人激增的局面，便更刺激人在整人時求大、求多。在他們看來，惟其如此，才能一鳴驚人，惹人重視；惟其如此，才能得立大功，爬上高位。有此心態，他們自不會放過任何蛛絲馬跡，挖空心思，肆意誣陷和捏造，從而造就出一件件大案，使眾多無辜的人無端受害。

事典

李秦授的建議

李秦授是武則天時期的一個小官吏，他無才無德，卻野心不小，爲了得到升遷，他不惜傾盡家財四處活動。既便如此，只因他的家當所值不多，所能送禮的錢財自是有限，他的這一努力卻未見成效。

李秦授怨天尤人之際，他的一位酒肉朋友便開導他說：「現在形勢變了，皇上重用酷吏，重賞舉報之人，你何不在此動點腦筋呢？這是無本的生意，你又鬼點子特多，這最適合你了。」

李秦授拍案叫好，連連稱謝。他連夜便寫了一封舉報信，誣告他的上司意圖謀反。誰知還是晚了一步，早有人搶在他的前頭已告其人了。李秦授心中叫苦，他仍不氣餒，又誣告他上司的上司謀反。這次更糟，偏巧那個人因舉報有功，正走紅運，李秦授誣告不成，還險些讓人反咬一口，惹下大禍。

連連碰壁，李秦授有些灰心，自感誣陷告密也不是一件簡單的事了。他仍不死心，遂親自登門求教他的那位酒肉朋友，那人便說：「現在人人告密，個個舉報，你不弄點絕活是顯不出來了。我正好有個主意，只是拿捏不準，風險極大，你若願意，這事我就讓給你了。事成，你不能少了我的好處；事敗，那是你一人倒楣。」

李秦授咬緊牙關，狠狠地說：「豁出去了，有什麼妙法，你儘管說吧。」

那人沉吟片刻，就說：「皇上登基以來，所殺皇親國戚和大臣眾多，他們的家人和親族都被流放在外，這些人我算了算，足有數萬之多啊。如果把這些人定罪害死，豈不是奇功一件？當眞是無人能比。不過萬一罪名不當，若是皇上不忍下手，那就是自找麻煩了。」

李秦授一聽如此，也感有些棘手。他考慮再三，最後咬牙一博，於是他上書武則天，建議說：「那些流放之人，人有數萬，心懷怨恨，這些人若是同心協力，起事造反，眞可謂以一敵十，堪爲大患。他們和朝廷不的仇怨是不共戴天的，也是陛下無法教化的，望陛下不可大意輕心，儘早剷除。」

當天夜裡，武則天就召李秦授入宮，喜不自禁地對他說：「若不是有你提醒，我眞忽視了這個最大的後患啊。你叫秦授，這是上天把你授給我的，我怎會不接受你的建議呢？」

武則天當場將李秦授升官數級，賞以巨額錢財，還賜給他十名美貌絕倫的歌妓。而那數萬之眾的流放者，卻因李秦授的一語建言被誅殺一光。

原文

上以求安，下以邀寵，其冤固有，未可免也。

譯文

君主用它求取安定，臣子用它邀功取寵，這裡的冤情一定會有，卻是不可避免的。

釋評

殘害無辜，大搞株連，統治者和酷吏們的出發點雖有不同，但他們故意為之的心都是相同的。

表面上，統治者往往以被酷吏所欺、不知真情作幌，給人以一切的罪惡都是酷吏所幹的假象。這既能使自己免受攻擊，也能為日後解脫自己、找替罪羊做了鋪墊。事實上，酷吏們即使再有通天之能，若無最高掌權者的默許和縱容，他們也是掀不起太大的波浪的。何況重用酷吏，這本身就表明了統治者的喜好和用心，他們若是無權無勢，相信也只能是個無賴而已，所造成的傷害註定和一個酷吏是無法相比的。由此不難看出，每一件大的冤案、錯案，統治者都有不可推卸的責任，甚至是真正的元兇。

事典

推波逐瀾的牙剌挖赤

元定宗貴由去世後，蒙哥繼承汗位之後，定宗皇后海迷失及諸子不服，察合台的後人也有怨言。朝中老臣牙剌挖赤於是對蒙哥汗說：「身為大汗，最怕人不畏懼，多有怨詞。如此日久，那些不服之人勢必敢冒奇險，以逞其奸。臣以為大汗當早作籌畫，對那些不服者和怨怪者一律誅殺；為了不留後患，他們的家人和親族也不應存留。」

蒙哥汗心中一動，想來想去，他還是說：「我初登大寶，殺戮太多只怕激起大變，此事以後再說吧。」

蒙哥不聽牙剌挖赤之言，牙剌挖赤心中不快，頓覺悵然若失。他自覺在新君面前無有寸功，只想恃此讓蒙哥汗對己看重，不失寵信；如今此計不成，他也只好暫時忍耐。

不久，那些皇族中不滿之人，竟趁蒙哥汗和群臣飲酒歡宴之時，派人前來行刺起事，事情敗露之後，參與其事者一一落網。

蒙哥汗雖對他們恨之入骨，卻顧慮頗多，一時難下決斷。他忽想起牙剌挖赤先前的諫言，便把他召入宮中問：「你前番料事如神，今日果有叛亂。這些人如何處置，你可有好的主意嗎？」

牙剌挖赤心中暗喜，面上卻故作愁苦的表情說：「這些人都是大汗的至親，只怕大汗下不了手啊，我還能說什麼呢？」

蒙哥汗被他激怒，憤憤道：「他們可是不念親情，欲置我於死地！」

牙剌挖赤見蒙哥汗動怒，還是不正面回答此事，他故作高深地又說：「先前希臘國王亞歷山大滅掉波斯國後，想要攻打印度，結果他的手下有不少人反對此事，致使亞歷山大欲戰不能。亞歷山大派人向他的老師亞裡斯多德問計，亞裡斯多德卻不作答，只帶著那個差人在園中散步，遇到荊棘擋道，他便命人將荊棘剷除，決不遲疑，然後再植上新樹，位列新路兩旁。那個差人遂有所悟，回報亞歷山大。亞歷山大茅塞頓開，於是將那些持有異議的部屬或殺或逐，無人能免。亞歷山大去掉後患，其後就攻佔了印度，成就了千秋霸業。」

蒙哥汗聽過不語，牙剌挖赤又緊接著說：「這個故事，大汗當有所悟啊。時下人心惶惶，臣子不服，依臣之見，大汗現在動手已然遲緩，怎可一誤再誤呢？」

蒙哥汗道：「亂臣賊子，我固然不赦，只是他們的家人親族，未免有些冤枉，是以三思。」

牙剌挖赤恐蒙哥汗心軟，極力鼓動蒙哥道：「成大事者，怎可顧念小節？縱有冤屈，只要對大汗有利，也該再所不計才是。何況人心難測，斬草要除根，無論如何，這些人是留不得的。」

蒙哥汗聽罷此語，爽然大笑，他上下打量了牙剌挖赤許久，這才說：「你深知我心，所言極是。此事你知我知，不可外傳。」

蒙哥汗於是把那些謀反之人一一嚴懲，他們的家人親族也都被法辦，最後連與此案無關的許多將領也被株連在內，作爲異己一併除掉。

原文

榮以榮人者榮，禍以禍人者禍。榮非己莫恃，禍惟他勿縱。

譯文

眞正的顯達是能讓他人也顯達的顯達，眞正的禍患是能使他人也致禍的禍患。不是自己掙得的顯達不要倚仗，只要是他人的禍患就不要放過。

釋評

俗話說，一榮俱榮，一損俱損。專制時代的這種連帶關係，為酷吏和陰謀者株連無辜、擴大打擊對象提供了廣闊的空間。他們可以通過豐富的聯想，曲曲折折地找到他們要打擊的對象和某案的關係；更可以憑空製造離奇的情節，將毫不相干的人和事連在一處，誣為同黨，一併加以治罪。

有此能耐，酷吏和陰謀者要整治的人，很難逃脫他們的毒手；有此玄奧，有智慧的人總是遠離是非的漩渦，千方百計躲在酷吏和陰謀者的視野之外，更不會冒然地主動進攻。這種明哲保身的方法不值得提倡，可在淫威強權之下，縱是智慧再高，有時也是全然無用。此中的無奈和無助，非親身體驗者難以相象。

事典

郭德成的聰明之舉

明太祖朱元璋在位之時，郭德成任驍騎指揮之職。郭德成的妹妹是朱元璋的妃子，每次入宮，妹妹總想讓哥哥多呆一會，可郭德成就是不肯，每次都藉故有事早早離開。

郭德成的妻子對夫君所爲亦是不解，她常埋怨他說：「你和皇妃乃是至親，多聊一會又有何妨？皇上知道了也不會怪罪於你，你還怕什麼呢？」

郭德成總是不肯作答，只說：「我確有要事在身，怎可因私費公？你不明情由，以後不要再妄加非議。」

郭德成不僅在此小心，和人交往尤其謹愼，特別對掌管司法的大臣和大大小小的獄吏，他都十分恭敬，還半開玩笑半認眞地說：「有一天若是我犯在你們手裡，請看在今日的情份上，讓我少受些罪，我就感激不盡了。拜託！拜託！」

那些人每到此時，總是笑著回敬他說：「大人乃是皇親，誰敢把你怎樣呢？你太多慮了，切勿再言。」

一時，人們都認爲郭德成有些呆傻。一天，朱元璋召他入宮，臨走之前，朱元璋賞他兩錠黃金，還讓他莫對人言。郭德成謝恩收下，把黃金裝入靴筒。快走到宮門之時，他突然腳下不穩，隨後似醉漢一樣跌坐在地，靴子也脫落了。宮中守衛一見靴子中滾出了黃金，立刻將他暫押，報與朱元璋知曉。朱元璋言明此事，郭德成才得以脫身。

事後，有人責怪郭德成太不小心了，郭德成只是一笑置之。私下，他卻對妻子說：「皇上嚴刑峻法，那些酷吏無孔不入，我隨時都有可能被人栽贓陷害，牽扯進來，怎能不事事小心呢？我故意露出黃金，正是慮此啊。試想皇宮防衛森嚴，滴水不漏，我挾金而出，豈能瞞過眾人？人家若說是我偷的，我也有口難辯。何況我妹妹服侍皇上，我出入無阻，萬一皇上以此試探於我，這事就更麻煩了。」

郭德成的小題大作，其實並不為過。審視朱元璋的為人，確有那種可能。他當政期間，清洗丞相胡惟庸，牽連被殺的功臣、官僚有三萬人；大將藍玉一案，先後牽連被殺的有一萬多人；空印案、郭桓案，被殺者更多達八萬人。朱元璋如此殘暴和無情，也難怪郭德成對他不敢輕信，處處防範了。

原文

罪無實者，他罪可代；惡無彰者，人惡以附。

譯文

罪名沒有實證，用其他的罪名來替代；惡行沒有顯露，用他人的惡行來依附。

釋評

專制制度下的冤獄和株連，都是在所謂的法律下來實現的。酷吏和陰謀者玩弄法律的條文，在正義辭嚴的藉口下大行其奸，扣上種種罪名和捏造種種惡行，常常又是張冠李戴，東拉西扯，名不符實。

這種漏洞百出的伎倆，實際上並不影響他們對被陷害者罪行的認定，他們掌握大權，是非由他們自己評判，這從根本上保障了他們所製造的冤案的最後實現。從此可以得出結論，法制的虛無和酷吏的產生，是專制制度本身所固有的痼疾，是中央集權背景下所衍生的一個毒瘤，它是不可能自我消除的。

事典

弄巧成拙的楊國忠

唐玄宗由於寵信楊貴妃，愛屋及屋，任命楊貴妃的堂兄楊國忠作宰相。楊國忠不學無識，本是一個潑皮無賴，一旦握有大權，其貪婪兇殘的本性便暴露無遺。他身爲宰相，竟自兼四十多個官位，都是弄錢撈油的肥差。

安祿山幾次到長安進謁唐玄宗，楊國忠見安祿山深爲玄宗寵信，賞賜豐厚，於是就格外忌恨。他曾把手下人召來，對他們說：「一個胡人，一個武夫，他有什麼能耐讓皇上那麼喜歡他呢？我看這小子不是個好貨，定是皇上左右都受了他的重金賄賂，有人給他說了不少的好話。」

他猜測如此，索性直接把安祿山找來，對他說：「我身爲宰相，將軍如何這樣欺侮我呢？」

安祿山驚道：「末將並無冒犯大人之處，想必是大人誤會了。」

楊國忠冷笑聲聲，直道：「既是如此，本相花費頗巨，將軍可否贈我黃金萬兩？」

安祿山自恃玄宗寵信，並沒把楊國忠放在眼裡，他故作爲難地說：「孝敬大人，並是應該的。只因軍費尚是短缺，末將實在湊不出此數，還請大人見諒。」

楊國忠見安祿山竟敢當面回絕，惱怒異常。他不便當場發作，事後卻面見玄宗，誣他謀反，他說：「安祿山手握重兵，心懷異志已非一日。他私下招兵買馬，擴充實力，卻不向朝廷報告，極力隱瞞，這是爲什麼呢？他表面上對皇上恭順異常，故作癡傻，這不過是想騙取皇上信任之策，皇上萬不可中了他的詭計。」

唐玄宗初時有疑，可見屢次傳召安祿山，他都召之即來，沒有一絲遲緩，唐玄宗據此對楊國忠斥責說：「安祿山若有反心，我召他入京，他自會畏懼，不敢速速即來。你失之察人，日後勿言此事。」

對楊國忠的一再進言，安祿山十分恐懼，坐立難安。他一日愁對手下將領，憂心忡忡地訴說道：「楊國忠恨我太深，我們可算不共戴天了。他不停地誣我謀反，所幸皇上並不相信此事，我們才能一時平安。楊國忠權傾天下，害人才是他的本事，他不死心，誰敢保證皇上下一次還不信呢？看來我們應早作準備了。」

安祿山從此加緊籌畫謀反之事，但楊國忠等不及了，他要證明自己的誣陷從來是正確的，於是竟採取了逼他反的策略。西元七五五年，楊國忠派遣軍隊包圍了安祿山在長安的住宅，把他的賓客全部殺死。他要以此來激怒安祿山，迫他造反。安祿山得知此訊，哀嘆不止，他想向皇上申訴，可所有的奏章都不能越過宰相這一關。他被逼無奈，最後決定叛變。

安祿山造反的消息傳到長安，人人驚恐之下，只有楊國忠十分興奮。這可證明他料事如神，他要名正言順地把安祿山緝拿歸案了。不過安祿山的十七萬大軍的實力，完全超出了楊國忠的想像，他們一路勢如破竹，第二年便攻陷潼關。唐玄宗狼狽逃出長安，在距長安不遠的馬嵬坡，禁衛軍突然發難，楊國忠不僅被殺，連他的家人也被斬殺一光；甚至那個唐玄宗寵愛無比的楊貴妃，也在禁衛軍的要脅下，不得不自盡而死。

羅織經

原文

心之患者，置敵一黨；情之怨者，陷其奸邪。

譯文

心腹的禍害，把他誣指爲是敵人的同夥；情感上怨恨的人，陷害他是奸詐邪惡的小人。

釋評

把自己不滿、不喜歡的人，指斥為是內奸和小人，是酷吏和陰謀者慣用的手法。他們以正直無私的君子面目出現，用最動聽的正義之言，理直氣壯地「揭露」和「批評」強加於人的所謂罪狀。

在外人的眼裡，他們卻成了正義之士；其中的真假，一時也讓人難以分辨。事實上，人們受這種愚弄和欺騙的事真是太多了，在不知情者眼中，在受害者無可抗辯之下，人們也許只能相信這個假象。當權力掌握在他們手裡，輿論為他們所操縱，本來的真實便被掩蓋了，由此造成的悲劇也就不足為怪。

事典

朱浮的醜行

東漢光武帝時期，朱浮任幽州牧，他好大喜功，貪圖虛名，招攬了許多賓客，耗費官府的錢糧眾多。彭寵時任漁陽太守，爲朱浮的下屬，他見朱浮不務正事，醉心此道，心中大感厭惡，於是他寫信進言說：「天下初定，百廢待興，邊城還多有戰事，我們身爲臣子，當爲皇上盡心分憂，務實求進，大人實不該多養賓客，濫封官屬，浪費錢糧。此言發乎我心，也實爲大人著想，或有得罪，還請大人看在國家的利益上，原諒我的直言犯顏。」

朱浮看了彭寵的來信，十分震怒，他不僅不聽忠言，還下命他多上繳錢糧，以供賓客之需。彭寵見朱浮變本加厲，於是就毅然抗命不從。朱浮恨憤難已，也給彭寵寫了一信，信中說：「以下犯上，抗命不遵，這都是死罪。你是一個武夫，沒有什麼教化，我姑且原諒你一次。你要知道，耍文弄墨你是不行的，行軍打仗你更遠在我之下；再不從命，我定討伐於你，只怕到時你跪地求饒，已然晚了。」

彭寵接到此信，對朱浮更是分外憎恨。朱浮見他仍不聽命，於是上書朝廷，憑空編造了他許多罪狀，其中說：「彭寵雖爲太守，其實卻是一名衣冠禽獸。他派人接她的妻子進城享福，卻把他母親扔在鄉下，不管不問。他爲人奸詐，心腸特毒，連他最好的朋友都被他殺死。彭寵自恃手中有兵，暗中卻和敵人私通，日夜謀劃造反。如此不忠不孝不仁不義之人，懇請朝廷及早將他除去，以去大患。」

彭寵得知此事，怒上加怒，他衝動之下，於是發兵攻打朱浮。朱浮惶恐變色，他心神稍定，又玩起了他擅長的口舌之能，寫了一封長信給彭寵送去，慷慨激昂地誣陷彭寵說：「你身受國家大恩，坐享朝廷俸祿，你怎能不顧恩義，起兵造反呢？你的良心何在？你的心肝何在？似你如此奸邪小人，怎配生在天地之間，你置百姓生死於不顧，你還算是個人嗎？稍有良知的人，都會以你為恥，你作惡如此，想必你的父母親人都會因你蒙羞，恨你不死了。」

信的最後，朱浮所寫的一句話成了千古名言：「凡舉事無為親厚者所痛，而為見仇者所快。」

其實，彭寵此舉不過是和他的個人意氣之爭，絕非造反；朱浮如此誣陷彭寵，其險惡用心自是不言自明瞭。結果在彭寵大軍進逼之下，無德無能的朱浮嚇得要死，他竟不敢抗拒，殺妻棄城而逃。

原文

官之友，民之敵；親之友，仇之敵，敵者無常也。

譯文

官吏的朋友，在以官吏爲敵的百姓眼裡便是幫兇，親人的朋友，在和親人有仇的仇人眼中也成了敵人，所以說敵人是變化不定的。

釋評

人際關係的親疏和遠近，始終是專制極權者大搞株連的一個重要依據，人們熟知的株連九族，便是很好的明證。更讓人恐懼的是，酷吏和陰謀者並不滿足於此，他們為了最大程度地迫害對手，邀取更大的功勞，還要挖地三尺，尋找一切線索，把一切與之有關的人都網羅在內，作為共同的打擊對象。

於是，他們對敵人的界定便無限擴大，敵人的朋友也變成了敵人，甚至可能意義上的敵人，如敵人朋友的朋友，也被包括在內。他們做賊心慮，草木皆兵，一方面顯示了他們的極其殘酷，另一方面，也暴露了他們的色厲內荏。這一點，酷吏和陰謀者蓋莫能外。

事典

朱棣的屠殺

明太祖朱元璋在世時，四皇子朱棣被封燕王，坐鎮北平。朱元璋死後，建文帝朱允炆上臺，實行「削藩」，朱棣於是發動「靖難之役」，歷經四年苦戰，最後奪取政權，繼位爲君，是爲明成祖。

朱棣攻入京師之時，宣召文學博士方孝孺起草登基詔書，他故作平和地對方孝孺說：「你爲一代大儒，名重天下；我去惡除暴，匡扶大明江山，這個詔書由你草擬，眞是恰當不過了。」

方孝孺十分認眞，他認爲朱棣以下犯上，就是謀權篡位，於是他不肯奉命，還出語尖刻地對朱棣說：「亂臣賊子，何能爲君呢？我飽讀聖賢之書，深受太祖之恩，自不能做此助紂爲虐的勾當。你要殺便殺，不必多言了。」

朱棣強忍怒氣，對他規勸說：「以有道伐無道，這也是聖人的教誨，你何必這般固執？我敬你知書達禮，才會如此相請；若你迂腐不化，當眞是自誤誤人，你要三思。」

方孝孺已有了必死之心，對朱棣的威脅報以輕蔑的一笑，他悲聲說：「爲國盡忠而死，乃是我輩的終生所求，有何懼哉？你奸計得逞，自可大行殺戮，要知天理昭昭，是非公道終在人心，你豈能將天下人都殺光斬盡嗎？」

朱棣怒火發作，咆哮著命人將方孝孺斬殺。他自覺還不解氣，不僅滅了方孝孺的九族，又捎上了方孝孺的門生弟子、同事朋友，稱其第十族，一併殺害。此案先後被殺者共有八百七十三人之多。

太常卿黃子澄是「削藩」的建議者，朱棣也將他全族殺光。前兵部尚書齊泰也力主「削藩」，他不僅被斬，所有兄弟也獲罪被一律處死。戶部侍郎卓敬，處斬，滅三族。兵部尚書鐵鉉，磔死。禮部尚書陳迪，磔死，六個兒子被殺，親屬一百十餘人，廷杖後貶竄蠻荒。左副教御史練子寧，磔死，家族一百五十一人被殺。大理丞鄒瑾，自殺，家族四百多人人被處決。大理少卿胡閏，絞死，家族兩百一十七人慘死。御史大夫景清，磔死，他的親屬和朋友一併被斬殺不說，連家鄉的親戚朋友，也悉數處決，以致景清家鄉的數個村莊的村民都被殺光，房舍皆空。

羅織經

原文

榮之友，敗之敵；賤之友，貴之敵，友者有時也。

譯文

顯達時的朋友，敗落時就是敵人；貧賤時的朋友，富貴時就是敵人，所以說朋友是暫時的。

釋評

官場是最能改變一個人的地方，富貴同樣能讓人變得全然陌生。這種改變可以使敵為友，更可以化友成敵。俗話說「牆到眾人推」，講的就是這個道理。認清此節，一個成熟的人便會因時而變，對朋友不簡單地定義在純友情之上了，他們會因朋友身份的改變而重新定位自己、定位他人，進而趨利避害，躲開可能招致的橫禍，減少被無辜株連的災難。

當然，對真正的知心朋友而言，這種勢利的眼光固不足取，真正的知心朋友是經得起風雨考驗的，問題是，真正的知心朋友實在太少，人們眼中的知心朋友，又有幾個是真正知心的呢？有了這種防範，心存這種認識，人們在人際交往中，特別是和朋友相處中，才能不遭人忌，不惹人嫌，留有退路，處變不驚。

陳勝的窮哥們

秦末民變領袖陳勝未造反時，在鄉下種地為生。他心有大志，常有豪言壯語從他口中說出，人們都笑話他白日做夢。一次，他在幹活之時，又忍不住對和他一起勞作的窮哥們誇口說：「土裡刨食的活法，豈是大丈夫所為？我若富貴那一天，一定不會忘了你。」

那個窮哥們嘆息著說：「你和我一樣，都是天生的苦命，困守鄉野，只怕沒有那一天了。」

陳勝感嘆一聲，苦道：「無人信我，這也難怪，你們甘守田園，又怎會知道我的宏圖大志呢？」

後來陳勝造反稱王，定都於陳，威名遠播。陳勝的那個窮哥們大喜過望，便要去投奔他享受富貴，他的家人勸他勿去，還說：「陳勝和你是窮賤的朋友，如今他貴為大王，非比前時，他哪裡還會把你放在心上？好了，他招待一頓好吃好喝，也就不錯了；壞了，他翻臉不認人，嫌你給他丟人，那你就是自討沒趣，惹禍上身。我們現在雖是貧寒，卻是無災無難，總比你前去冒險強啊！」

那個窮哥們嘻嘻一笑，說陳勝有言在先，自會實現。他不顧人勸，日夜兼程趕至陳城，興沖沖地對守衛王宮的人說：「我是陳勝的朋友，我要找他。」

守衛見他窮酸之極，不肯通報不說，還將他捆綁起來。他百般訴說和陳勝的交情，守衛才放了他，卻命他遠遠走開，不許再來。那個窮哥們於是躲在王宮外面，陳勝外出時，他便急衝上前，高呼陳勝的名字，二人這才得以相見。

陳勝把那個窮哥們帶入王宮，讓他飽嚐一頓山珍海味之後，嚴肅地對他說：「我身為大王，你不可再對我大呼小叫。不是我忘了故友，而是爲王者規矩甚多，你也不能例外。」

那個窮哥們笑著言諾，私下裡卻到處放肆言語，逢人便說他和陳勝窮困時的模樣，一再感嘆王宮壯麗，眞想不到陳勝竟會住在這麼好的地方。早有人將此事報與陳勝，還建議說：「此人一再貶損大王，大王何必留他在宮裡呢？不如打發他走算了。」

陳勝沉吟片刻，卻道：「他在這裡尚且胡說八道，到了外面就可想而知了。他這是自尋死路，又怪得了誰呢？」

他傳令下去，那個窮哥們立時死於非命。

原文

是以權不可廢，廢則失本。

譯文

因此說權力是不可廢棄的，廢棄了就失掉了根本。

釋評

酷吏和陰謀者之所以害人無數，禍國殃民，一個重要的原因便是他們竊取了大權，佔據了要津，可以發號施令，迫人就範。反觀那些受害者，不是權力不及就是沒有權力，是為其所制的關鍵因素，沒有這柄利劍，就很難鬥得過他們。

至於那些權位高於他們的受害人，因其正直無邪，不搞陰謀詭計，就疏於對他們的防範和主動進攻，這自會使自己陷於被動；更重要的，酷吏和陰謀者善於騙取最高當權者的信任和支持，有時甚至是最高當權者直接充當幕後黑手。相比之下，那些權位高的受害人還是顯得權力不夠，身處下風就在所難免了。

事典

奪人權柄的武三思

唐中宗時，武三思極受中宗寵信，地位無人撼動。眼見武三思的驕橫不法，曾以強硬手段逼迫武則天讓位、扶中宗重掌皇權的五位大臣，張柬之、桓彥範、敬暉、袁恕己和崔玄暐深以為患，於是一再勸諫中宗削奪武三思的官爵。中宗不聽，武三思卻由此對張柬之等五人懷恨在心，伺機報復。

許州司功參軍鄭愔，和武三思素有交情，他因貪贓枉法被通緝，無路可走之時，便逃到武三思家裡避難。鄭愔為了討好武三思，便給他出主意說：「大人高枕無憂，可是忘了還有大敵未除嗎？張柬之等五人，迫武則天讓位都可做到，何況是你呢？應設法將他們一網打盡才是啊。」

武三思果然被說中了心事，他恨恨地說：「此五人如今和我為敵，終是大患。我恨不能生吞活剝他們。只是他們立有大功，個個又出將入相，一時之間，我也難以下手，奈何不了他們啊！」

鄭愔見武三思愁容籠罩，臉色鐵青，竟是哈哈一笑。武三思見他如此，驚問道：「我無計可施，你可笑我無能？」

鄭愔連忙止笑，陪罪說：「惹大人誤會，小的罪該萬死。」

他見武三思神情稍緩，接著獻媚說：「大人幸好遇上我，可以轉禍爲福了，所以我才笑啊。」

鄭愔緊接著把他的毒計說了一遍，武三思聽得連連叫好，最後誇獎他說：「你讓我勸皇上明裡給他們封王，暗地裡卻是奪下他們的權柄，這個主意眞是太好了。我前番苦無對策，不敢冒失動手，正是忌憚他們手中的權力啊。倘若他們無權，我收拾他們還不是易如反掌？」

武三思於是聯絡韋皇后和上官婉兒等同黨，多方向中宗皇帝說張柬之等人的壞話。她們危言聳聽，誣陷他們恃功狂傲，欲謀不軌，中宗皇帝從此生疑。一次，中宗皇帝和武三思商議此事，武三思這會便趁機說：「皇后都知道這事了，何況別人呢？我見陛下對他們有情，這才不敢告之陛下呀。此事千眞萬確，就看陛下如何處理他們了。」

中宗面現不忍之色，久不作聲，武三思便提議說：「陛下仁愛，不如佯示尊崇封他們爲王如何？只要他們不握有實權，就不足爲患了，陛下也可免卻不容功臣的非議。」

唐中宗亦覺此法一舉兩得，當即首肯。不久，張柬之等五人都被封王，所有實權都一一被奪；連上朝奏事也被說成怕他們勞苦，只讓他們每月初一、十五來二次即可。

權力一失，張柬之等五人個個成了光杆司令，再無力和武三思抗衡。武三思運用手中的權力，最後把他們全都害死，其家族也被株連，同遭不幸。

原文

情不可濫，濫則人忌。

譯文

同情心是不能隨便施予的，太隨便了就會招人忌恨。

釋評

在許多株連無辜的案例中，許多人往往因為同情別人，仗義直言，結果被酷吏和陰謀者所忌恨，由此而致禍。這雖是悲劇，卻能見其悲天憐人的可貴之處，令人崇敬。而奸滑之輩，他們總是抱著事不關己，高高掛起的態度，一味明哲保身；那怕事關至親的生死，他們也昧著良心不管不問。這種人生哲學和處事方法，即使一時保全了自己，可從根本上說，卻是助長了酷吏和陰謀者的為惡之勢，到頭來還是無法自保的。

酷吏和陰謀者不徹底根除，災難隨時就會降臨在每個人的身上。

無端被陷的王旦

王旦是宋眞宗時的宰相，他爲人厚重，辦事公正，尤其是他重情重義、生性善良的一面，爲許多人所欽敬。

翰林學士李宗諤才高品優，王旦十分欣賞他，便在人前多次稱讚他說：「李宗諤人才難得，堪爲大任，後進諸生超過他的，實在不多啊。」

一次，王旦在朝堂之上，見李宗諤臉上愁苦，站立不安，心中頗怪。退朝之後，王旦就問他說：「我見你舉止有異，大別常時，你可有心事？」

李宗諤極力掩飾，可在王旦的逼問之下，他只好苦澀著說：「兒女婚嫁，所費頗多，我的俸祿和積蓄遠遠不夠，是以心焦。」

王旦憐其清廉，同情地說：「兒女大事，不可偏廢，不足之數，我借給你好了。」

王旦借錢給李宗諤，他的夫人卻有些擔心。一次，她在和王旦說家常的時候，有意把話題轉到這事上，她說：「你關愛後輩，體恤下屬，這本是好事，善善之舉。但你身爲百官之首，此事讓別人得知，別有用心之人便會說你偏袒有私、另有隱情了，這事還是少做的好啊！」

王旦笑聲朗朗，口道：「我素來行事磊落，問心無愧，別人能說我什麼呢？他們又有什麼可說呢？我借錢助人，絕無私心，夫人何必想那麼多呢？」

王旦後來見李宗諤日漸成熟，為了獎勵賢才，提拔後進，他便想提拔李宗諤出任副宰相。為此，他和同為宰相的王欽若商量說：「李宗諤才德皆具，王大人可有異議？」

王欽若是個奸詐小人，他出於對李宗諤才識的忌恨，又擔心他們二人會結成同夥，對自己不利，心中自是不願。王旦催問之下，王欽若為了不打草驚蛇，就表示了同意。私下，王欽若卻單獨晉見眞宗皇帝，陷害王旦說：「王旦借給李宗諤不少的錢財，眼見他無力償還，這才要提拔李宗諤當副宰相。按我朝慣例，如果李宗諤得以上任，朝廷便會賞賜他三千串錢，這就足夠王旦收回欠債了。他說的好聽，說是為國擇賢，陛下切不可被他所騙啊。」

有了王欽若的讒言在先，其後當王旦奏請眞宗皇帝批准此議時，眞宗皇帝不僅未准，還當面將王旦斥責了一頓。王旦從此失去了眞宗皇帝的信任，王欽若卻日漸受寵，權勢倍增。

原文

人不可密，密則疑生。

譯文

與人交往不能過於親密，太親密了就會讓人產生疑慮。

釋評

製造事端的人，沒有什麼他們不能利用的，與人交往這方面，最能讓他們引發聯想，從而捕風捉影、故弄玄虛地施以害人之術，大搞株連。

其實，在人際關係中，保持一定的距離對誰都有好處，過於親密，不僅外人猜疑，就是自己，時日一長也會偶有摩擦，導致心有怨隙。隨著了解的深入，人的種種缺陷便會暴露無遺，這個時候，親密的人之間往往會從此分手，直至生仇生恨，許多禍事便由此引發了。

張說的敗招

張說是唐玄宗時代的大臣，他心胸狹窄，嫉妒心特強，遇有與他不合的大臣，總是找人家的小毛病加以誇大，以達害人之效。朝中大臣對其又恨又怕，少有人和他交往。

和張說同殿爲臣的姚崇，對張說的爲人十分厭惡，一次張說請他赴宴，姚崇當面應承，背地裡卻只派了一個僕人代他前去，那個僕人還捎來姚崇的一句話，他說：「我這個人行事乖張，十分小器，我家老爺說我一定能和張大人談得來，故而才命我赴宴。我家老爺讓我對你說，如果你怕一個僕人辱沒了你的身份，那麼你自可讓我馬上回去覆命。」

張說又氣又惱，卻又難以發作，二人之間的仇恨更深了。有人怪姚崇對張說如此羞辱，太過偏激，姚崇便說：「對付小人，就該用小人的辦法，如果這時你不狠心這樣做，吃虧的只能是自己。我不敢自命君子，卻也絕不遷就小人，正所謂你不咬他，他就要咬你，你能讓我坐以待斃嗎？」

由於姚崇的賢德，唐玄宗準備讓他做宰相。張說聽到這個消息，便四處活動，千方百計地阻撓唐玄宗對姚崇的任用。結果張說的奸計沒有得逞，姚崇還是當上了宰相。張說十分恐慌，他對心腹之人說：「姚崇心願得償，他一定會對我報復，此事迫在眉睫，我該怎麼辦呢？」

他的心腹卻頗有些點子，他給張說出了個主意，說：「歧王是皇上的親弟弟，大人和他素來交往密切，這會你去求他庇護，姚崇縱是想害大人也害不成了。」

張說被他點醒，猛擊一掌於案，叫道：「我眞是昏了頭了，這個招法我怎想不出呢？我對歧王向來送以重禮，此刻有事找他，他能拒絕我嗎？」

姚崇果如張說所言，一上臺就想報復張說。他見張說和歧王交往頻繁，遠勝於常時，心知張說一定是用歧王對付自己，不禁一時無措。他苦思幾日，一日忽有一念：一個執政大臣和一位親王交往過密，說他們一個天大的罪名都可以啊。皇上最忌此事發生，我若以此對皇上言明，張說還有好果子吃嗎？」

姚崇十分聰明，他自知沒有證據，此事若是不成，弄不好反讓張說告自己一個誣陷之罪，於是他在玄宗皇帝面前，故意一跛一顚地走路。當玄宗皇帝問他是否腳有病時，姚崇故作惶恐地回答說：「陛下所見爲虛，我是有心病啊。」

玄宗皇帝大感奇異，口道：「你明明是腳病，怎會是心病呢？」

姚崇左顧右盼，故作緊張地說：「張說身爲大臣，卻是不務正事，常常暗中和歧王交往密切，不分彼此，臣眞擔心他們幹出不該幹的事來。」

玄宗一驚，他自知姚崇這是暗示他們有可能謀反篡位，於是就立即把張說貶出朝廷，調到外地。張說後來得知眞相，自道：「怪我行事不周，也怪那姚崇老奸巨滑，他的這一手，誰會想得到呢？」

原文

心不可託，託則禍伏。

譯文

心裡話不能全說出來，毫無保留就潛藏著禍患。

釋評

俗話說，見人只說三分話，未可全拋一片心。人際關係的複雜，社會的兇險，這都要求人們凡事不能一廂情願、一味真誠。

對陰險奸詐的人而言，他們往往利用人們疏於防範的心理，將人們所說的真話、心裡話，做為他們陷害別人的所謂證據。人們如果敞開心扉，言詞中難免有不妥之處；即使一點沒有，人們的態度和傾向也會流露出來，這在朋友眼裡看來無妨的東西，在小人的眼裡就大有文章可作了。

人心是會變的，把心裡話對親人朋友講，也該知道親人朋友有一天可能變成仇敵，因此還是要有所保留；特別是事關利害的話，更不能輕易說出。不授人口實，對自己終是有益的。

事典

禍從口出的趙安仁

趙安仁在宋眞宗晚年的時候，擔任副宰相。趙安仁心直口快，辦事無私，敢於直諫，宋眞宗多次誇獎他是難得的忠臣。

趙安仁一次被朋友請去赴宴，酒桌之上，他的朋友便對趙安仁說：「皇上對你的直言都讚賞了，可我還要勸你不可一味只講眞話，一無所留。現在人心險詐，世事難料，你如此不知顧忌，想說什麼就說什麼，早晚會有禍害啊！」

趙安仁生性倔強，自不會聽勸，他反駁道：「皇上信任於我，我又怎敢欺君？人家對我友善，我還能虛言以待？我對人眞誠，自信人能眞誠對我，此謂禮尙往來之舉，哪裡如你想像得那麼可怕呢？」

趙安仁的朋友擲杯於地，嘆息著說：「你如此固執，我們也無話可談了。他日禍起，莫怪我沒爲你早日謀劃。」

一日，宋眞宗突然把趙安仁召去，說自己想要策立劉美人（劉娥）爲皇后，問他的看法如何。趙安仁不及多想，開口便說：「皇后之位，尊貴無比，劉美人出身低賤，才德不堪，如若此事成眞，天下人都會不服，陛下萬不可立她爲后。」

宋真宗對劉美人十分寵愛，才會有此打算，今見趙安仁把她說得一無是處，宋真宗大為不快。過了一天，宋真宗把王欽若找來，將趙安仁的話說了一遍，還餘氣未消地說：「趙安仁自恃直言有功，卻是不知他不辨是非，言之太謬。這樣的直言，只會誤事，又有什麼用呢？」

王欽若早想扳倒趙安仁了，於是他便火上澆油地說：「皇上待他不薄，劉美人又沒有得罪他，他怎能說出那種刻薄的話來？我看他是心中有鬼，說不上還和某位皇妃結為一黨，這樣的好事自不會推舉別人了。」

王欽若還讓宋真宗明日問趙安仁誰當皇后合適，以此來試探趙安仁的用心。宋真宗為他所感，第二天便把趙安仁召來詢問此事。趙安仁絲毫不覺宋真宗態度上的變化，他只憑著一腔忠義，發自內心地說出了自己的想法，他鄭重地說：「皇上虛心納諫，誠乃國之幸事。皇上既有此問，臣思之再三，臣以為皇后之位，非沈才人莫屬。沈才人乃先朝宰相沈倫的後代，端莊賢淑，仁德慈愛，定能母儀天下，不負聖恩。」

宋真宗又將此話對王欽若說了，王欽若又據此進饞言說：「皇上也許不知道吧，趙安仁從前是沈倫家的門客，難怪他會那樣說了。他假公濟私，真是可惡啊！」

宋真宗大怒，立即就罷免了趙安仁的副宰相之職。王欽若以此得功，官升一級；劉美人後來得立皇后，也對他心存感激，另眼相看。

原文

罪智者不招己害。

譯文

有智慧的人不會爲自己招來禍害。

釋評

酷吏和陰謀者向來以智者自居，他們殺人害命，株連無辜，一個很大的理由，便是他們以為這樣做只能傷害別人，不會傷害自己，所以才顯得那麼的瘋狂和樂此不疲。

其實，這才是他們的愚蠢之見，他們可以猖狂於一時，但由於天怒人怨，多行不義必自斃的下場，終是他們無法逃脫的最後結局。而真正有智慧的人，雖不可盡免酷吏和陰謀者之害，卻可運用智慧，把這種危險減少到最小的程度，把這種災難控制在最小的範圍，從而避免不應有的犧牲，把代價降到最低。

事典

陳平的荒唐生活

漢高祖劉邦去世後，呂后臨朝稱制，執掌權柄。她重用呂氏家人，不僅把他們封王拜將，還縱容他們肆意打擊和迫害前朝舊臣，形勢一時十分恐怖，極爲嚴峻。

陳平時任右丞相之職，他爲漢室命運擔憂，卻又無力改變這種局面，於是變得憂心忡忡，整天長吁短嘆。太中大夫陸賈有一次來看望陳平，見陳平如此模樣，連連搖頭。陳平出言相詢，陸賈便說：「你憂國憂民，竟會這樣不愛惜自身嗎？事實既是如此，你當退而求其次，惟思免害之計才是。你智謀過人，眼下卻困守愁城，這只能讓人看出你對時局不滿，給你招來橫禍，莫非你眞的糊塗了不成？」

陳平和陸賈乃是摯友，陸賈言辭尖刻，卻是令陳平一驚，他不僅絲毫不以爲怪，反而正色謝他說：「先生高見，平不及也。」

從此，陳平一改先前樸素之風，大肆揮霍，天天飲酒作樂，時時搜獵豔女入府，晝夜鬼混。

陳平如此嬉樂，不避人耳目，大臣都怪陳平不思政事了。他們有的暗中罵他不守臣節，有的還憂心地勸他說：「皇上尚幼，國家倚靠丞相之處多矣。你統御百官，身肩重任，若是只顧嬉樂，不思振作，漢室危矣。丞相當思檢點，勵精圖治，如此方不負先帝的重托啊。」

這等忠言，陳平裝得全然不理。有人說的多了，他便顯得極不耐煩，有時還故作憤怒，破口大罵說：「你們一群莽漢，哪裡知道享受的快樂？我歷盡辛苦，掙得今日地位，再不趁早行樂，豈不讓這大好光陰白白錯過？我自知時日無多，享樂尚來不及，哪裡還顧得上政事呢？」

陳平如此荒唐，呂后的妹妹呂嬃看在眼裡，卻是心中暗喜。陳平從前曾受劉邦之命，抓捕呂嬃的丈夫樊噲，所以向來為呂嬃所恨。如今，她便以此事在呂后面前進饞言說：「陳平貴為右丞相，天天卻是飲酒戲女，花天酒地，不理朝政。他這樣胡作非為，太后難道還不該懲治他嗎？」

呂后聽之一笑，輕鬆地說：「他貪圖享樂，不理政事，正說明此人胸無大志，不足為患啊！在先帝舊臣之中，我最擔心的就是他。如今他這般模樣，正遂了我的心願，我高興還來不及呢，更不會懲治他；以後你也別在此多言了。」

陳平以此瞞過了呂后，平安度過了這段兇險的歲月。

原文

能者尋隙求功。

譯文

有能力的人總是尋找別人的漏洞以求取功勞。

釋評

俗話說，金無足赤，人無完人，一個人若想做到十全十美，沒有一點缺點和錯誤，那是不可能的。

有了這個缺憾，酷吏和陰謀者就會大加利用此節，極力搜尋和挖掘他們整治對象某些方面的小的過失和疏漏，進而上綱上線，誇大其辭，治人大罪。他們尋隙的功夫和手段的確十分了得，以整人為能的他們，總能準確地找到被整者的「軟肋」，再施以重手，想當然地把彌天罪名扣在被整者的頭上。這方面，他們如此賣力用心，無不是為了求取功勞；有了這個刺激和獎賞，他們便會更加猖狂。只要統治者在此沒有一個根本的改變，以之為功，整人的悲劇就一天也不會停止，株連的厄運就始終會陰魂不散。

事典

藉機陷害的吳瑾

明英宗朱祁鎮親征瓦剌，兵敗被俘，郕王朱祁鈺即位，是爲景帝。一年後英宗被釋還朝，復辟之心始終未滅。之後英宗在大將軍石亨等人的擁戴下，趁景帝病重，發動了「奪門之變」，復辟成功，重新當上了皇帝。

大將軍石亨有此大功，英宗封他爲候，後又進爵爲公，對他十分寵信。和他有仇的恭順候吳瑾見此，又恨又怕，只想尋機離間英宗和石亨的關係，把石亨扳倒。

吳瑾四下派人打探石亨的一舉一動，卻沒有抓到什麼把柄。時間一長，吳瑾十分焦慮，於是他把密友朱永找來商量此事。吳瑾開門見山地說：「我和石亨勢不兩立，我不整他，他必整我。現在他位高權重，不可一世；我又抓不到他的錯處，這事恐怕夜長夢多，你說該如何是好？」

朱永皺眉多時，忽道：「一個人終有他的錯處，哪裡會找不到呢？近來他新蓋一府邸，豪華氣派，宏偉非常，遠逾王府了，這不是他最大的毛病嗎？你若向皇上參他個僭越之罪，皇上能無動於衷嗎？」

吳瑾嘴上說好，口中卻道：「皇上寵信於他，只怕我當面說他的壞話。反而會令皇上厭惡。再說，這也不算太大的毛病，若無恰當時機，效果怕是不大。」

二人商議多時，吳瑾爲了穩妥起見，決定暫不進言，以後見機行事。

一天，英宗閒來無聊，讓吳瑾和朱永陪伴，登上了翔鳳樓。英宗一眼便見石亨的府邸富麗壯觀，於是他明知故問地問二人說：「想不到宮城之外，竟有這等氣派的房屋，你們可知這是何人所建嗎？」

吳瑾和朱永相視一眼，會意一笑。他們已在英宗的言語中聽出了不滿之意，吳瑾認爲時機已到，於是故作高聲說：「此宅這般氣勢，直逼皇宮，不用問，這一定是王府了。」

英宗搖頭不語。

吳瑾這會就勢又說：「不是王府，誰又能有這樣的膽子，敢僭越造屋呢？此人如此狂妄無忌，莫非他想造反嗎？」

英宗眉頭一緊，似是深有觸動。朱永在旁也煽風點火說：「不是王府，也許是那位大功臣的住宅吧。但即使他有天大的功勞，也不該這樣居功犯制。他不知收斂，明目張膽地如此行事，背地裡會做些什麼，讓人不敢想像。」

二人一唱一合，句句擊中了英宗的忌諱之處。石亨立有大功，英宗擔心的就是他恃功自傲，功高震主；如今聽二人一說，英宗似是從石亨的府邸上，感受到了這種威脅。從此，英宗對石亨態度立變，再也不信任他了。

原文

餌之以逮，事無悖矣。

譯文

引誘他們上鉤再據此把他們逮捕，事情就沒有悖理之說了。

釋評

多數的冤案，表面上人證物證俱在，看似合理合法，挑不出什麼毛病，這正是冤案製造者的狡猾之處。他們所幹的陰謀勾當，自知見不得人，說不過去，為了欺騙輿論，誤導人心，他們總要做一番表面文章。否則，他們的假面目不打自招，無異於自絕於天下，這也是他們所不願意的。

於是，設下陷阱，引誘別人上當，讓他自投羅網，這個所謂高明的害人方法就出籠了。它可讓人造成事實，百口莫辨，別人又無可指責，害人最是直接和有效，害人者無不對之十分看重，屢屢施出。人們不識其奸，一旦中計，後果就十分兇險和嚴重，解脫罪名的機會也很小了。

武惠妃的殺招

唐玄宗時，受寵的武惠妃為了讓自己親生兒子壽王李瑁當上太子，可謂用盡了陰謀手段。一日，玄宗見武惠妃暗中哭泣，詢問之下，武惠妃故作哀求之狀，跪在玄宗面前，哽咽著說：「陛下若不想我和瑁兒慘死，就救救我們母子吧。」

玄宗大驚，忙道：「愛妃何出此言？有我在此，誰還敢動你們分毫？」

武惠妃接著誣陷說：「太子和鄂王、光王結成死黨，嫉妒我們母子受陛下寵愛，隨時都會下手殺害我們。我怕陛下為此憂心，本不想告之陛下，可是無奈下，只能求陛下搭救了。」

玄宗不等武惠妃把話說完，已是暴跳如雷，怒氣沖天。他不問青紅皂白，便要廢黜李瑛的太子之位，鄂王李瑤、光王李琚，也要一併治罪。宰相張九齡一聞此事，急忙入宮進諫說：「此事無憑無據，陛下怎能輕信呢？再說，陛下登基日久。太子和二位皇子從沒有離開過深宮，他們所受陛下的教誨甚深，怎會做此大逆不道之事？他們成人不易，陛下又向來對他們十分關愛，如今盛怒之下要廢棄他們，只怕陛下日後也要後悔啊！」

張九齡苦諫之下，唐玄宗才饒了他們。武惠妃見此計不成，深恨張九齡壞了她的好事，為了陰謀得逞，她暫時壓下怒氣，派人拉攏張九齡，勸他不要參與此事。張九齡不為所動，武惠妃所派的那人便說：「大人和惠妃娘娘作對，小人以爲這是不智之舉啊！惠妃娘娘在皇上面前說一不二，大人就不爲自己的前程著想嗎？此刻若是大人施以援手，不但大人地位可以永保，就是大人的子孫後代也無可憂慮了，大人何必爲了別人而不念這一切呢？」

張九齡冷聲說：「廢立之事，豈能做爲交易？我乃出於公心，早將生死置之度外，惠妃娘娘如要怪罪，老朽也只能領罪了。」

武惠妃見張九齡不肯就範，只好暫時按兵不動。後來張九齡被奸臣李林甫陷害，被貶離京，武惠妃沒有了顧忌，又蠢蠢欲動。有了上次的教訓，武惠妃決定改換招法，她一時思索不出，於是和自己的親信商議。她的新信開口說：「沒有眞憑實據，是很難置他們於死地的。他們是皇上的親生兒子不說，就是外人也不會輕易相信。可太子他們循規蹈矩，不要說謀反，就是一點小過錯都難以挑出，這事實在是太難辦了。」

另有人建議說：「如今之計，只有讓他們造成謀反的事實了。娘娘何不設下圈套，找一個理由騙他們帶武器入宮，這樣一來，娘娘對皇上指證他們謀反，皇上自會相信。」

武惠妃笑著點頭，口道：「到時他們縱是渾身是嘴，只要我不承認，誰還會相信他們的話呢？如此不僅可讓李瑛失去太子之位，他們的命也難保了，這才是斬草除根的妙法啊！」

武惠妃馬上便採取行動。她以宮中有賊的名義，騙太子和鄂王、光王攜帶武器進宮幫忙，然後又對玄宗說三人謀反，已是殺進宮來；玄宗派人查看，果如所說。於是便認定他們謀反爲眞，先把李瑛廢去太子之位，和鄂王李瑤、光王李琚同時貶爲庶人，接著又將他們全都賜死。

國家圖書館出版品預行編目資料

羅織經／來俊臣著；馬樹全譯註.
——初版——臺中市：好讀，2016.10
面；　公分，——（經典智慧；60）

1. 中國政治制度 2. 謀略 3. 唐代
ISBN 978-986-178-399-4（平裝）
573.141　　　105017303

好讀出版

經典智慧 60

羅織經

原　　著／來俊臣
譯　　註／馬樹全
總 編 輯／鄧茵茵
文字編輯／莊銘桓
美術編輯／賴怡君
行銷企畫／劉恩綺
發 行 所／好讀出版有限公司
407 台中市西屯區工業 30 路 1 號 1 樓
407 台中市西屯區大有街 13 號（編輯部）
TEL: 04-23157795 FAX: 04-23144188 http://howdo.morningstar.com.tw
(如對本書編輯或內容有意見，請來電或上網告訴我們)
法律顧問／陳思成律師

總 經 銷／知己圖書股份有限公司
106 台北市大安區辛亥路一段 30 號 9 樓
TEL: 02-23672044／23672047 FAX: 02-23635741
407 台中市西屯區工業 30 路 1 號 1 樓
TEL: 04-23595819 FAX: 04-23595493
E-mail:service@morningstar.com.tw
網路書店：http://www.morningstar.com.tw
讀者專線：04-23595819#230
郵政劃撥：15060393（知己圖書股份有限公司）
印　　刷／上好印刷股份有限公司

初　　版／西元 2016 年 10 月 1 日
初版二刷／西元 2018 年 4 月 16 日
定　　價／300 元
如有破損或裝訂錯誤，請寄回臺中市 407 工業區 30 路 1 號更換（好讀倉儲部收）

Published by How Do Publishing Co., Ltd.
2018 Printed in Taiwan

ISBN 978-986-178-399-4

讀者回函

只要寄回本回函，就能不定時收到晨星出版集團最新電子報及相關優惠活動訊息，並有機會參加抽獎，獲得贈書。因此有電子信箱的讀者，千萬別吝於寫上你的信箱地址

書名：**羅織經**

姓名：＿＿＿＿＿＿ 性別：□男 □女　生日：＿＿年＿＿月＿＿日

教育程度：＿＿＿＿＿＿＿＿＿＿

職業：□學生 □教師 □一般職員 □企業主管

□家庭主婦 □自由業 □醫護 □軍警 □其他＿＿＿＿＿＿＿＿

電子郵件信箱（e-mail）：＿＿＿＿＿＿＿＿＿＿ 電話：＿＿＿＿＿＿＿

聯絡地址：□□□＿＿＿＿＿＿＿＿＿＿＿＿＿＿＿＿＿＿

你怎麼發現這本書的？

□書店 □網路書店（哪一個？）＿＿＿＿＿＿＿＿ □朋友推薦 □學校選書

□報章雜誌報導 □其他＿＿＿＿＿＿＿＿＿＿＿＿＿＿＿＿＿

買這本書的原因是：＿＿＿＿＿＿＿＿＿＿＿＿＿＿＿＿＿＿＿

□內容題材深得我心 □價格便宜 □封面與內頁設計很優 □其他＿＿＿＿＿

你對這本書還有其他意見麼？請通通告訴我們：

＿＿＿＿＿＿＿＿＿＿＿＿＿＿＿＿＿＿＿＿＿＿＿＿＿＿＿＿＿

你買過幾本好讀的書？（不包括現在這一本）

□沒買過 □ 1 ～ 5 本 □ 6 ～ 10 本 □ 11 ～ 20 本 □太多了

你希望能如何得到更多好讀的出版訊息？

□常寄電子報 □網站常常更新 □常在報章雜誌上看到好讀新書消息

□我有更棒的想法＿＿＿＿＿＿＿＿＿＿＿＿＿＿＿＿＿＿＿＿

最後請推薦五個閱讀同好的姓名與 E-mail，讓他們也能收到好讀的近期書訊：

1.＿＿＿＿＿＿＿＿＿＿＿＿＿＿＿＿＿＿＿＿＿＿＿＿＿＿＿＿

2.＿＿＿＿＿＿＿＿＿＿＿＿＿＿＿＿＿＿＿＿＿＿＿＿＿＿＿＿

3.＿＿＿＿＿＿＿＿＿＿＿＿＿＿＿＿＿＿＿＿＿＿＿＿＿＿＿＿

4.＿＿＿＿＿＿＿＿＿＿＿＿＿＿＿＿＿＿＿＿＿＿＿＿＿＿＿＿

5.＿＿＿＿＿＿＿＿＿＿＿＿＿＿＿＿＿＿＿＿＿＿＿＿＿＿＿＿

我們確實接收到你對好讀的心意了，再次感謝你抽空填寫這份回函

請有空時上網或來信與我們交換意見，好讀出版有限公司編輯部同仁感謝你！

好讀的部落格：http://howdo.morningstar.com.tw/

好讀的臉書粉絲團：http://www.facebook.com/howdobooks

也可直接掃描
線上讀者回函

請填妥後對折黏貼，直接投郵即可，無須貼郵票。

廣告回函
台灣中區郵政管理局
登記證第3877號
免貼郵票

好讀出版有限公司　編輯部收

407 台中市西屯區何厝里大有街13 號

電話：04-23157795-6　傳真：04-23144188

沿虛線對折

購買好讀出版書籍的方法：

一、先請你上晨星網路書店http://www.morningstar.com.tw檢索書目或直接在網上購買

二、以郵政劃撥購書：帳號15060393 戶名：知己圖書股份有限公司並在通信欄中註明你想買的書名與數量

三、大量訂購者可直接以客服專線洽詢，有專人爲您服務：

客服專線：04-23595819轉230 傳眞：04-23597123

四、客服信箱：service@morningstar.com.tw